光文社文庫

*Absolute Friends*

# サラマンダーは炎のなかに（上）

ジョン・ル・カレ
加賀山卓朗 訳

# 目次

## おもな登場人物

テッド（エドワード・A）・マンディ　ツアーガイド。元左翼の活動家。イギリス人
サーシャ　マンディの親友。元左翼の活動家。ドイツ人
ザーラ　マンディの内縁の妻。トルコ人
ムスタファ　ザーラの息子
ディナ　ザーラのいとこ
エゴン　プロフェッショナル英語学院の共同経営者
少佐　マンディの父。引退した歩兵隊少佐
アヤー　マンディのパキスタン時代の子守
アフメド、オマール、アリ　マンディのパキスタン時代の遊び友達
ラニ　マンディの初恋の少女
ミセス・マッケチニー　イギリスのマンディ家の家政婦
ミスター・マロリー（マンデルバウム博士）　寄宿学校のドイツ語とチェロの教師
イルゼ　マンディの最初のガールフレンド。ハンガリー人

# おもな登場人物

クリスティーナ　サーシャの活動家仲間。ギリシア人
ペーター　サーシャの活動家仲間
ユディット　マンディの二人めのガールフレンド。活動家
カレン　ユディットと共に法律を学ぶ活動家
ヘル・パストル　サーシャの父（パストルは牧師の意味）
バーニー・ルーガー　アメリカの芸術家
ニタ　バーニーのガールフレンド。キューバ人
ケイト・アンドルーズ　マンディの妻
デズ・アンドルーズ　ケイトの父
ヴィオラ　スウィート・ドール・カンパニーの劇団員
ジャン　ポーランド人俳優
エルナ　ドイツでの劇団の随行員
ウォルフガンク教授　芸術専門の教授。国家保安省《シュタージ》の工作指揮官
ホルスト、ロウター　シュタージのスパイ
ニコラス・エイモリー（ミスター・アーノルド）　イギリス情報局でのマンディの上司

# サラマンダーは炎のなかに（上）

# 第1章

運命が貸しを取り立てに戻ってきた日、テッド・マンディは、バイエルン地方にある狂王ルートヴィヒの城のひとつで、山高帽をこれ見よがしにかぶり、ぐらつく演説用の木箱の上に立っていた。古風な山高帽ではなかった。サヴィル・ロウというより、ローレル&ハーディだ。イギリス製の帽子でもなかった。着古したツイードの上着の胸ポケットには、東洋の絹糸でひときわ目立つイギリス国旗《ユニオンジャック》が刺繍されていたが。帽子の山の裏に貼られた脂染みたラベルには、ウィーンの《シュタインマツキー&サンズ》製と誇らかに謳ってあった。

それはマンディ自身の帽子でもなかったので――彼の無限の社交性を押しつけられる不運な相手、願わくは女性、にはいつもあわててそう説明した――かぶっていて気が咎《とが》めることもなかった。「事務所の帽子でして、マダム」よどみなく述べる口上に、そんな言いわけを巧みに織り交ぜた。「歴史ある逸品です。以前この職にあった何世代もの人々——さすらいの文士、詩人、夢想家、聖職者——そしてルートヴィヒ王の忠実なる僕《しもべ》であるわれわれガイド全員が、かりそめに私に託した品ですな。はっ！」最後の「はっ！」は、軍人に育てられた子供時代が期せずして表に出たものだ。「しかし、ほかにどうすればよろしいか？　生粋のイギリス人が、日本人ガイドのように傘を持ち歩くわけにはいかない。でしょう？　ここバイエルンでは無理だ。われらが親愛なるネヴィル・チェンバレンが悪魔と協定を結んだ場所から五〇マイルと離れていないところで、それはありえません。でしょう、マダム？」

そしてよくあることだが、相手があまりに可憐で、ネヴィル・チェンバレンという名前を聞いたこともなければ、どの悪魔のことを言っているのかもわからないとき、生粋のイギリス人はここぞとばかりに気前よく、一九三八年に締結されたミュンヘン協定の初心者向けの説明に取りかかる。貴族制やトーリー党はもちろんのこと、われらが愛すべき君主政体さえ、戦争を始めるくらいなら、ヒトラーと実質的にどんな妥協をしてもいいと思っていたのです、と遠慮なく語る。

「イギリスの支配層、ボルシェヴィキ思想を心底怖《おそ》る、ですな」と彼は言い放つ。いざ攻撃を始めると、「はっ」と同じように、入念な電文調が口を突いて出てくる。「アメリカの時の権力者もなんら変わりない。彼ら全員が望んでいたのは、ヒトラーを赤の脅威に差し向けることだけでした」したがって、まさに今日に至るまで、マダム、ネヴィル・チェンバレンの閉じられた傘は、ドイツ人の眼には、われらが親愛なる総統《ディア・フューラー》——アドルフ・ヒトラーを彼はいつもこう呼ぶ——への恥知らずな譲歩の印と映っている。「正直申し上げて、この国では、一イギリス人として、傘なしで雨のなかに立っていたい気分ですな。しかし、あなたはこんなことを聞きにここに来られたのではない。でしょう？　狂王ルートヴィヒの有名な城を見にきたのであって、老いぼれがネヴィル・チェンバレンについて何やらほざくのを聞きにきたのではない。え？　なんですか？　ご清聴ありがとうございました、マダム」——おどけ者の山高帽を脱ぎ、ぼさぼさの白髪混じりの前髪を、檻《おり》から放たれたグレイハウンドのように飛び出させて——「テッド・マンディ、ルートヴィヒ王宮の道化師です。以後お見知りおきを」

　イギリス人のガイドが〝同胞《ビリーズ》〟と呼びたがる客たちは、彼のことをどう思うだろう——もし何か思うとしてだが。彼らの束の間の記憶に、このテッド・マンディはどう残るだろう。少々滑稽な男に見えることはまちがいない。あるいは、何かで挫折した男——山高帽をかぶり、ユニオンジャックを胸に飾ったイギリス人の太鼓持ち。他人のためなら何にでもなれるが、己には正直になれない男。日陰の五〇代。人柄はそこそこだが、娘を嫁にはやれない男。メスで細かく刻んだような眉間《みけん》の縦じわは、怒りの、あるいは悪夢の印にも見える——それがツアーガイド、テッド・マンディだ。

五月下旬の夕方、五時三分前。その日最後のツアーが始まる。大気はいくらか肌寒くなり、春の赤い太陽が新緑のブナの林に沈みかけている。テッド・マンディは巨大なバッタのようにバルコニーにとまっている。両膝《ひざ》を立て、山高帽のつばを下げて夕映えの光をよけながら、くしゃくしゃになった《南ドイツ新聞《シュドイチェ・ツァイトゥンク》》を読みふけっている。ツアーの合間のこうした小休止のために、犬の骨のように丸めて上着の内ポケットに入れているのだ。イラク戦争は、公式には一か月少しまえに終結していた。誰はばかることなくこの戦争に反対しているマンディは、地味な扱いの見出しを読んでいく——トニー・ブレア首相、紛争解決に協力した人々に謝意を表するためクウェート訪問。

「ふん」眉根を寄せて、大声で言う。

今回の外遊で、ブレア氏は短期間イラクに立ち寄ることになっている。訪問の重点は勝利を祝福することではなく、国の再建に置かれる。

「ほんとうにそうであるといいがな」マンディはうなるように言う。顔つきはますます渋くなる。

ブレア氏は、イラクの大量破壊兵器はまもなく見つかると確信している。一方、アメリカのラムズフェルド国防長官は、開戦前にイラクが兵器を破壊した可能性もあると考えている。

「愚か者め。だったらなぜさっさと決断しない?」マンディは不満をぶつける。

この日はいつもどおり、他人《ひと》とちがうややこしい経路をたどっていた。若いトルコ人の同居人、ザーラと寝ているベッドから六時きっかりに起き上がり、爪先立って廊下を歩き、彼女の一一歳の息子、ムスタファを起こす。ムスタファは顔を洗い、歯を磨き、朝の祈りを唱え、そのあいだにマンディが準備したパン、オリーブ、紅茶、チョコレートスプレッドの朝食をとる。これらはすべて、気配すら感じさせないほどの静けさのなかで行われる。ザーラはミュンヘン中央駅近くのケバブ・カフェで夜勤についており、朝は何があろうと起こしてはならない。夜の仕事を始めてからは、同じ区画に住む親切なクルド人のタクシー運転手に乗せてもらい、午前三時ごろ帰宅するようになった。イスラム教の教えにしたがって日の出まえに短い祈りを捧げれば、そこから八時間ぐっすりと眠ることができる。彼女にはそれだけの睡眠が必要だ。しかしムスタファの一日は朝七時に始まり、彼もまた祈らなければならない。息子の朝の祈りはマンディがとりしきり、ザーラはそのあいだ眠っていていいことを彼女に納得させるのには、マンディも、ムスタファも全力を傾けなければならなかった。ムスタファは猫のように静かな子だ。黒髪で、怯《おび》えたような茶色の眼をして、かすれ声でポンポン跳ねるように話す。

アパートメントのある区画――コンクリートに水の垂れた跡がつき、電線が外に張られたみじめな一画――を出て、男と少年は空き地を抜け、猥雑な落書きだらけのバス停留所に着く。この界隈は近年、民族村と呼ばれている――クルド人、イエメン人、トルコ人がぎゅう詰めで暮らしている。すでにほかの子供たちが来ていて、何人かには母親か父親がついている。ムスタファを彼らにあずけるほうが理に適《かな》っているのだが、マンディはバスに乗って学校までついていき、門のまえでムスタファの手を握り、ときにはかしこまって両頰《りょうほお》にキスをしてやるほうが好きだ。ムスタファは、人生にマンディが現れるまえの暗い日々、屈辱感と恐怖に苛《さいな》まれていた。立ち直らせてやることが必要なのだ。

学校からアパートメントまで戻ってくるのには、マンディの長い脚で歩いても二〇分かかる。帰宅するときには心の半分でザーラがまだ眠っていることを願い、残りの半分で眼覚めたばかりであることを祈っている。後者なら、彼女は最初寝ぼけ眼《まなこ》で、やがて情熱的にマンディと愛を交わす。マンディはそれからあわてておんぼろのフォルクスワーゲンのビートルに飛び乗り、南に向かう車の流れに加わって七〇分走ったあと、リンダーホフ城で仕事をするのだ。

気骨は折れるが必要な道のりだ。一年前、家族の三人は離ればなれで、絶望に暮れていた。いまは力を合わせ、ひとつ屋根の生活をよりよくしようと奮闘している。渋滞の苛立《いらだ》ちで頭がおかしくなりそうなときには、マンディはかならず、この奇跡が起きたときのことを思い出す――

彼は困窮している。

またしても。

紛れもない逃亡者だ。

経営難にあえぐ《プロフェッショナル英語学院》の共同経営者であり、共同学長でもあったエゴンが、残っていた最後の資産ともども姿をくらました。マンディ自身も、真夜中にフォルクスワーゲンに詰められるだけのものを詰めて、こっそりハイデルベルクを逃げ出すしかなかった。手元の金は、エゴンが不注意にも金庫から盗み忘れた、わずか七〇四ユーロだけ。

夜明けとともにミュンヘンに着き、債権者が差し押さえ命令を出していることを考えて、ハイデルベルクに登録してあるフォルクスワーゲンを、駐車場の目立たない隅に停める。そして人生が身のまわりで狭まってきたときにいつもそうするように、歩き出す。

理由ははるか子供時代にさかのぼるが、それまでの人生でごく自然に民族の多様性に惹かれてきたため、足はまるで意志を持っているかのように、ちょうど眼覚めつつあるトルコ人の店やカフェが建ち並ぶ通りへと向かう。空は晴れ、腹が減っている。適当なカフェを選び、でこぼこの石畳の上で片時も安定しないプラスティックの椅子に、上背のある体を慎重におろして、ウェイターに、ふつうの甘さのトルココーヒーのラージサイズと、バターとジャムがついたケシの実入りのロールパンを二個注文する。朝食に口をつけるかつけないかのうちに、隣の椅子に若い女が腰かけ、手で口をなかば隠しながら、トルコ訛《なまり》とバイエルン訛の混じったたどたどしいことばで、お金を払ってわたしとベッドに行かないかと尋ねる。

ザーラは二〇代の終わり近く、まわりから浮き立つほど、やるせなくなるほど美しい。薄手の青いブラウスに黒のブラジャー、黒いスカートが短すぎて、むき出しの腿《もも》がのぞく。危険なまでに痩せている。麻薬のせいだ、とマンディは思うが、あとでちがっていたことがわかる。また、これもあとで恥じ入るのだが——羞恥は存外長く続く——マンディは彼女の提案を受け入れようかとなかば本気で思う。彼は睡眠、仕事、女にあぶれ、ろくに金もない。

しかし、いっしょに寝ないかと提案している若い女をしげしげと眺めて、彼女の眼《まな》差《ざ》しに絶望があふれ、眼の奥に知性がたたえられ、心に自信がまったく欠けているのを見て取り、マンディはすぐに自制を取り戻して彼女に朝食を勧める。ザーラは慎重に、家にいる病気の母親に半分持って帰っていいならいただくと答える。マンディは、潮が引くようなつらい時期に思いがけず連れができたことがうれしくてたまらず、さらにいい提案をする——彼女はきちんとひとり分食べる。それからいっしょに、どこか通り沿いにあるハラール［イスラム教の戒律にしたがって調理した食べ物］の店に寄って、お母さんの食べ物を買えばいいと。

彼女は眼を伏せ、無表情で彼のことばを聞く。もはやわが身のことのように感情移入しているマンディは、彼女に、頭がおかしいか、よほどの変人と見られているのではないかと思う。必死でそう見られないよう努めるが、明らかに失敗に終わる。彼女はテーブルの食べ物を、取り返されるのを怖れるように両手で自分のほうに引き寄せる。

そうして、口を開く。前歯四本が根元から折られている。彼女が食べているあいだに、マンディは通りを見渡してぽん引きの姿を探す。いないようだ。彼女はこのカフェに所属しているのかもしれない。そこはわからないが、マンディはすでに本能的に彼女をかばう気になっている。店を出ようと立ち上がったとき、ザーラは自分の頭がマンディの肩にも届かないことに驚いたらしく、飛びのく。マンディは背の高い者がよくするように背中を丸めるが、彼女は相変わらず距離を置いている。すでにザーラはマンディの人生唯一の関心事になっている。彼女の問題に比べれば、自分の問題など取るに足らない。ハラールの店で、いいから買いなさいとマンディに急かされて、ザーラはラム肉ひと切れ、アップルティー、クスクス、果物、蜂蜜、野菜、ゴマと蜂蜜のキャンディ、そして安売りの《トブルローネ》チョコレートの大きな三角柱を買う。「いったいお母さんが何人いるんだ?」マンディは愉快そうに尋ねるが、ザーラは冗談に応じない。

買い物をするあいだ、彼女はずっと緊張した面持ちで、手で口元を隠しながら、ことば少なにトルコ語で押し問答し、果物を鋭く指差す――それじゃなくて、あれを。その計算能力とスピードにマンディは感じ入る。自分にも多彩な面があるかもしれないが、そこに交渉上手は含まれていない。買い物袋――すでにふたつになり、どちらも重い――を持とうとすると、彼女は奪い取るように渾身《こんしん》の力で引っ張る。

「わたしと寝たいの?」袋を両手に持って安心すると、イライラしてまた訊《き》く。言いたいことは明らかだ――あなたはお金を払った、さっさと抱いて、あとは放っておいて。

「いや」マンディは答える。

「だったら何がしたいの？」

「きみを無事、家まで送りたい」

彼女は激しく首を振る。「家はだめ。ホテルよ」

友情からこうしているのであって、性的な目的があるのではないと説明しようとするが、彼女は疲れきって聞く耳持たず、しまいに表情を変えずに泣きはじめる。

マンディが別のカフェを見つけ、ふたりは腰をおろす。涙は流れつづけているが、彼女は意に介さない。きみのことを話してくれとしつこくうながすと、とくに関心もなさそうに話しだす。もう堰《せ》き止めるものがなくなったかのように。わたしはトルコのアダナの平原から来た田舎娘、農家の長女、と頼りないバイエルン方言で、テーブルを見つめながら語る。父親は彼女を隣の農家の息子の嫁にやると約束した。その息子はコンピュータの天才と呼ばれ、ドイツで大儲けをしていた。彼が帰国し、アダナの彼女の家を訪れ、伝統的な婚礼の儀がとりおこなわれた。ふたつの農園がひとつとなり、ザーラは夫とミュンヘンに戻った。ところが夫はコンピュータの天才などではなく、一日二四時間、フルタイムの武装強盗団のメンバーだった。夫は二四歳、彼女は一七歳で、彼の子を身ごもっていた。

「ギャングよ」彼女はあっさりと言う。「みんなひどい悪党。狂ってる。車を盗み、麻薬を売り、ナイトクラブを作り、娼婦を操り、悪いことはなんでもしてる。いま彼は刑務所にいるわ。刑務所にいなければ、わたしの兄弟が殺してたところ」

夫は九か月前に刑務所に送られたが、そのまえに息子を恐怖で震え上がらせ、妻の顔を叩きつぶしていった。刑期は七年、ほかの罪科も審理中。ギャングの仲間のひとりが警察の証人になった。そんな彼女の話は、ふたりが街のなかを歩き出してからも、ときにドイツ語、それが出てこないときにはところどころトルコ語になりながら単調に続く。マンディは一度ならず、自分がまだ横にいることを忘れているのではないかと思う。息子の名前を訊くと、ムスタファと答える。マンディのことは何も訊かない。相変わらず両手に買い物袋をさげ、マンディももう代わりに持ってやろうとはしない。彼女は青いネックレスをつけていて、マンディは、青いビーズが邪悪な眼をしりぞけるというイスラム教の迷信を遠い昔に聞いたことを思い出す。彼女はまだ鼻をぐずぐず言わせているが、もう頰《ほお》に涙は伝っていない。誰か知り合いに会って、泣いていたことを悟られるまえに気分を晴らしておこうと思ったのだろう。彼らはミュンヘンの西の端《ヴェストエンデ》にいる。エレガントなロンドンのウェストエンドとは似ても似つかぬ場所で、戦前から建ち並ぶアパートメント・ハウスはくすんだ灰色と茶色、窓辺には洗濯物が干され、また伸びはじめた芝生の一画で子供たちが遊んでいる。ひとりの少年がふたりに気づいて友だちから離れ、石を一個拾って威嚇するように近づいてくる。ザーラがトルコ語で彼に呼びかける。

「おまえ、何しにきた！」

「トブルローネを買ってきたんだ、ムスタファ」マンディは言う。

少年は彼を睨みつけ、また母親と話し、じりじりと前進してきて、右手に石を持ったまま、左手で買い物袋のなかを探る。母親同様ひどく痩せ、眼に隈《くま》ができている。そして母親同様、感情が何ひとつ残っていないように見える。

「それからアップルティーも」とマンディはつけ加える。「きみと、友だちみんなに」

ムスタファに先導され——いまや彼が買い物袋を持っている——黒い眼の強面《こわもて》の少年三人につき添われて、マンディはザーラのあとから、汚れた石の階段を四階までのぼる。鉄枠のついたドアのまえまで来ると、ムスタファはシャツのなかを探り、家主さながらの態度で鎖つきの鍵を取り出す。そしてまず友人たちとなかに入り、ザーラがあとに続く。マンディは呼ばれるのを待つ。

「どうぞ、入って」ムスタファがなめらかなバイエルン方言で言う。「歓迎するよ。でも母さんにちょっとでも触れたら、あんたを殺してやる」

続く一〇週間、マンディは居間にあるムスタファのソファベッドで、両足を端から垂らして寝る。ムスタファは母親と寝て、マンディがよからぬことを企《たくら》んだときのために、野球のバットをつねに携えている。最初のころは学校に行こうとしないので、マンディは彼を動物園に連れていったり、伸びかけた芝生の上でいっしょに野球をしたりする。その間ザーラは家にいて、ゆっくりと回復期に入る——それがマンディの願いだ。少しずつ、彼はイスラム教徒の少年にとって非教徒の父親、罪とともに生きる傷ついた女にとって、精神的な保護者の役割を果たすようになる。大声で笑いすぎる野蛮なイギリス人に懐疑の眼を向けていた近所の人たちも、徐々に彼を受け入れ、マンディはマンディで、憎むべき植民地主義者という母国のイメージを払拭《ふっしょく》しようとできるだけのことをする。生活費は、マンディが持ってきた七〇〇ユーロの残りと、ザーラのトルコの家族からの仕送り、ドイツの社会保障給付でまかなう。夕方になると、ザーラは料理をしたがり、マンディは横でそれを手伝う。最初、ザーラはそれに反対したが、そのうち文句を言いながらも認めるようになり、ふたりで料理をすることが一日でいちばんのイベントになる。めったに見られない彼女の笑顔は、マンディにとって、折れた歯も何もかも引っくるめて神の恩寵《おんちょう》に思われる。彼女の生涯の目標は、看護師の資格をとることだとわかる。

ある朝、ムスタファは学校に行くと宣言する。マンディは少年を学校に連れていき、新しい父さんですと紹介されて誇りに満たされる。同じ週、三人は初めてそろってモスクに出かける。金色のドームと尖塔を思い描いていたマンディは、婚礼衣装屋、ハラール食品店、中古家電店に挟まれたみすぼらしい家の上階にある、タイル張りの部屋に案内されて驚く。過去の経験から、足の先を誰にも向けないこと、女性とは握手せず、敬意をこめて右手を心臓の上に置き、お辞儀することは知っている。ザーラは女性の部屋に移り、ムスタファがマンディの手を引いて男性の祈りの列に加え、どこで立ち、頭《こうべ》を垂れ、ひざまずいて、大地を表す祈禱《きとう》用マットに額をつけるかを指示する。

ムスタファのマンディに対する感謝の念は計り知れない。それまでは母親や年下の子供たちと上の階にいなければならなかった。しかしマンディのおかげで、男たちと下の階にいられるようになった。祈りが終わると、ムスタファとマンディはまわりにいる全員と握手し、相手の祈りがつつがなく天に受け入れられますようにと希望を述べ合う。

「学べば、神はあなたを賢明にしてくださる」部屋を出ようとするマンディに、悟りを開いた若い導師《イマーム》が言う。「学ばなければ、危険なイデオロギーの犠牲者となる。あなたはザーラと結婚しているのだね?」

マンディは品よく赤面し、まあ、いつかそうなればいいと思っています、といったことをつぶやく。

「形式は重要ではない」と若い導師は請け合う。「責任がすべてだ。責任を引き受ければ、神は報いてくださる」

一週間後、ザーラは駅の近くのケバブ・カフェで夜勤の仕事を見つけてくる。彼女と寝ることがかなわなかった店長は、代わりに切り盛りをまかせることにする。ザーラはスカーフをつけ、会計を預かり、やたらと背の高いイギリス人に守られた、店いちばんの従業員になる。それから数週間後、マンディもまた世界に居場所を見つける——リンダーホフ城の英語ツアーガイドだ。翌日、ザーラはひとりで、若く賢明な導師夫妻のもとを訪れる。そして帰宅すると、ムスタファとふたりきりで一時間話す。その夜、ムスタファとマンディはベッドを交換する。

これまでの人生でもっと不思議な道程をたどったこともあるが、これほどの満足を得たことは一度もないとマンディは確信している。ザーラに対する愛情は果てしない。ムスタファも同じくらい愛している――とりわけ、母親を愛しているところを。

＊　＊　＊

英語ツアーの柵が開き、いつものにぎやかな多文化の観光客の群れがぞろぞろと出てくる。バックパックに赤いカエデの模様をつけたカナダ人、アノラックを着てタータンチェックのゴルフ帽をかぶったフィンランド人、サリーをまとったインドの女性、かさつく肌の夫人を連れたオーストラリアの牧羊業者、何が苦しいのか、しかめ面をしている年配の日本人たち。マンディは彼らについてあらゆることを諳《そら》んじている――おのおののツアーバスの色から、彼らを土産物屋に連れていって割のいい手数料をせしめることばかり考えている、強欲な案内人のファーストネームまで。この日の夕方の集団で欠けているのは、歯列矯正装置をつけたアメリカ中西部のティーンエイジャーだけだ。だが、あの国は自国で悪の枢軸に対する勝利を祝うのに忙しく、ドイツの観光業界をあわてさせている。

　山高帽を取り、頭の上で大きく振りながら、マンディは集団の先頭に立ち、正面の入口へと進んでいく。もう一方の手には、アパートメント・ハウスのボイラー室で手ずから組み立てたマリン合板の演説台をつかんでいる。ほかのガイドは階段を演壇代わりに使うが、われらがハイドパークコーナーの雄弁家、テッド・マンディはちがう。足元に無造作に箱を落とし、颯爽《さっそう》とその上に立ち、聴衆より一八インチは高い姿をぬっと現す――山高帽もいまははるかな高み。

「英語を話されるかたは、こちらにご注目を。ありがとうございます。英語を聞かれるかたと申し上げるべきでしたかな。いや、もうこの時間になると、私の代わりに話していただきたいくらいですが。はっ！　いや、冗談」――前口上の段階では、聴衆が黙って耳をすますように、声は意図的に低く抑える――「まだまだ元気いっぱいです。請け合います。さて皆さん、カメラは歓迎ですが、ビデオはご遠慮願います――そちらの紳士、どうぞよろしく、ありがとう――理由は訊かないでください。ともかく私の雇い主が、ビデオカメラをちょっとでも回そうものなら、知的財産権侵害で訴えると言っておりまして。通常の処罰は、公開の首吊りです」笑いはないが、バスに四時間押しこまれ、さらに一時間、直射日光にさらされて並んだ聴衆から、すぐに笑いが出るとはマンディも思っていない。「私のまわりに集まってください。どうぞ。皆さん、よろしければもう少し近く。私の正面が広く空いておりますよ、ご婦人がた」と、これは熱心なスウェーデンの学校教師の一団に。「聞こえますか、そちらの若い紳士たち？」これは見えない境界を越えてザクセンに迷いこみ、まちがって別のグループに入ってしまったが、せっかくだから無料の英会話レッスンを受けることにした、数名の痩せたティーンエイジャーに。「聞こえる、よろしい。そちらの紳士は私が見えますか？」これは小柄な中国人に。「見えますね。皆さん、もしお許しいただけるなら、ひとつ個人的なお願いがあります。〝ハンディ〟――ここドイツではそう呼ばれますが、要するに、携帯電話のことです。できればスイッチを切っていただけますか。切りました？　では最後にお入りになったかた、うしろのドアを閉めていただけます？　ありがとう。では始めましょう」

陽の光がさえぎられ、金縁の鏡に無数のキャンドル型の電球の光が反射する人工の黄昏が生まれる。マンディ最高の瞬間――一労働日に八回あるうちのひとつ――が訪れる。

「観察眼の鋭いかたはすでにお気づきでしょうが、われわれはリンダーホフ城の比較的装飾が控えめな玄関ホールに立っています。リンダーホフ宮殿《パレス》ではありません。この〝ホフ〟は〝農場〟の意味であり、われわれがいま立っている宮殿は、かつてリンダー農場があった場所に建てられているのです。しかしなぜ〝リンダー〟なのか、不思議に思われるかもしれない。皆さんのなかに言語学者はおられますか？　ことばを教える教授は？　古来の意味につうじる専門家は？」

いない。好都合だ。マンディは即興で俗説を披露する。理由は本人にもわからないが、彼には城にまつわる史実をきちんと記憶して話すことができない。そういう能力がないということかもしれないが。ときに自分でも驚くようなことを思いつき、それがさながら薬効のごとく、ほかのもっと根強い考えごと――たとえばイラク、ハイデルベルクの銀行から来る脅迫めいた督促状、そして今朝それといっしょに届いた保険会社からの請求書――を頭のなかから閉め出してくれることがある。

「たしかに、ドイツ語にはライムの木を指す〝リンデ〟ということばがあります。しかしそれでは最後の〝r〟の説明がつかないのではないか？　私はそう考える」調子が出てくる。「ことによると、農場の所有者がリンダーという人で、たんにそれだけの話かもしれない。ですが、私はあえて別の説明を試みたい。〝リンダーン〟という動詞があります。解放する、和《やわ》らげる、癒す、なだめるという意味です。そしてこれが、われわれの哀れなルートヴィヒ王にもっともふさわしい解釈だと考えたい。たとえ潜在意識のレベルであれ、王に訴えるものがあったのではないかと。リンダーホフは彼にとって心癒される場所だった。われわれはみな、多少なりとも心の安らぎを求めていますね？　とりわけ昨今は。よろしいですか、ルートヴィヒの人生はつらかった。王位を受け継いだのが一九歳、父親に暴君のようにふるまわれ、教師にしごかれ、ビスマルクにいじめられ、廷臣に裏切られ、腐りきった政治家の犠牲になって、王としての権威を奪われ、自分の母親が誰かもわからなかった」

マンディも同じくらいひどい目に遭ってきたのだろうか。その打ち震える声を聞けば、みなそう思ったことだろう。

「そんな彼はどうするか。この秀麗で、背が高すぎ、繊細で、虐待され、世を治めよと神に指名された誇り高き青年は？」同じ背の高すぎる男として同情し、ありったけの悲痛な説得力を帯びてマンディは問う。「生まれ持った力を少しずつ、着実に奪われていった彼は何をするでしょう？　答え――夢のような城をいくつも造るのです。そうしない人間がいるでしょうか」――熱をこめて――「とりすました宮殿。権力の幻想。力を奪われれば奪われるほど、幻想を築き上げる。私に言わせれば、わが勇ましいブレア首相のようですが、ほかの人には言わないでください」――当惑した沈黙――「だからこそ、私は個人的にルートヴィヒを狂王と呼びたくない。むしろ夢想家の王と呼びたい。なんなら縄抜け名人の王でもいい。卑しい世界の孤独な夢想家。おそらく皆さんもご承知のとおり、彼は夜に生きた。人はみな嫌いで、とりわけ女性を嫌った。たいへんなことです！」

今度は、何やら壜《びん》からまわし飲みをしているロシア人のグループが笑う。が、マンディはあえて顔を向けない。手作りの木箱の上で背を伸ばし、まとめようのないぼさぼさの前髪の上に近衛兵ふうに少し山高帽のつばをおろして、ルートヴィヒ王と同じくらい俗離れした領域に入っている。下から見上げる聴衆の顔に一瞥《いちべつ》を投げることとすらまれで、ごくたまに子供がわめいたり、何人かのイタリア人が内輪で短く言い争うときに、間《ま》を置くだけだ。

「空想の世界に遊ぶとき、ルートヴィヒは宇宙の支配者でした。彼に命令する者は誰ひとり、まったくいませんでした。ここリンダーホフ城において、彼は太陽王の生まれ変わりでした。そこの机に置かれている騎乗の青銅像です。フランスのルイが、ドイツのルートヴィヒだった。そして王は、ここから数マイルのヘレンキームゼーに、彼のヴェルサイユ宮殿を建てたのです。この先のノイシュヴァンシュタイン城では、ドイツ中世の至高の戦士ジークフリートだった。ジークフリートはルートヴィヒが崇《あが》めた音楽家リヒャルト・ワグナーのオペラによって、不死の存在となりました。健脚の向きはシャーヘンの山に登ってみるといい。ルートヴィヒはそこにも宮殿を建てています。そこでもっともらしくモロッコ王の冠をいただいていたのです。なれるものならマイケル・ジャクソンになっていたかもしれませんが、幸い彼の名前は聞いたことがなかった」

これで部屋じゅうに笑いが広がるが、マンディはまたしても無視する。

「偉大なる王には、彼なりのやり方がいろいろありました。食事をしているところを誰にも見られないように、食べ物ののった金のテーブルを床の穴からせり上がらせる仕掛けを作ったり——このあとすぐにご覧に入れます——召使いたちをひと晩じゅう寝かせないで、気に入らないことがあったら殻竿《からざお》で打たせたり、例によって人の顔を見たくない気分のときには、仕切りの向こうから話しかけたり。どうぞお忘れなく、これはすべて暗黒時代ではなく、一九世紀の話です。現実の世界では、鉄道や、鋼鉄の船や、蒸気エンジンや、マシンガンやカメラが作られていたのです。昔々の話だと思いちがいをなさらないように。もちろん、ルートヴィヒだけは別です。王は人生を逆の方向へ進んだ。己の金でまかなえるかぎりの速さで歴史をさかのぼったのです。これは問題でした。なぜなら、それはバイエルンの金でもあったからです」

腕時計をちらりと見る。三分半たった。そろそろ階段をのぼり、聴衆がついてこなければならない時間だ。マンディはそうする。壁越しに隣の部屋から同僚たちの声が聞こえる。マンディ同様、昂《たか》ぶった声だ――引退した女教師で、先ごろ仏教徒になり、読書サークルの大御所でもあるブランケンハイム博士。顔色が悪く、サイクリストで色情狂のステットラー。アルザス出身の除名聖職者、ミシェル・ドラルジュ。マンディのあとから続々と階段を上がってくるのは、きびきびとした足どりの大和撫子率いる日本の無敵の歩兵隊で、彼女の振りかざす焦げ茶色の傘は、ネヴィル・チェンバレンのそれとは比較にならない。

そして、これが人生初めてでもないが、マンディのすぐ近くに、サーシャの亡霊がいた。

マンディが背中になじみのむずがゆさを覚えたのは、この階段の上が最初だったか。それとも王座の間だったか。あるいは王の寝室？　鏡の間？　よくある虫の知らせのように、それが意識に忍びこんできたのはどこだったろう。鏡の間は周到に現実を退ける砦《とりで》だ。幾重にも連なる現実の像は、無限へと消えゆくにつれて影響力を失う。相対《あいたい》すればすさまじい恐怖や無上の愉悦をもたらす人物の姿も、無数の鏡像のなかで、ただ存在感の乏しい影となる。

しかしほかの場所では、マンディは必要に迫られ、訓練も積んだことによって、きわめて用心深い。ここリンダーホフ城では、どんなに些細《ささい》なことでも前後をうかがってから始めるし、過去の人生のありがたくない痕跡であれ、いまの人生におけるよからぬ存在であれ、そうしたものが近づいてこないか、つねに注意を払っている。たとえば、芸術品を盗んだり傷めたりする者、スリ、債権者、ハイデルベルクからの令状の配達者、心臓発作で倒れる老齢の観光客、値段のつけられない絨毯《じゅうたん》の上に嘔吐する子供、ハンドバッグに小型犬を隠し持つ女性、そして最近では、管理者がことさら警告している、自殺を厭《いと》わぬテロリスト。その最高の部分は想像で補うしかない抜群のスタイルの娘も、名誉のリストからはずすわけにはいかない。彼女たちは、満ち足りた同棲生活を送る男にとっても、心安らぐ眺めだ。

目配りを楽にするため、マンディはひそかに観測地点ないし静止目標を設けている——ここには、都合よく光沢があって背後の階段を映し出す暗い色調の油絵。あそこには、両横に誰がいようと広角でとらえる青銅の壺。そして、いまいる鏡の間そのもの。何マイルも続く金の廊下に、無限に複製されたサーシャが浮かんでいる。

あるいは気のせいか。

ただ心が作り出したサーシャ、金曜の夜の幻なのか？　サーシャと別れてからの長い年月、サーシャ本人と見まがう人影を何度となく眼にしてきたではないか、とあわてて自分に言い聞かせる。最後の一ユーロまで使いきり、通りの向かい側からマンディの姿を認め、クモのように激しい飢餓感と熱情で車の流れを縫ってよろよろと近づいてきて、彼に抱きつくサーシャ。和毛《にこげ》の襟のコートを着た、羽ぶりがよくて優雅なサーシャ。ドアの向こうに巧みに隠れ、ふいに飛び出してきたり、人通りの多い階段を「テディ、テディ、旧友のサーシャだ！」と叫びながら駆けおりてきたりする。しかしマンディが立ち止まって振り返り、忠実にも笑みを浮かべた途端、幻影は消えてしまうか、まったくの別人へと変わり、そそくさと人混みにまぎれてしまう。

確証が欲しいと思い、マンディはさりげなく観測地点を変える。まず仰々しく腕を打ち振り、演台の上でくるりと体を回して、聴衆に景色を見せる。王の寝台から望む壮麗で堂々たる景色——私の手の先をご覧ください、皆さん——北側のヘンネンコプフ山の斜面をくだるイタリア趣味の滝だ。

「あのベッドに横たわっているところを想像してみてください」急流の壮観にふさわしい生き生きとした調子で聴衆にうながす。「あなたを愛してくれる人といっしょに！　おそらく、ルートヴィヒにそれはなかったでしょうが」ロシア人がにわかにヒステリックな笑い声を上げる。「ともかく、バイエルン王室の金色と青に囲まれてあそこに横たわっていると！　そしてある晴れた朝、眼覚めて、窓の外を見ると——バーン！」

その「バーン」でマンディは釘づけになる。**〈サーシャ——まったく、きみはいったいどこにいた？〉**もちろん、そんなことはひと言も口にしない。表情でわかるのも、眼がすっと横に走ったことぐらいだ。なぜならサーシャは、ワグナーの精神に満たされたこの場所で、姿を消す帽子をかぶっている——かつて彼らが隠れ頭巾《タルンカッペ》と呼んでいた、バスク伝統の黒いベレー帽を。額の当たる帽子の縁の部分はひどくすり減っている。とりわけ戦時中、その額は軽率な行為の一片たりとも見逃さなかった。

それに加え——万一マンディが人目を惹かぬやりとりを忘れていたときのために——サーシャは悲しげに曲げた人差し指を唇に当てている。警告するというより、ある晴れた朝眼覚めて、窓の外、ヘンネンコプフ山をくだってくる滝を見つめる疑似体験を愉しんでいるかのように。サーシャの仕種はやらずもがなだ。いかに鋭い観察者も、どれほど優秀な監視カメラも、彼らが再会した気配すらとらえられないのだから。

それでも、それはサーシャだった。小粒な歩哨のサーシャ。動いていないときでさえ活力にあふれ、いつも身長を比較されないように隣の人間からいくらか離れ、まさに飛び立とうとするかのように肘《ひじ》を体の両脇から少し浮かせ、燃える茶色の眼はこちらの眼のわずか上を見つめている——マンディのように相手が頭ひとつ半高くても気にしない。その両の眼は相手を縛り、難じ、探り、責め立て、燃え立たせる。疑問を投げて、不安にさせる。おれと同じように生きて呼吸する、サーシャ。

ツアーは終わりに近づく。ガイドがチップを要求することは規則で禁じられているが、出口のあたりをただうろつき、陽の光のなかに出ていく客に会釈し、平穏なご旅行を、すばらしい休日を、と挨拶することは許されている。収入はいつもまちまちだが、やはり戦争のせいで微々たるものになっている。最後までまったく実入りがないこともある。そんなときマンディは、まちがっても山高帽を卑しい物乞いの道具ととられることのないよう、体裁よく胸に当てている。愛情深い中年夫婦や、手に負えない子供たちを引率する学校教師が恥ずかしそうに近寄ってきて、紙幣を握らせ、またあわてて集団のなかへ戻っていくこともある。この夕刻、気前がよかったのはメルボルンから来た建築業者だった。その妻ダーリーンは、夫妻の娘のトレイシーがこのまえの冬に、同じ旅行会社の同じツアーに参加したとマンディに話しかけずにはいられない。信じられます？　で、最初から最後までほんとうに愉しかったと言っておりましたの。そう言えば、マンディもなんとなく憶えていた。彼女が山高帽の本国人《ポム》を忘れるわけがない！　ブロンドにそばかす、ポニーテイルの娘だった。ボーイフレンドはバースの医学生で、大学のラグビーチームに入っていたのではなかったか？　そうやって記憶のなかからトレイシーを探り出しているうちに――ご参考までに、娘のボーイフレンドの名前はキースです、と建築業者は打ち明ける――小さな硬い手がマンディの手首をつかみ、上に返して手のひらにたたんだ紙を押しつけ、つかませる。その瞬間、視界の隅に、サーシャのベレー帽が人混みに消えていくのがちらりと見える。

「今度メルボルンに来られたら、ぜひご連絡を」オーストラリアの建築業者が大声で言い、マンディのユニオンジャックの刺繡入りのポケットに名刺を突っこむ。

「もちろんです！」マンディは陽気に笑って同意し、紙幣を慣れた手つきで上着の横のポケットに押し入れる。

**〈賢明なる者は旅に出るまえに一度坐って考える、それもできれば荷物の上に〉**。もともとはロシアの迷信だが、この金言は、自衛策に関するマンディの長年の助言者、ニック・エイモリーに発するものだ。大それたことになる予感があり、エドワード[テッドの正式名]、きみがそれに係わっているなら、ともかくはやる気持ちを抑え、飛ぶまえに一度落ち着いて考えることだ。

　リンダーホフ城の一日は終わり、スタッフも旅行者も駐車場へ急いでいる。温和な招待主のように、マンディは階段のあたりをぶらつきながら、去りゆく同僚たちにさまざまな言語で祝福のことばをかける。さようなら《アウフ・ヴィーダーゼーン》、フラウ［ミセス］・マイアーホフ！　まだ見つかっていないようですよ。どこにあるのかわからないイラクの大量破壊兵器のことだ。フリッツ、またな《チュス》！　奥さんによろしく！　このまえの夜〈ポルターガイスト〉で彼女がしたスピーチはすばらしかった！　マンディが政治上の鬱憤を晴らすためにときどき足を運ぶ、地元の文化討論クラブだ。そして男同士で結婚しているスペイン人とフランス人のカップルに――パブロ、マルセル、来週いっしょに友の死を悼もう、おやすみ《ブエナス・ノチェス》、おやすみ《ボンソワール》、ふたりとも。最後までぐずぐずしていた者たちが黄昏のなかへ消えていくと、マンディは宮殿の西側の影に入り、階段室の闇に浸る。

　この仕事を始めてすぐに、たまたまこの場所を知った。

　城の敷地内を歩きまわっていて――敷地のあちこちで月夜のコンサートが開かれるので、ムスタファの許しが得られるときにはよく居残って耳をすます――どこにも行き着かない小さな地下の階段室を見つけたのだった。下までおりると、錆びた鉄の扉があり、鍵穴には鍵が刺さったままだった。ノックしても返答がないので、鍵を回してなかに入ると、そこはマンディ以外誰もいない、薄汚れた植物置き場。水やり用の缶や、古いホースや、枯れかけた植物が無造作に置かれていた。窓はなく、石の壁の高い位置に格子穴がついているだけだ。腐ったヒヤシンスの濃厚なにおいが立ちこめ、隣の部屋のボイラーのうなりが聞こえる。しかしマンディには、ここはそもそもルートヴィヒ狂王がリンダーホフ城を建てた理由とも言える場所に思えた――王の聖域、ほかの逃げ場所から逃げるための場所に。マンディは部屋の外に出て、また鍵をかけ、その鍵をポケットに入れた。七日間の勤務のあいだ、もどかしくもゆっくりと時間をかけ、目標の場所を順序立てて偵察した。午前一〇時、城の門が開くと、人々の入る部屋に置かれた健康な植物はみな水をやられ、問題のある植物は片づけられる。植木屋のワゴン車――花の描かれたミニバス――が遅くとも一〇時三〇分に敷地を出発する。それまでに弱った植物は件《くだん》の植物部屋に持ちこまれるか、世話をするために車に乗せられる。鍵がなくなっても、誰も気にしなかった。扉の錠前が取り替えられることもなかった。すなわち、毎朝一一時以降、植物部屋はマンディのものとなった。

彼は今宵もそこにいる。

天井の薄暗い電灯の下、すっくと背を伸ばし、ポケットからペンライトを取り出して、たたんである紙を開いていく。ただの長方形の白い紙になると、期待どおりのものが現れる――これまでも、これからも変わらない、サーシャの手書きの文字。ドイツふうに先端の尖《とが》ったいつもの〝e〟と〝r〟、上から下へ振りおろす同じ断固たる線が、サーシャの文字だと宣言している。紙に書かれたメッセージを読むマンディの表情は、読み取りにくい。あきらめ、不安、喜びが同居している。悲しげな興奮がみなぎっている。なんと三四年だ、と彼は思う。三〇年のつき合い。出会い、ともに戦争を戦い、一〇年間離れていた。そしてまた出会い、別の戦争で一〇年間、互いになくてはならない存在だった。その後永遠に別れたかと思ったら、一〇年たってきみは戻ってきた。

上着のポケットを探り、ザーラのケバブ・カフェのすり切れたマッチブックを取り出す。マッチを一本すり、紙の片方の端、それからもう一方の端に火をつけて、よじれた灰のひとひらになるまで持っている。そして敷石に落とし、黒い塵《ちり》になるまで踵《かかと》で踏みつける。これが必要な儀式だ。腕時計を見て、頭のなかで計算する。あと一時間二〇分。ザーラに電話をかけても意味がない。彼女は働きはじめたばかりだ。

いちばん忙しい時間にスタッフが個人的な電話を受けたりしたら、上司が怒りくるう。ムスタファはディナの家でカマルといっしょにいる。ムスタファとカマルは親友で、ふたりとも近所のトルコ人だけのナショナル・クリケット・リーグを支える名選手だ。リーグの会長はミスター・エドワード・マンディ。ディナはザーラのいとこで、仲がいい。マンディはカビ汚れのついた携帯電話の電話帳をスクロールし、ディナの番号を見つけてかける。

「ディナ、やあ。じつは今晩、くだらない経営者がツアーガイドを集めてミーティングをすることになってたんだが、すっかり忘れてた。帰りが遅くなったら、ムスタファをそこで寝かせてもらえないか？」

「テッド？」ムスタファのかすれ声。

「こんばんは、ムスタファ！　どうしてる？」マンディは発音を強調しながらゆっくりと尋ねる。ふたりで話すときには、マンディが教える英語を使うことにしている。

「とても、とても、元気だよ、テッド！」

「ドン・ブラッドマンは誰だ？」

「ドン・ブラッドマンは、世界が、これまで、見たなかで、最高の、バッターだ」

「今晩はディナの家に泊めてもらえ。いいな？」

「テッド？」

「わかったか？　今晩はミーティングがあるから遅くなる」

「だから、ぼくは、ディナの家で寝る」

「そうだ、よくできた。きみはディナの家で寝る」

「テッド？」

「なんだ？」

ムスタファは笑いすぎてことばが出てこなかった。「あなたは、とても、とても、悪い人だ、テッド！」

「なぜ私が悪い人なんだ？」

「ほかの、女を、愛してる！　ザーラに、言わなきゃ！」

「どうして私の暗い秘密がわかった？」これはもう一度くり返さなければならない。

「わかるさ！　大きな、大きな、眼を持ってるから！」

「私が愛するその女の風貌を教えようか？　ザーラに伝えられるように」

「え？」

「私がつき合っているその女だよ。どういう人か、きみに教えようか？」

「うん、うん、教えて！　悪い人だ！」さらなる笑い声。

「脚がとてもきれいでね――」

「うん、うん！」

「じつは四本、脚がある。ふさふさの毛が生えていて、長い金色の尻尾《しっぽ》があって、彼女の名前は――？」

「モーだ！　モーを愛してるんだ。ぼく、ザーラに言うよ、あなたはモーのほうが好きだって」

　モーは迷子のラブラドル犬だ。ムスタファが自分の名前にちなんで名づけた。クリスマスから彼らの家にいついていて、犬に触ると祈りでも浄められないほど穢《けが》れてしまうと言われて育ったザーラは、最初震え上がった。が、同居する男ふたりがそろって説得するうちに、ザーラも心を開き、モーは好きにふるまってよくなった。

　アパートメントの番号にかけ、留守番電話に録音された自分の声を聞く。ザーラはマンディの声が大好きだ。日中、彼が恋しくなると、テープをかけていっしょにいる気分を味わうこともあると言う。今夜は遅くなるかもしれない、ダーリン、とふたりで使うドイツ語で留守番電話にメッセージを残す。スタッフミーティングがあったのをすっかり忘れていた。相手を守るためにつく真心からのこんな嘘には、おのずと説得力が備わるものだ、と自分に言い聞かせる。悟りを開いた若い導師が賛成するかどうかはともかく。そしてマンディは、今朝きみを愛したときと同じくらい愛している、と生真面目につけ加える――だから余計なことは考えなくてもいい。

腕時計を見る――あと一時間一〇分。金箔のほどこされた、虫食いのある椅子まで歩いていき、それを朽ちかけたビーダーマイヤー様式の衣装箪笥《だんす》のまえまで運ぶ。椅子に乗り、衣装箪笥の上部の飾りの裏を探って、埃《ほこり》まみれの古びたカーキ色のナップサックを引き出す。埃を手で払い、椅子に坐ってナップサックを膝に置く。色の曇ったバックルから帯紐《おびひも》を抜き、蓋《ふた》を開いて、何を期待すべきかわからないかのように、なかをのぞく。

そうして中身を一つひとつ慎重に竹の机の上に出していく――英印混合の家族の大昔の集合写真。コロニアルふうの邸宅の階段に、インド人の召使いが大勢並んでいる。インクの大文字で乱暴に〝ファイル〟と書かれた黄色のフォルダー。同じ時期に受け取った悪筆の手紙の束。乾いたヒースの枝に結ばれた、女性のダークブラウンの髪ひと房。

しかしそれらには、そっけない一瞥をくれるだけだ。マンディが探していて、おそらくわざと最後まで残しておいたのは、二〇ばかりの未開封の手紙が入った、ビニール製のフォルダーだ。宛先は、ミスター・テディ・マンディ、ハイデルベルクの彼の銀行気付。いましがた燃やした紙と同じ黒いインク、先の尖った筆跡で書かれている。差出人の名前はないが、そんなものは必要ない。

薄っぺらの青い航空書簡。

ねばつくテープで補強され、熱帯の鳥のように輝かしい切手で飾られて、はるかダマスカス、ジャカルタ、ハバナといった場所から送られた、きめの粗い第三世界の封筒の数々。

まず彼は消印を見て、それらを時系列に整理する。そしてやはりナップサックから取り出した古い錫《すず》のペンナイフを使って、ひとつずつ封を切り、読みはじめる。なんのために？　**〈何かを読むときには、ミスター・マンディ、まずなぜ読むのか自問することだ〉**。昔のドイツ語教師、マンデルバウム博士の訛のある声が聞こえる。四〇年前のことだ。**〈情報を得るために読んでいるのか？　それも理由になる。あるいは、**

知識を得るためか？　情報はたんなる道だ、ミスター・マンディ。目的地は知識だ〉。

知識を得ることにします、とマンディは思う。危険なイデオロギーにも惑わされません、と心のなかで導師に帽子を脱いでつけ加える。知りたくなかったこと、いまも知りたいかどうか自信がないことを、知ることにします。どうやっておれを見つけた、サーシャ？　どうしておれに姿を見られてはならない？　今度はいったい誰から――そしてなぜ――逃げている？

手紙のあいだに、気ぜわしく破り取られたサーシャの署名入りの新聞記事が何枚かはさまっている。強調すべきところには色が塗られたり、感嘆符がつけられたりしている。

一時間ほど読み、手紙と新聞記事をナップサックに戻し、それを隠し場所に戻す。案の定、ごた混ぜだと胸につぶやく。攻撃がやむことはない。たったひとりの戦争が計画どおり続いている。年齢は言いわけにならない。これまでも、これからも。

金箔仕上げの椅子をもとの場所に戻し、また坐って、まだ山高帽をかぶっていたことを思い出す。帽子を脱ぎ、ひっくり返してなかを見る。もの思いに耽《ふけ》るときによくそうするのだ。製造者のシュタインマッキーのファーストネームはヨーゼフ。娘ではなく、息子に会社を託している。ウィーンの会社の住所は、デューラー通り一九番地、パン屋の上。もうそこにはないかもしれない。ヨーゼフ・シュタインマッキー老人は、作品に日付を入れるのが好きで、この帽子には晴れがましく古《いにしえ》の年――一九三八年――が記してある。

帽子のなかを見つめるうちに、情景が頭に浮かぶ――石畳の通り、パン屋の上の小さな店。割れたガラス、通りの石のあいだにたまった血。ヨーゼフ・シュタインマッキーと、妻と、大勢の息子たちが引き立てられていく。ユダヤ人に対する仕打ちに関与していないと世に広く認められたウィーンの見物人が、大声で賛同している。

マンディは立ち上がると、肩を上げ下げし、両手をぶらぶら振って体の力を抜く。階段室に出て、扉の鍵を閉め、石段をのぼる。宮殿の芝生に夜露がおりている。新鮮な大気は、刈った草と、水を撒《ま》いたクリケット場のにおいがする。サーシャ、ろくでなしめ、今度はいったい何が望みだ?

フォルクスワーゲンのビートルを駆って、ルートヴィヒ狂王の金の門のあいだの起伏を乗り越え、マンディはムルナウへ向かう道に入る。所有者同様、車ももう若くはない。エンジンはあえぐような音を立て、くたびれたワイパーはフロントガラスに半月模様を刻んでいる。車のうしろに貼られたステッカーには、マンディみずから書いたドイツ語で〝この車の運転者はこれ以上アラビアの領土権を主張しない〟とある。小さな交差点を問題なく通過すると、約束どおり、前方の一時駐車場からミュンヘン・ナンバーの青いアウディが出てくる。ベレー帽をかぶって運転席で背を丸めているサーシャのシルエットが見える。

フォルクスワーゲンの当てにならない距離計にして一五キロのあいだ、マンディはアウディのあとにぴたりとついて走る。道は下り坂になり、森に入って分かれる。サーシャは信号を出さずに左に曲がり、フォルクスワーゲンのマンディもあわててあとを追う。黒い木々に囲まれた道がくだって、湖に出る。なんという湖だろう? サーシャに言わせると、マンディとレフ・トロツキーとの唯一の共通点は、偉人トロツキーも〝方向音痴〟と呼んだものだ。駐車場の表示があるところで、アウディは傾斜路をおりて停まる。マンディもそれに続き、バックミラーをちらりと見て、あとを追ってきているものはないか、あるいは、止まらずゆっくりと進みつづけているものはないかと確認する。何もない。買い物袋をひとつ持ったサーシャが、舗装した階段をふぞろいな早足でおりていく。

サーシャは、生まれるまえに子宮内が酸素不足だったと信じている。

移動遊園地の安っぽい音楽が道をのぼってくる。木の間《こま》から、またたく豆電球の光が見える。村祭りがおこなわれているそこへ、サーシャは向かっている。見失うまいと、マンディはあいだを詰める。サーシャが一五ヤード先に近づいたところで、ふたりは浮かれ騒ぐ人々の奈落へと踏みこむ。メリーゴーラウンドが安酒場の音楽を吐き出し、干し草の車に乗った闘牛士がひどいシレジア訛で愛《アモール》の歌を口ずさみながら、段ボールの牛のまえで体をくねらせている。ビールでびしょ濡れの酔漢たちが、戦争のことも忘れ、互いに羽つきのまきとりを吹き合っている。場ちがいな人間はひとりもいない。サーシャも、マンディも。この日は誰もが仲間で、こういう場所を選ぶサーシャの腕も少しも衰えていない。

拡声器から、旗で飾り立てられた蒸気船の大提督が、歩きまわる人々に命じる声が響く。余計なことは忘れていますぐロマンあふれるクルーズに参加せよ。ロケット花火が湖上を飛ぶ。色とりどりの星が滝のように水面に降りそそぐ。こちらから打ち上げたのか、向こう岸から打ってきたのか。ふたりの偉大なる戦争のリーダー、ブッシュとブレアに訊いてみればいい。ふたりとも、怒りをこめて放たれた弾を一発たりとも見たことがない。

サーシャがいない。マンディは眼を上げ、買い物袋ごと鉄製の螺旋《らせん》階段を天に向かってのぼっていく彼を見つけて安心する。階段は横縞《よこじま》模様に塗られたエドワード様式の建物に取りつけられている。サーシャの足取りは必死だ。いつもそう見える。右足をまえに出すたびに頭を引っこめるからだ。袋が重いのだろうか？　ちがう。だがサーシャは階段を難儀して曲がりながら、袋を大事に扱っている。ことによると爆弾？　いや、サーシャにそれはない、ぜったいに。

もう一度さりげなく、ついてきている人間がいないかあたりを見まわしたあとで、マンディはサーシャのあとから階段をのぼる。〝一週間以上の借り主のみ〟とペンキで書かれた表示が警告する。一週間？　一週間必要な人間がどこにいる？　こういうゲームは一四年前に終わったのだ。下を見る。誰も上がってこない。通過する各階のアパートメントの入口のドアは藤色に塗られ、蛍光灯で照らされている。踊り場で、シェルパ・コートを着て手袋をはめたうつろな顔の女が、ハンドバッグのなかを探っている。マンディは息を切らして、こんにち《グリュス・ゴット》はと言うが、彼女は無視する。それとも耳が聞こえないのか。手袋ぐらいはずせよ、そしたら見つかるかもしれない。依然のぼりながら、マンディは乾いた土地を見るかのように悲しげに女を振り返る。入口の鍵をなくしたのだ！　孫をアパートメントに閉じこめてしまったのだ。おりて彼女を助けろ。サー・ガラハッド［円卓の騎士のなかでもっとも高潔な人物］のようにふるまって、ザーラとムスタファとモーのいる家へ帰れ。

マンディはのぼりつづける。螺旋をまたひとつまわる。まわりの山の頂では、永遠の雪野原が半月の光に浸っている。下方には湖、祭り、喧噪がある。見渡すかぎり、やはり追跡者はいない。そして眼のまえに最後の藤色のドアが現れ、半分開いている。マンディはそれを押す。ドアは一フィートほど開くが、暗闇しか見えない。いいや、サーシャ！　と叫びかけるが、ベレー帽の記憶が彼を押しとどめる。

耳をすますが、祭りの騒ぎしか聞こえない。なかに入り、うしろ手にドアを閉める。薄闇のなかに、サーシャがぎこちなく立っているのが見える。買い物袋は足元に置かれている。両腕をできるだけ伸ばして体の脇につけ、行進する共産党員の礼式にきちんとのっとって、親指をぴんと前方に立てている。しかし、ドイツの詩人シラーに似た顔立ち、燃え立つ両の眼、熱意にあふれ、まえのめりになった姿勢は、電飾のまたたく夕闇のなかでさえ、かつてなかったほど生き生きとして警戒怠りない。

「言っちゃなんだが、最近はずいぶんくだらないことをしゃべってるんだな、テディ」と彼は意見を述べる。

相変わらず息を詰まらせたザクセン訛、とマンディは思う。相変わらず学者ぶって、カミソリのように鋭く、体より三まわり大きな声。相変わらず相手を即刻貶《おとし》める力。

「言語学の脱線もくだらないし、描き出すルートヴィヒ像もくだらない。ルートヴィヒはただのファシストだろうが。ビスマルクもだ。それにきみも。でなければ、ぼくの手紙に返事くらいよこしたはずだ」

しかしすでにふたりは、久方ぶりの抱擁を交わすために駆け寄っている。

# 第2章

マンディの誕生からサーシャのリンダーホフ城での再来まで、曲がり、渦を巻いて流れる川の源は、イングランド諸州ではなく、三世紀にわたるイギリスの植民地支配を経てパキスタン北西辺境州となった、呪われたヒンドゥークシ山脈の峡谷地域にあった。

「ここにいる若い紳士《サヒブ》、わが息子は――」マンディの父親である引退した歩兵隊少佐は、ウェイブリッジのパブ《ゴールデン・スワン》の個室で、不幸にもこの話を聞いたことがないか、一〇回以上聞いているが礼儀正しさのあまりそうと指摘できない相手を誰彼なくつかまえて、語ったものだ。「歴史上いささか珍しい人間でしてな。ちがうか、坊主?」

そして思春期のマンディの肩に愛情のこもった腕をまわし、髪をくしゃくしゃにしたあと、まわりによく見えるように息子の顔を明かりのほうへ向ける。少佐は小柄で火のように情熱的な男だ。その所作は愛情を表現するときでさえ、ボクシングをしているように見える。息子は豆の茎のように背が伸びて、すでに父親より頭ひとつ分高い。

「もしお許しいただけるなら、この若いエドワードがなぜ珍しいのか、くわしくお話ししましょう、サー」と彼は続ける。声の届く範囲内にいる紳士《サー》全員に話しかけながら勢いづく。もちろん淑女《レディ》たちにも話しかけている。レディにはまだ少佐を見る眼があり、彼にもまたレディを見る眼がある。「家内が名誉なことに私に子を授けようとしている——まさにここにいるこの子です、サー——と召使いに告げられた日、連隊の診療所の上にはいつもとまったく変わりないインドの太陽が昇っていた」

芝居がかった間。のちにマンディもこれをそのまま身につけることになる。少佐のグラスが神妙に掲げられ、それに応じて頭が垂れる。

「ところがです」また話しはじめる。「ところが、ほかならぬこの若者がありがたくも世《パレード》に現れたとき」なじるように息子のほうを向くが、荒々しく青い眼の視線はいつもながらやさしい。「閲兵式《パレード》にトーピー帽を忘れたら兵舎に二週間の監禁、よくそう言ったものですな、サー——昇った太陽はインドではなく、パキスタン自治領のものだったのです。だろう、坊主？」

その問いかけにたいてい息子は赤面し、ことばに詰まりながら「ええ、少なくとも父上から聞いた話では」といった答えを返す。そこで一同はどっと沸き、少佐は往々にしてまた誰かに一杯おごってもらい、この話の教訓を授ける機会を得る。

「歴史の女神、いとも気まぐれ」やがて息子に受け継がれる電文調で言う。「日夜、彼女のために行進し、汗水垂らして働き、くそして《シット》、めかして《シャイン》、ひげ剃って《シェイヴ》、髪洗っ《シャン》て《プー》も、何ひとつ変わりゃしない。彼女に見放されたらアウト、おしまい、ゴミの山、以上」と同時にまた酒のつがれたグラスが掲げられる。「あなたの健康に、サー。気前のいいかただ。皇帝たる女王陛下に幸あれ。そしてここにいますパンジャブの軍《いくさ》人《びと》、文句なしにこれまででいちばんの兵士にも。ただし、きちんと指揮してもらえばですが。そこが問題でして」

そして運がよければ、若い紳士《サヒブ》にもジンジャービールがふるまわれる。少佐は感情を昂ぶらせ、軍人時代のスポーツジャケットのすり切れた袖口から颯爽《さっそう》とカーキ色のハンカチを取り出し、まず念入りに整えた小さな口ひげを何度か叩き、次に両頬をぬぐって、またもとの場所にしまう。

少佐の涙には理由がある。ゴールデン・スワンの客はみなよく知っているが、パキスタンが生まれた日、彼は職歴だけでなく妻をも奪われたのだ。彼女は出産予定日をすぎて生まれたひょろ長い息子に憔悴《しょうすい》しきった眼をちらりと向け、インド帝国と同じように事切れた。

「あいつは――」夜もそろそろ涙もろい時刻となり、少佐の胸が熱い思いでふくらむ。「彼女を言い表すのはひとつのことばしかない――気品です。初めて会ったとき、彼女は乗馬服を着ていた。召使いをふたり連れて朝駆けに出ていた。平原の暑い夏を五回すごしたというのに、チェルトナム女子高校でクリームつきのイチゴを食べてそのまま現れたように見えた。動物やら植物やら、召使いよりもよく知っていた。連隊のくそ医者があの半分でも素面《しらふ》だったら、彼女はいまもわれわれといっしょにいるはずです。神よ、彼女に祝福を。彼女の思い出に、いまは亡きミセス・マンディに乾杯。まえへ進め！」涙をたたえた眼が息子に向けられる。しばしその存在を忘れていたようだ。「この若いエドワードは」と説明にかかる。「学校のクリケットチームの一番手の投手《ボウラー》でしてな。おまえはいくつになった？」

父親を連れ帰る頃合いを見計らっている少年は、一六歳と答える。

少佐はしかし、本人も断固主張するとおり、嘆かわしい二重の喪失に屈しなかった。踏んばりました、サー。耐えました。妻を失い、幼い息子を育てなければならず、インド統治が耳元でガラガラと崩壊しているとあっては、私もほかの腑抜けと同じことをしたと思われるかもしれない——ユニオンジャックをおろし、軍葬ラッパを鳴らし、尻に帆かけて帰国して名もない人間になると。この少佐はちがいますぞ。そんなのは御免こうむる。なよなよした戦争成金の尻にキスするくらいなら、パンジャブの屋外便所の肥汲《こえく》みを選ぶほうでして、いやまったく。

ひいきの仕立屋《デルジ》を呼んで言いました。〝仕立屋《デルジ》、私のカーキ色の軍服から少佐の王冠をはずして、パキスタンの三日月につけ替えてくれ。すぐに《ジュルディ》だ〟。そしてそのまま求められるかぎり軍に奉仕した。文句なしに世界一の軍隊に。ただし」——人差し指をぴんと立ててドラマティックに警告する——「きちんと指揮されれば。そこが問題です」

そのあたりで最後の注文をとる慈悲深いベルが鳴る。少年は慣れた手を父親の腋《わき》に入れ、ヴェイル二番地の家まで歩かせたあと、前夜のカレーを平らげる。

だが、マンディという人間の由来は、こうした酒場での思い出話などでたやすく語り尽くせるものではない。大まかな描写ではことばを惜しまない少佐は、細部になると途端に口数が少なくなり、結果としてマンディの幼いころの記憶は、少佐の境遇が衰えるにつれ、基地から兵舎、補給所、夏期駐在所へと落ちぶれる生活をつなぎ合わせたものになる。誇り高きインド帝国の息子は、あるときには、赤土色のクラブハウスがついた白漆喰《しっくい》の仮兵舎で威を振るい、ポロ競技、水泳、遊びでほかの子を率い、歴史に残る『白雪姫と七人のこびと』のおとぼけ役《ドーピー》を含め、クリスマスの演劇会でも活躍する。かと思えば次のときには、どんな町からも数マイルは離れた人もまばらな駐屯地で——エンジンつきの車の代わりに牛の引く荷車、クラブハウスの代わりにトタンの映画館、緑のカビに覆われた連隊の小屋でクリスマスのプディングが供される——泥の道を裸足で走りまわっている。

立て続けの引っ越しを生き延びた持ち物はわずかしかない。トラの皮、収納簞笥、大切にしてきた象牙細工はみななくなる。亡き妻の思い出の品——日記、手紙、貴重な家族の宝石類が入った箱——さえ奪われる。ラホールの駅長は盗《ぬす》っ人《と》だ。今度会ったら鞭打ちにしてくれる！　そろいもそろって悪党の使送員どもも！　ある晩、マンディがしつこく愚かな質問をくり返すと、少佐は酔った勢いで誓う。「母さんの墓だと？　あいつの墓がどこにあるか教えてやろうか。なくなったのさ！　乱暴な部族民に粉々にされちまった。石ひとつ立ってやしない！　母さんが残ってるのはここ、ここだけだ！」──小さな拳《こぶし》を自分の胸に叩きつけ、また一杯酒をつぐ。「あいつには、おまえがとうてい信じられないような気品があった。おまえを見るたびに母さんの姿が見える。イギリスとアイルランドの高貴な血がな。広大な所有地はアイルランドの紛争で跡形もなく消えた。まずアイルランド人、次に忌々しいイスラムの連中にやられた。一族まるごと死ぬか、風に散り散りに飛ばされた」

父子は丘の上の町、マリーの駐屯地に落ち着く。少佐は泥煉瓦《れんが》の粗末な兵舎で安閑とすごし、喉をいたわって《クラヴァンA》を吸いながら、給料や病休者や休暇表についで愚痴をこぼす。マンディ少年は、パキスタン独立と同時にマドラスから北へ移ってきた太り肉《じし》の女召使い《アヤー》に世話される。名前はなく、ただ〝アヤー〟と呼ばれる彼女は、マンディに英語とパンジャブ語の詩を読み聞かせ、こっそりとコーランの聖なる教えも伝える。アッラーという神は、正義と世界じゅうの人々を愛している、キリスト教徒も、ヒンドゥー教徒も愛しているが、とりわけ子供が好きなのだと。マンディがうるさく尋ね、ようやく彼女は仕方ないというように、夫も、子供も、両親も、兄弟姉妹ももう生きていないことを認める。「みんな死んだんですよ、エドワード、ひとり残らずアッラーのもとにいます。あなたはそれだけわかれば充分。さあ、お休みなさい」

国が分断されたときの大虐殺で殺された――しつこく食い下がるマンディに、彼女はそう認める。ヒンドゥーに殺された。駅で、モスクで、市場で殺された。

「おまえはどうして生きてるの、アヤー?」

「神のご意志ですよ。あなたはわたしにとって神の恵み。さあ、お眠りなさい」

ヤギとジャッカルの鳴き声、軍のラッパ、執拗に響くパンジャブの太鼓の音とともに夕刻が訪れると、少佐もまた川縁《かわべり》のセンダンの木の下に腰をおろし、錫のペンナイフで適当な長さに切った、彼が〝ビルマ〟と呼ぶ葉巻を吸いながら、やがて死ぬ運命について考える。少佐が白鑞《しろめ》のヒップフラスク［携帯容器］からちびちびと酒をやるあいだ、育ちすぎた息子は地元の子供たちと川の水を跳ね散らし、まわりで果てしなく起こっている大人たちの殺戮《さつりく》をまねて遊ぶ。ヒンドゥー教徒対イスラム教徒。死ぬと役柄が入れ替わる。四〇年たったいまも、マンディは眼を閉じさえすれば、陽が沈むと魔法のようにひんやりしてくる大気を感じ、ふいにおりる宵闇とともに湧き上がるさまざまなにおいを嗅《か》ぎ、季節風のせいで緑に輝く丘陵地帯の夜明けを眺め、遊び友だちの叫び声が祈禱時刻の通知係の声に代わるのを聞くことができる。夜、父親が怒りもあらわに、ろくでもない息子が母親を殺したと罵《ののし》る声も――ちがうか、坊主？　そうだろうが！　おれが来いと命令したら、すぐに《ジュルディ》こっちへ来い！　しかし少年は、すぐだろうがなんだろうがしたがわず、酒が仕事を終えるまで、アヤーに肩をつかまれて彼女の横に立っているほうを選ぶ。

　ときに誕生日も耐えなければならない。その日が近づいてくると考えた瞬間から、少年はありとあらゆる病に苦しむ――胃痛、発熱をともなう頭痛、下痢、マラリアの初期症状、そして毒コウモリに咬《か》まれたという恐怖。いざ当日になると、料理人はおぞましいカレーと、〝エドワードにたくさんの幸せを〟という文字の入った大きなケーキを作るが、ほかの子供は招待されず、窓にシャッターがおろされ、食卓に三人分の用意がなされ、ロウソクに火が灯《とも》される。召使いたちが静かに壁際に立ち、携帯食器の完全なセットが並べられ、入念に飾りつけられた部屋のなかで、少佐はひとつきりのアイルランドのバラード集を何度も何度も蓄音機でかけ、マンディはカレーをどれだけ残してもいいだろうかと考える。そして厳かにロウソクの火を吹き消すと、ケーキを三人分切り、ひと切れを母親の皿にのせる。少佐がいつもの半分でも素面なら、父と子は何かを祝う日に持ち出される紅白の象牙のチェスセットで無言の戦いを交える。戦いが決着することはない。続きは明日、と片づけられるが、その明日は決してやってこない。

しかし、ごくたまに訪れる――そうたびたびでは困る――別の夜には、少佐はいつも以上に恐ろしいしかめ面をして大股で部屋の隅の机に歩いていき、鎖で体につないでいる鍵で抽斗《ひきだし》を開け、儀式めいた仕種で古ぼけた赤い表紙の『ラドヤード・キプリング選集』を取り出す。あちこちへこんだ金属のケースから読書眼鏡を出し、傷んだ椅子の肘かけの穴にウィスキーのグラスをのせ、『ジャングル・ブック』のモーグリ、そしてキムという名の別の少年に関する数節を抑揚のない声で朗読する。キムはのちに皇帝たる女王の情報部でスパイとなるが、どんな経緯でスパイになったのか、最終的に勝利したのか、捕らえられたのかは、読まれた個所からうかがい知ることができない。少佐は、片手で聖体を授ける神父さながらのものものしさでウィスキーを飲み、本を読み、また飲んで、しまいに寝入る。するとアヤーが最初から身をひそめていた物陰から静かに現れて、マンディの手を取り、ベッドへ連れていく。キプリング選集は、少佐の言によると、マンディの母親が選りすぐった膨大な蔵書のなかでただ一冊生き残ったものだ。

「母さんはおれが食べた温かいディナーの数より多くの本を持っていた」と少佐は軍人らしく驚嘆するが、マンディとしては、それほどの読書家である母がどうしてずだ袋一杯分の尻切れとんぼの物語しか残してくれなかったのか、当惑し、不満にも思う。眠るまえにアヤーがしてくれる、預言者ムハンマドの勇ましい話のほうが好きだ。

ひととおりの教育を得るために、マンディ少年は、孤児と貧しいイギリス将校の子女がかよう消滅しかかった植民地学校の名残で学び、パントマイムを演じ、ひげのないイギリス国教会の宣教師を週に一度訪ねる。宣教師は彼に神学とピアノを教え、とりわけじかに少年の指を取って指導することを好む。とはいえ、このなりゆきまかせの退屈なキリスト教の手引きは、陽光あふれる異教徒の毎日にときおり割りこむにすぎない。マンディのすごす最高の時間は、モスクの裏の空き地でアフメド、オマール、アリと荒々しくクリケットをするとき、水面が真珠のようにきらめく岩間のプールを見つめながら、ラニに幼い恋を囁《ささや》くとき――ラニは村にいる九歳の裸足の美少女で、マンディは手続きができる歳になったら永遠に結婚するつもりでいる――あるいは、パキスタン・イスラム共和国の真新しい旗が掲げられた連隊のクリケット場で、国を讃《たた》えるパンジャブ語の歌を大声で歌うときだ。

召使いのみならずアヤーまで暇を出され、バンガローのシャッターがまたしても固く閉ざされる夜が来なければ、マンディは残りの青春期、ひいては残りの人生を、そんなふうに気楽にすごしていたかもしれない。その夜、父と息子は、四隅に真鍮《しんちゅう》のついた革のスーツケースにわずかな生涯の所有物を手早く黙々と詰める。夜明けには、ショットガンをかついだ厳《いか》めしいパンジャブ兵士ふたりとともに、おんぼろの軍警察のトラックのうしろに乗り、駐屯地から出るでこぼこ道を走っている。マンディの横で背を丸めている除名されたパキスタン歩兵隊の少佐は、制帽ではないフェルトの中折れ帽をかぶり、母校のネクタイを締めている。味方の将校に手を上げて軍法会議で有罪を言い渡された追放者に、もう連隊の縞模様のタイは似合わない。上げた手で何をしたのかは明らかにされなかったが、マンディの経験が多少なりとも判断材料になるとすれば、その手が穏便にポケットに戻されたはずはない。敷地の出口の門で、いつもマンディが通るたびににこやかな顔で敬礼する守衛は、石のように硬い表情をしている。アヤーは悲嘆と怒りと嫌悪のあまり、彼女が怖れるどんな幽霊にも負けないほど蒼白い顔で立っている。アフメド、オマール、アリは大声で叫び、手を振りながらトラックのあとを追ってくるが、ラニはそこにいない。ラニはガールスカウトのチュニックを着、編みたての黒髪を背中に垂らして道路脇にうずくまっている。裸足の両膝をぴたりと合わせ、両腕に顔をうずめて泣きじゃくっている。

船は暗いなかカラチを出る。そして延々イギリスまで暗い。少佐が地元の新聞に自分の顔写真が載っているのを見て、人前に出るのを恥じたからだ。他人に顔を見せまいと船室でウィスキーを飲み、息子が無理やり食べさせるときにだけ食事をとる。少年は父親の世話人となる。ひとり船室の外へ出撃し、船で配られる新聞に害のあることが書かれていないか毎日まえもって調べ、夜明けまえと夕方、ほかの客がディナーの着替えをしているあいだにこっそりと父親を甲板の散歩に連れ出す。船室のもうひとつの寝台に寝転がり、父親のビルマの吸い差しをもらって吸いながら、隔壁にアーチ状に走るチークの肋材《ろくざい》に打たれた真鍮のネジを数え、ときに父親のとりとめのない話を、ときに規則的な船のエンジンの音を聞く。どこか満たされない思いでラドヤード・キプリングを苦労して読み進めることもあれば、ラニを思い、父親がいまだにインドと呼んでいる故郷へ泳いで帰りたいと夢見ることもある。

苦悩する少佐は、心から愛しつつも見捨てたインドについて語るべきことが山ほどあり、そのいくつかは若いマンディの耳を驚かす。口を閉ざして得るものが何もなくなった少佐は、パキスタンの分離独立を見て見ぬふりするイギリス本国の態度に死ぬほど嫌気がさしていると言い捨てる。ウェストミンスターのならず者や大馬鹿者に、ありったけの呪詛《じゅそ》を並べ立てる。アヤーの家族に起こったことも含めて、すべては彼らの責任だ。まるで少佐自身の罪悪感を政治家どもの肩に移し替えるかのようだった。大虐殺も、強制移住も、法や秩序や中央政府の崩壊も、現地の非協力のせいではなく、イギリス政府の植民地蔑視、ゆがんだ政策、貪欲、腐敗、臆病の結果だ。それまで少佐が悪い噂など聞いたことのなかった最後のインド総督、マウントバッテン卿は、紫煙のこもる小さな船室のなかで〝まぬけ〟になる。「もしあのまぬけがもっとゆっくり分離独立を進め、もっと早く虐殺防止に乗り出していたら、何百万という命が救われたんだ。二〇〇万の命がな」アトリー首相とスタフォード・クリップス蔵相も似たようなもの。みずから社会主義者と称しているが、ほかの連中と同じく階級支配の俗物にすぎない。

「ウィンストン・チャーチル、もしあいつが思いどおりにやってたら、残りの連中全員を足したよりひどいことになってただろう。なぜか。わかるか、え？」

「わかりません」

「インド人を色黒のあほうだと思ってたからさ。鞭打ち、吊るし、聖書を教えてやればいいと。おれのまえであいつのことをちょっとでも褒めるなよ。わかったか」

「わかりました」

「ウィスキーをくれ」

少佐が吐き出す不埒《ふらち》な見解は、知的にはかぎられたものかもしれないが、多感なマンディの人生のこの重要な転機に稲妻のように閃《ひらめ》く。瞬時に、殺された家族全員が足元に横たわるなか、恐怖で両手を握りしめて立ちすくむアヤーの姿が見える。人づてに聞いて定かではない大量殺戮と、それに続く大量の復讐の噂話をひとつ残らず思い出す。悪いのはヒンドゥー側ではなく、イギリスだったのだ！ イギリス人でキリスト教徒の少年として、アフメド、オマール、アリから受けた嘲《あざけ》りの数々を思い浮かべ、遅まきながら、手加減してくれた彼らに感謝する。ラニの姿を見て、自分を愛してくれるまで彼女が嫌悪感を克服したことに驚く。愛する国から追放され、思春期の朦朧《もうろう》に包まれ、見たこともないがこれからは母国と呼ばなければならない罪深い国へ刻一刻と引き寄せられながら、マンディは心ならずも初めて、植民地の歴史をまったく新たな眼で振り返ることになる。

＊　＊　＊

若いマンディを待ち受けるイギリスは、雨の降りしきる、四〇ワットの裸電球で照らされた生ける屍《しかばね》の墓場だ。中世に建てられた灰色の寄宿学校は消毒薬くさく、子供の裏切り者と大人の独裁者に支配されている。父親が食用に堪えないカレーを作り、進んで堕落の道をたどるうちに、ヴェイル二番地の家は雨もりで腐っていく。ウェイブリッジにはインド人の歓楽街がないので、少佐はミセス・マッケチニーという気紛れなスコットランド出身の家政婦を雇う。永遠に二九歳の彼女は、嫌々少佐とベッドをともにし、最後にいくらか残っているインドの銀の箱をときどき磨くが、不思議と箱はひとつずつなくなっていく。気紛れなミセス・マッケチニーは決してアヤーがやったようにマンディの頰をなでたりせず、ムハンマドの勇ましい話をすることも、マンディが眠るまでその手を両手で包んで温めてくれることも、夜の恐怖を追い払うトラの皮のお守りがなくなったときに、代わりのものを与えてくれることもない。

遠戚のおばからの遺産と、陸軍将校の子女に対する助成金をもとに寄宿学校へ送られたマンディは、当惑し、やがて恐怖におののく。少佐のはなむけのことばは思いやりから発せられたものとはいえ、新しい生活の衝撃を受け止める心の準備にはならない。「母さんがいつもおまえを見ていることを忘れるな。それから、人前で誰かが髪の毛に櫛を入れはじめたら、とっとと逃げ出すことだ」父親は息子を抱きしめながら、しゃがれ声で警告する。マンディは学校へ向かう列車のなかで、自分を見つめる母親を必死で思い描こうとしながらも、窓という窓にしがみつく幼い物乞いや、上半身を埋葬布に包まれ、足だけ突き出しているが殺されたのではない死体が累々と横たわる駅のプラットフォームや、人前で髪に櫛を入れる連中を、むなしく探す。茶色の堆肥の風景と青い連山の代わりに見えるのは、濡れそぼった原野と〝ストロング・カントリー［ビールのブランド名］へようこそ〟と彼を歓迎する謎めいた看板だけだ。

監禁地に到着するなり、以前の白人のよきお坊ちゃまは落ちこぼれの仲間入りをする。最初の学期が終わるまでに、マンディはまわりから植民地の変ちきと見なされ、みずから差別をあおるようにインド訛でしゃべっている。ヘビはいないかと始終気にしてほかの生徒の怒りを買い、学校のおんぼろの配管設備がガタガタ鳴ると「地震だ！」と叫んで机の下に飛びこむ。入浴日には、天井から飛んでくるコウモリを打ち払うために古いテニスラケットを持ちこみ、教会の鐘が鳴ると、祈禱時刻の通知係かなとひとりつぶやく。性欲を抑える早朝のランニングに駆り出されると、頭上を舞うドーセット州のカラスが凧に見えて仕方がない。

それやこれやで罰せられても、マンディはおこないを改めない。夜の予習時間にはアヤーが教えてくれたコーランの一節をうろ憶えで書き連ねる。消灯の鐘が鳴るとガウン姿で寮のシャワールームに立ち、ひび割れた鏡に顔を近づけてあちこち引っぱっては、色が濃くなっていないか、眼のまわりに隈ができていないかと確かめる。もしそんな兆候があれば、自分は母親の威厳ある貴族の血を引くのではなく、一ルピー中一二アンナ［四分の三］の欧亜混血であるというひそかな確信を裏づけることになる。だが幸運は訪れない。マンディは〝蔑《さげす》まれし者〟［イザヤ書五三章三節］であり、雪のように白く罪深い、明日の支配階級たるイギリス紳士という終身刑を宣告されている。

そんな彼が精神的なつながりを感じる人物は、やはり同じ追放者だ。貫禄があり、年齢を感じさせない、控えめな物腰の白髪の隠遁者《いんとん》。縁なし眼鏡をかけ、みすぼらしいスーツを着て、ドイツ語の特別授業とチェロの指導をおこない、ブリストル・ロードのロータリーに面した赤煉瓦造りの狭苦しいアパートメントにひとりで住んでいる。名前はミスター・マロリー。マンディは、彼がハイ・ストリートの喫茶店で本を読んでいるところにばったり出くわす。教師全員の職員会議が開かれているのに、ミスター・マロリー、あなたはなぜ出席しないのですか？

「なぜなら、私は完全な教師ではないからだよ、ミスター・マンディ」とマロリーは説明し、本を閉じてすっと立ち上がる。「いつかもっと成長したら、教師になるのかもしれない。だがこれまでのところ、私はまだ臨時の教師だ。永遠に臨時だな。ケーキでもどうかね？　ごちそうしよう、ミスター・マンディ」

それから一週間とたたないうちに、マンディは週二回のチェロのレッスンと、ドイツ語の特別授業、ドイツ語会話の授業を受けることになる。「こうしたいのは、ぼくの関心が音楽にしかなく、ドイツ語はいわば音楽の文字版だからです」と向こう見ずにも少佐に手紙を書き、年間の授業料に一五ポンドを上乗せしてほしいと頼む。

少佐の返事もそれに劣らず衝動的だ。「申し出を心より承諾する。おまえの母親は音楽の天才だった。もし彼がエヴェレスト登頂に挑んだマロリーの親戚だったら、第一級の人材だ。尋ねて報告されたし。マンディ」

ミスター・マロリーは、悲しいかな、第一級の人材ではないし、少佐が思い描いているような人物でもない。本名は残念ながらフーゴー・マンデルバウムといい、ライプツィヒ出身で、山には興味がない。「でも頼むからみんなには言わないでほしい、ミスター・マンディ。マンデルバウムなどという名が知れたら、派手にからかわれるだけだから」と彼は笑い、すでに派手にからかわれた人間のあきらめの表情を浮かべて、白髪頭をうなずかせる。

チェロのレッスンははかばかしくない。最初、マンデルバウム博士は弓の動きだけを気にする。マリーにいたイギリス国教会の宣教師とちがい、博士はマンディの指をまるで電気の流れる鉄線のように扱う。恐る恐るそれらを正しい位置に持っていくと、途端に離れて安全な部屋の隅に逃げていく。が、五回目のレッスンが終わるころには、彼の表情は、技術的な関心から、仲間の人間に向けるたんなる悲哀を示すものへと移っている。ピアノの椅子に浅く腰かけたまま、両手を祈るように組んで身を乗り出す。

「ミスター・マンディ、音楽はきみの安息の場所にはならないようだ」きわめて真剣な面持ちで、彼はついに宣言する。「あるいはもっとあと、音楽が表現する感情をきみ自身が味わったあとでなら、そうなるかもしれない。はっきりとはわからないがね。だからいまは、言語をきみの拠りどころにしたほうがよさそうだ。シャルルマーニュ大帝曰《いわ》く、別の言語を得ることは別の魂を得ることだ。ドイツ語はそんな言語だな。一度頭のなかに入れてしまえば、いつでもそこを訪れてドアを閉め、安息の場所にすることができる。ゲーテの詩を少し読んでみようか？　ときにゲーテは純粋をきわめた。きみぐらい若かったとき、彼は純粋だった。私ぐらい歳をとったときに、また純粋になった。だからまず、彼のもっとも美しく短い詩をドイツ語で読んで、あとで意味を教えてあげよう。そして次に会うとき、きみはこの短い詩を学ぶ。さて」

そこでマンデルバウム博士はドイツ語で書かれたもっとも美しく短い詩を暗唱し、続けて英語に翻訳する――〈**すべての山の頂に安らぎあり……けれど待つがよい。おまえもすぐに安らぐだろう**〉［『さすらい人の夜の歌』より］。チェロはマンデルバウム博士がみすぼらしいスーツを入れている戸棚にしまわれる。チェロを習うのが大嫌いになっていた、ふだん涙に縁のないマンディは、それを見て泣きに泣く。マンデルバウム博士は、部屋の隅のレースのカーテンのかかった窓辺に坐り、先の尖ったゴシック文字の詩集を見つめる。

しかし奇跡は起こる。それからふたつの学期が終わるまでに、マンデルバウム博士はひとりの優等生を得、マンディは安息の場所を見出す。ゲーテ、ハイネ、シラー、アイヒェンドルフ、メリケはマンディの秘密の友となる。聖書の予習でこっそり彼らの詩集を読み、ベッドにまで持ちこんで、シーツの下で懐中電灯の光にかざしてまた読む。

「さて、ミスター・マンディ」マンディの検定試験合格を祝うために買ったチョコレートケーキをまえにして、マンデルバウム博士は誇らしげに宣言する。「今日、われわれはふたりとも難民だ。人類がみな鎖で牢獄につながれていることを考えると、世界じゅうのよき人々もまた難民かもしれない」博士が心を開いて、世界の虐げられた人々の隷属化を嘆くのは、こうしてドイツ語でしゃべっているときだけだ。「われわれは泡のなかで生きることはできない、ミスター・マンディ。心地よい無知は解決策にはならない。私が入会を認められなかったドイツの大学生組織では、乾杯をするときにこう言う。〝火の精《サラマンダー》となって、火のなかに棲むがよい〟とね」

そのあと博士はレッシングの『賢者ナータン』の一節を読み、マンディはそれがいつか腑に落ちる夢の音楽であるかのように、美しい声の韻律に首を振りながら恭《うやうや》しく聞く。

「では、一度インドの話を聞かせてくれないか」とマンデルバウム博士は言い、山岳地帯から届けられるアヤーの素朴な話に眼を閉じる。

ときおり親としての義務を果たしたいという欲望に駆られて、少佐はなんの予告もなくマンディの学校を訪れ、サクラ材の杖を突き、学生たちのスポーツを観戦しては怒声を浴びせる。マンディがラグビーをしていれば、馬鹿どもの脚を折ってやれと、クリケットなら、腑抜けどもを場外にぶっ飛ばせと叫ぶ。そんな彼の訪問は、敗北に怒るあまり体育教師をホモ野郎と罵り、生涯初めてではないが競技場から連れ出されることによって突然途絶える。学校の塀の外では〝狂騒の六〇年代《スインギング・シクスティーズ》〟が全盛をきわめるが、塀の内側では〝帝国〟のバンドが演奏している。日に二度の礼拝では、卒業生の戦没者が讃えられて在校生に害をもたらし、白人がほかの人種より高く評価され、《タイムズ》紙の社説にも性的興奮を覚える少年たちに純潔が説かれる。

しかし、抑圧に苦しめられ、看守たちを忌み嫌うまでになりながらも、マンディは彼らに受け入れられるという呪縛から逃れられない。マンディの真の敵は、彼自身のやさしい心根と、何かに属していたいという打ち消しようのない欲求だ。満たさなければならない胸の空虚は、おそらく母親のいない人間だけが理解できる。表向きの態度の変化はわずかで抜け目ない。ひとつ、またひとつと不服従の行為に及ぶが、誰も気づくことはない。危険この上ない場所で煙草を吸っても見咎められず、息が煙草くさいとも言われない。礼拝堂で本を読み、近所のパブの裏口であおった一パイントのビールで酔っ払う。なのに必然的に鞭打ちとなるどころか、生徒会長の役まで押しつけられ、首席にも手が届くと言われる。さらに悪いことに、うまくもないのにラグビーの代表選手となり、学校のクリケットチームでは速球投手《ファストボウラー》に昇格して、時の英雄に祭り上げられる。マンディの異教徒のおこないと破壊的な性向は一夜にして忘れ去られ、退屈な『エヴリマン』の劇では主役を割りふられる。望まぬ栄光に包まれて学校を卒業し、マンデルバウム博士の尽力により、現代言語学の奨学金を得てオクスフォード大学に進むことになる。

「息子よ」

「父さん」

マンディは少佐に考えをまとめる時間を与える。ふたりはサリー州の住まいのサンルームに坐っている。いつものように雨だ。雨は手入れされない庭のブルーパインの木を霞ませ、フランス窓の錆びた枠を伝って、ひび割れたタイルの床にぽたぽたと落ちる。気紛れなミセス・マッケチニーは休暇でアバディーンの家に帰っている。夕刻前、少佐は昼食時の最後の一杯と、夜の最初の一杯のあいだの頭の冴えを愉しんでいる。腺病にかかったレトリーバーが屁をして鼻先の籠《かご》に何ごとかうなる。サンルームにはガラスの欠けているところがあるが、少佐はこのところ閉所恐怖症なので、かえって都合がいい。新しい連隊の規則によって、ドアにも窓にも鍵はかけられない。泥棒に入りたいなら、私の居場所はわかっているというものだ――減ってきたゴールデン・スワンの聴衆に向かって、少佐は好んでそう言い放つ。そうして、もはや手放せない友となったサクラ材の杖を指し示す。

「あれはがんばってるか、坊主？　勉強すると言ってたドイツ語のことだが」そこで見計らったようにビルマを吸う。

「ええ。感謝しています」

少佐と犬はそのことについて考える。最初に口を開くのは少佐だ。

「まだあっちには立派な軍隊がいるぞ。すべて滅びたわけじゃない」

「まあ、そうですが」

ふたたび長い沈黙。

「ドイツの連中がまた戦争を仕掛けてくると思うのか、え？ 最後の出し物から二〇年。そのまえの出し物からは、やはり二〇年だった。そろそろ次だな。気持ちはわかる」

また考える沈黙ができたあと、少佐はふいに顔を輝かせる。

「それならそれでいい。母さんのせいだ」

ここ数か月で初めてのことではないが、マンディはこの人は正気だろうかと思ってぞっとする。ドイツとの次の戦争の責任が死んだ母さんにある？ どうしてそんなことになるんです？

「母さんは、おまえやおれがこのグラスを持ち上げるようにたやすく、ことばを習得した。ヒンディー語、パンジャブ語、ウルドゥー語、テレグ語、タミール語、ドイツ語」

マンディは驚いた。「ドイツ語も？」

「フランス語もだ。書いて、話して、歌った。九官鳥《マイナー》の耳を持っていた。スタンホープ家の人間はみんなそうだ」

マンディはそれを聞いて満足する。マンデルバウム博士のおかげで、すでにしばらくのあいだ、ドイツ語の秘められた世界に立ち入っている。ドイツ語には、美、詩、音楽、論理、そして意外にもユーモアがあり、読み取る力のない者にはとうてい理解できないロマンティックな魂もひそんでいることを知っている。その入口に〝立ち入り禁止〟の札がついていることを別にすれば、文化的安息の地を探し求める一九歳の荒野の狼《ステッペンウルフ》がとりあえず望むものは、すべてそこにある。しかし、いまやそこに家系が加わった。それまでどんな疑いが残っていたにしろ、みなたちどころに、消えるべくして消える。マンデルバウム博士がいなければ、ドイツ語の知識をこれほど蓄えることはなかった。ドイツ語がなければ、ウルフィラ教父の聖書のゴート語訳に関する、週に一度のゼミに入ることもなかった。そしてウルフィラのゼミに入らなければ、大学の最初の学期の三日目、ノース・オクスフォードの更紗木綿《さらさ》のソファに、イルゼという名の、小柄で多言語遣いで癇癪《かんしゃく》持ちのハンガリー人と、尻つき合わせて坐ることもなかった。イルゼは、母親のいない身長六フィート四インチの童貞を性の光明へと導くことを、己の義務と心得ている。ウルフィラへの関心は、マンディと同じく人生の偶然にすぎない。彼女はヨーロッパじゅうで学問を仕入れたあと、現代の無政府主義《アナーキズム》のルーツにまつわる知識を広げるために、オクスフォードにたどり着いた。ウルフィラはそんな彼女の時間割にじわじわと入りこんできたのだった。

＊　＊　＊

漆黒の闇夜、サリー州の家に呼び出されたもはや天涯孤独のマンディは、父親の汗まみれの頭を腕に抱き、その口からみじめな人生の最後の断片が吐き出されるのを見つめる。ミセス・マッケチニーは階段を上がったところで煙草を吸って休んでいる。葬儀の出席者には、弁護士でもある仲間の大酒飲み、借金を踏み倒された賭け屋、ゴールド・スワンの主人、そしてパブの常連数名がいる。まだ断固として二九歳のミセス・マッケチニーは墓穴のそばで不動の姿勢をとり、どこから見ても気丈なスコットランドの未亡人だ。季節は夏、彼女はふわっとした黒い喪服を着ている。なま温かい風がそれを体に張りつかせ、豊かな胸と、体型をなぞるほかの線があらわになる。式次第の紙で口元を隠しながら、彼女はマンディに身を寄せ、耳の毛で唇の動きが感じられるほど近くで囁く。

「お行儀よく頼めば、これが手に入ったかもしれないのにね」アバディーン訛で嘲るように言って、腹立たしくもマンディの股間をさっとなでる。

怖気《おぞけ》をふるったマンディは、安全な大学の部屋に戻り、なけなしの遺産を確認する――紅白の象牙彫刻のチェスセット、傷みが激しい。軍支給のカーキ色のナップサック、なかには手縫いのシャツ六枚、製造元は東カルカッタ、一七七〇年創業の《ランケン&カンパニー》、国王ジョージ五世御用達、デリー、マドラス、ラホール、マリーに支店。白鑞のヒップフラスク一個、日暮れどきにセンダンの木の下に坐ったため、あちこちがへこんでいる。煙草《ビルマ》を切る錫のペンナイフ一本。先端の欠けた儀礼用のグルカナイフには〝勇敢な友へ〟の文字が彫りこまれている。数世代を経たツイードジャケット一着、製造元は示されていない。古びて変色し、何度もページをめくられた『ラドヤード・キプリング選集』。そして、隠されていたのか、忘れ去られていたのか、少佐の寝室の衣装棚のなか、空き壜の大海の下に埋もれていた、四隅に真鍮のついた革のスーツケースがひとつ。

南京錠がついている。

鍵はない。

数日のあいだ、マンディはそのスーツケースをベッドの下に入れておく。スーツケースの運命を握っているのはマンディ、広い世界でその存在を知っているのは彼ひとり。これで自分は大金持ちになるのだろうか。《ブリティッシュ・アメリカン・タバコ》社を受け継いだのだろうか。断絶したスタンホープ家の秘密をただひとり知ることになるのだろうか。ある夜、コレッジの庶務係から借りてきた弓のこで南京錠をこじ開けようとする。が、うまくいかず、自棄《やけ》になって儀式用のグルカナイフを鞘から抜き、切れ味のよさに感心しながら蓋を完全に丸く切り取る。仕切りを引き開けると、マリーの夕暮れのにおいがする。彼の横に屈《かが》んで、岩間のプールを見つめていたラニの首の汗のにおいも。

イギリス、インド、パキスタンの陸軍の公文書。

アーサー・ヘンリー・ジョージ・マンディを、少尉、中尉、連隊大尉、それより下の隊員、さらに下の隊員に任命する色褪《あ》せた辞令。

黄色に変色した、ペシャワール演劇団による『白雪姫』の手刷りのチラシ。ドーピー役は、E・A・マンディ。

〝口座の残高不足で軍の食費、その他の雑費が支払えない〟ことを心配する、不満げな銀行支店長たちからの手紙。

一九五六年九月、マリーで開かれた軍法会議の美しい手蹟《しゅせき》の議事録。署名は書記官のJ・R・シン准尉。証人の陳述、被告の友人の陳述、判決。被告は罪を認め、反対弁論をおこなっていない。被告の友人の陳述――**〈マンディ少佐は酔って暴れました。自分の行為を心から反省しており、法廷の寛大な措置をこいねがっています〉**。

先を急がないでくれ。反省だけではわからない。どんな行為だ？　何に対する寛大な措置？

証言の摘要。法廷への書面提出のみで、読み上げられなかった。検察側が告発し、被告が同意した内容によれば、マンディ少佐は将校食堂で休憩中、グレイ大尉が言った軽率な冗談のあることばに異を唱えた。グレイ大尉は、一時的にラホールから出張していた名誉あるイギリスの鑑識官である。被告はその尊敬すべき大尉の制服の襟をつかみ、良俗と軍規に完全に背いて、三度頭突きを食らわし、正確に大尉の顔をとらえて、大量に出血せしめた。さらに股間を蹴り上げ、あわてて止めようとする同僚を振りきって大尉をベランダに引きずり出し、拳《こぶし》と足によるすさまじい打撃を加えて、大尉の将来の結婚生活や軍における傑出した経歴は言うに及ばず、命すら危険にさらした。

大尉の軽率な冗談の内容に関しては、それ以上わからない。被告が情状酌量を求めて実際のことばを引用していないので、法廷もくり返す必要を認めない。〈**酔っていました。自分の行為を心から反省しています**〉。それで弁論は終わりで、軍の経歴も終わった。すべてが終わり、謎だけが残った。

分厚い黄色のフォルダーがある。ポケットがついていて、少佐の文字で〝ファイル〟とインクで書かれている。なぜ？　本の上にわざわざ〝本〟と書くだろうか？父さんなら書くかもしれない。マンディはフォルダーの中身を、すり切れた羽布団の上に広げる。四つ切り判のセピア色の写真が一枚。金箔で縁取った厚紙の台紙に収められている。小塔がいくつもついたコロニアルふうの邸宅の正面の階段に、英印混合の家族と大勢の召使いがしかつめらしく並んだ写真。インド北部の山のふもと、まわりはいかにもそれらしい芝生と生け垣。すべての塔のてっぺんでイギリス国旗が翻っている。一同の中央に立っているのは、ハイカラーの服を着た傲岸《ごうがん》な白人男性。その隣には、ツインセットにプリーツスカートをはいた、やはり傲岸で無愛想な白人の妻。

ふたりの両脇に、まだ小さな白人の息子たちがイートン校の制服姿で立っている。彼らの横にはさまざまな年代の白人の子供や大人たち。おばやおじ、いとこたちかもしれない。彼らの下の段に、家の世話をするお仕着せの召使いたちが色の順番に――もっとも白い者が中央に、もっとも黒い者が両端に――並んでいる。印刷された文字には〝スタンホープ家。一九四五年、ヨーロッパが勝利した日に、自宅にて。国王万歳〟とある。

母系の魂に触れた気がして、マンディは写真をベッド脇のライトの下に持っていき、ためつすがめつ、家族の女たちのなかにのちに彼の母親となる、背が高くて多言語を操るアイルランド系貴族の姿を探す。とりわけ威厳と博学を感じさせる姿を。勇猛な眼をした既婚婦人がいる。妊娠する年齢をはるかに超えた気品ある老婦人も。ぽっちゃり太り、おさげ髪でしかめ面の娘たちもいる。が、彼の母親になりそうな人はいない。とりあえず置こうと裏返したとき、茶色の走り書きの文字が眼に入る。少佐の字ではない。読み書きを憶えたばかりの娘――おそらく、しかめ面の娘のひとり――の文字はにじみ、興奮で飛び跳ねている。眼を閉じてるのがあたし。いつも、いつもそう！

署名はないが、奔放な快活さはマンディにも伝わる。また写真を眺め、イギリス人、インド人を問わず、眼を閉じている者を探す。しかし太陽がまぶしいせいで、大勢が眼をつぶっている。写真を表にして羽布団の上に置き、フォルダーのなかにあったほかのものをあれこれかき分け、偶然に見えておそらくそうでもない意思の働きで、紐で束ねられた手紙を取り上げる。写真をまた裏返し、字を見比べる。手紙の主は、写真の裏に拙《つたな》い記念のことばを残した人物と同じだ。布団の上に手紙を並べていくと、六通ある。いちばん長いものはページ番号をふらずに八ページ。すべて走り書きで、痛ましいほどでたらめな綴りだ。威厳と博学など微塵《みじん》も感じられない。最初のころは〝大切なあなた〟や〝ああ、アーサー〟で始まっているが、語調はすぐに劣化する。

アーサー、憎たらしい、いいから聞いて！

あたしにこんなことをしたろくでなしは、神かけて言うけど、アーサー、あなたのネルがすすんで身をささげた、同じろくでなしよ。とにかくちがうなんて言わないで。ぼろぼろの体で家に帰ったら、あたし父さんに殺される。非ちゃくしゅつしのいる、ろくでもないいんばいになって、修道院に送られて、赤ちゃんは取り上げられる。そうやって罪をつぐのうって聞いた。このままインドにいたら、いんばいの仲間入りして、いちばに立つんだわ。ガンジス川でおぼれ死んだほうがまし。ここでは告解はあぶないの。それを言えば、何もかもあぶないけど。あのくさりはてたマグロー神父が、スカートに手を入れるのと同じくらい早くレディ・スタンホープに言いつけるでしょう。それに家政婦があたしのおなかを、まるであの人のお弁当を盗んだみたいな目で見るの。あなた、もしかしてにんしんしてる、ナース・ネリー？　まあ、なんてこと言うの、ミセス・オムロッド、どこからそんなこと思いついたのか知りませんけど、このおなかは、あなたが使用人の食堂ですばらしい食事を出してくれるからですよ。でもそんな言いわけ、にんしん六か月になってまだあたしのおなかが大きくなってたら、あの人が信じると思う、アーサー？　こんなあたしが、使用人のクリスマスの劇で、よりにもよって処女メアリを演じるのよ、アーサー！　でもあたしにこんなことをしたのは聖霊じゃない。でしょ？　あなたよ！　しかもふたごなの、アーサー。しんぞの音がふたつ聞こえるの。わかる？

虫眼鏡が必要だ。マンディは同じ階にいる切手収集家の一年生から借りる。「すまないな、サミー。細かく見なきゃならないものがあって」「こんな夜中に?」「どんな時間だろうと」マンディは答える。

階段の下の段に注意を凝らし、背が高く、子守《ナース》の服を着て、眼を閉じた娘を探す。彼女は難なく見つかる。陽光に明るく照らされ、黒髪がカールした育ちすぎの少女。アイルランドの眼は、本人が言うとおり固く閉じられている。もしマンディが子守の服を着て、黒髪のかつらをかぶり、インドの太陽に固く眼を閉じたら、まさにこんなふうに見えるだろう。いまのぼくと同じくらいの歳だし、身長も同じくらいだ、と思う。そして彼女も、こうやって虫眼鏡で見とれ、これまでの人生でいちばん彼女に近づいているぼくと同じ馬鹿げた、どうとでもとれる薄笑いを浮かべている。

いや、待てよ。

ひょっとすると、あなたは背が高すぎるのが恥ずかしくて笑っているのかもしれない。

もっと眼を凝らすと、なんだか自然でたくましい精神も見てとれる。のびのびとして、人を疑わず、喜びにあふれた——ラニが背の高い大人の白人になったような雰囲気がある。

しかも、そのほうがずっとぼくの趣味に合う。嘘をつかれる年齢になったその日から自分の喉に詰めこんできた、威厳だの博学だの、お高くとまったけちくさい貴族のそういうイメージより、ずっと。

親展

親愛なるマンディ大尉

レディ・スタンホープの命により、奥さまの雇用する子守役である、ミス・ネリー・オコナーに対する貴台の義務に注意をうながしたいと存じます。もし将校かつ紳士にふさわしい態度でミス・オコナーの境遇をただちに改善しなかった場合、奥さまは不本意ながら、貴台の連隊長に報告せざるをえないとの由《よし》です。

敬白

レディ・スタンホープの個人秘書より

結婚証明書一通、大あわてで書かれたように見えるデリー教会区牧師の署名がある。

死亡証明書一通、その三か月後に署名。

出生証明書一通、同日の署名、エドワード・アーサー・マンディはこれによって世に迎え入れられる。驚いたことに、出生地はマリーではなくラホール。そこで彼の母親と双子の妹が亡くなっている。

マンディは手際よく等式を完成させる。グレイ大尉の軽率な冗談で放たれたことばのあらましは、もはや疑うべくもない。〈マンディ？　マンディ？　スタンホープ家の子守をはらませたのは、もしかしてあんたじゃないか？〉少佐はそのことばを法廷に持ち出す理由を作らず、秘密を守り通した。が、それも法廷のなかだけのことだった。秘書の手紙は少佐個人にあてた内密のものだったかもしれないが、スタンホープ家の全員と親戚縁者には、個人的かつ内密に知れ渡っていた。暴れる少佐が不運なグレイ大尉に雨霰《あめあられ》と攻撃を加えているイメージで頭が混乱しながらも、マンディは心のなかに、正当な怒り、激情、当然思いつくはずの反論を探す。しかし感じられるのは、時代の因習の檻《おり》に囚《とら》われた、ふたつの模糊とした魂に対するどうしようもない哀れみだけだ。

なぜ父さんは、こんなに長いあいだ嘘をついていたのか？

自分では不充分だとわかっていたから。

彼女では不充分だと思ったから。

罪を犯して反省していたから。

ぼくに威厳を持たせたいと思ったから。

これが愛というものか。

四隅に真鍮のついたスーツケースの仕切りの奥に、もうひとつ発見がある——金文字の浮き彫りがほどこされた、たいそう古い革張りの箱。なかには幼子マンディの生後六か月の日付を記入したパキスタン陸軍省からの表彰状が入っている。己の命の危険も顧みず、果敢に小隊を率い、躊躇《ちゅうちょ》なくブレン銃を発射して敵二〇名を倒したアーサー・ヘンリー・ジョージ・マンディ少佐の軍功を讃え、ここに名誉あるパキスタンなんとか勲章を授ける。勲章もついていたのかもしれないが、なくなっている。おそらく酒代に消えたのだろう。

夜が白んでいた。ようやく頬に涙を流しながら、マンディはベッドの上の壁に表彰状を打ちつける。そして隣に、勝利を祝うスタンホープ家の面々と召使いの集合写真を。ふたつとも、自分の靴でピンを叩いて打ちこむ。

＊　＊　＊

イルゼの急進思想は、彼女の欲《ほっ》してやまない小さな体と同じく押しとどめようがない。マンディは初めての体験に翻弄されながら、両者を区別しないことによって、彼女とともにいることを許される。女性の解剖学的部位よりくわしくミハイル・バクーニンを知らないからといって、なぜ気に病まなければならない？　イルゼは両方の集中講義をしてくれるのだし、一方を受け入れて他方を拒むのは非礼きわまる。国家は圧政の手段だと彼女が息巻けば、マンディは国家など頭に浮かべたこともないのに熱烈に支持する。彼女が舌をもつれさせて個別化《インディヴィジュアライゼーション》を口にし、〝個の復権〟と〝個の至上性〟「個人主義的アナーキズムに影響を与えた、ドイツの哲学者マックス・シュティルナーの考え方」を讃えて、マンディを従順な自我から解放してやると言えば、お願いだからそうしてくれと訴える。同じ口でイルゼが急進的な集産主義を唱えても、一向に動じない。たとえ彼女がレインとクーパーの反精神医学論を読み上げようと、その裸の腹の上で一時的に満ち足りてうとうとしているマンディにとって、同意してうなずくことはいともたやすい。アナーキズムと個人主義から離れるまれな時間には、福音に満ちた平和主義者であるイルゼが、戦争より愛を受け入れたい気分なら、マンディはいつだろうと己のマスケット銃を構え、セント・ヒューズ・コレッジの世捨て人の馬匹《ばひつ》運搬車のなか、シュロのマットの上で、彼女の小さな踵が我慢できずに彼の尻を叩くあいだじゅう、ずっと撃ちつづけることができる。男子の訪問が認められるのは午後四時から六時まで、それもドアを開けたまま、アールグレイの紅茶とマーマイトのサンドイッチという場所でだ。いっとき和らいだ欲望の残光に包まれ、あらゆる集団の自発的な合意で成立した楽園のような社会をともに思い描くことほど、心慰められることがあるだろうか？

だからといってテッド・マンディは、イルゼが示した〝新しいエルサレム〟［黙示録第二一章］に本能的に身を投じたわけではない。理想を追う彼女の急進主義に、賢者マンデルバウム博士の警告のこだまを聞くだけでなく、イギリスにまつわるほとんどのものが呼び起こす、ぼんやりした反抗心のうずきも感じていた。彼は生粋のイギリス人ではなく、放浪者であり、土地も、両親も、財産も、先例も持たない男だ。凍っていて、いままさに溶けだした子供だ。ときおり小走りで講義や図書館に向かう途中、スポーツジャケット、粗い綾織りのズボン、よく磨かれた茶色のトウキャップの靴といういでたちのかつての学友に出くわすと、互いにぎこちなく挨拶を交わし、またそれぞれの行き先へと急ぐ。まったく、あのマンディというやつは、すっかり道を誤ってしまって——彼らがそう考えているところを想像する。彼らは正しい。実際、かなり道を踏みはずしている。会食クラブの《グリディロン》にも《ブリングドン》にも《カニング》にも《ユニオン》にも属していない。参加者は少ないくせにやたらとうるさい政治集会では、嫌われ者の右翼との取っ組み合いを愉しむ。イルゼの腕から離れているときには、背の高さをものともせず、左翼の大物が集まるぎゅう詰めの部屋を好んで訪ね、坐って立てた膝が耳までくるほど縮こまって、ソローや、ヘーゲル、マルクス、ルカーチらの福音に耳を傾ける。

知的な議論をつうじてそれらを納得していないこと、鉄壁の論理ではなく、自分では演奏できない音楽のように聞いていることは、マンディにとって些細な問題だ。彼は勇ましい同志の小さな集団に属していることを怖れない。イルゼがデモに参加すれば、偉大なる社交家のマンディは、彼女の忠誠が向かう先に身も心も捧げ、夜明けのグロースター・グリーンでいっしょに大型バスに乗りこむ。彼女の好きな《マーズ》バーチョコレート、市場で買った、丁寧に包んである卵とクレスのサンドイッチ、缶詰のトマトスープを入れた魔法瓶といったものすべてを、少佐の軍のナップサックに詰めて。ふたりは肩を並べ、ときには手に手を取って行進する。ハロルド・ウィルソン首相のヴェトナム戦争支持に抗議し、国会で異議を申し立てる機会を奪われているからと〝国会外反対組織〟にも加わる。人種隔離政策に抗議してトラファルガー広場まで行進し、召集令状を焼き払ったアメリカの学生たちを熱烈に支持するチラシを配る。ハイドパークに集結し、警察から穏やかに散会を命じられ、少々ばつが悪いながらも自分たちの行動は正しかったと感じる。それでも毎日何百というヴェトナム人が民主主義の名のもとに爆弾を投下され、焼かれ、ヘリコプターから落とされて、殺されている。マンディの心、そしてイルゼの心も、彼らとともにある。

ＣＩＡに支援された軍大佐がアテネで政権を握り、無数のギリシャ人左翼を拷問し、殺害したことに抗議するため、彼らは大佐たちが隠密のイギリス旅行で滞在しているとされるクラリッジ・ホテルのまえでむなしくデモをおこなう。野次に応じる者はいないが、ものともせずに〝いまギリシャを救え〟の垂れ幕を掲げてロンドンのギリシャ大使館に足繁くかよう。もっとも胸のすく瞬間は、ひとりの大使館員がホテルの窓から身を乗り出し、「これがギリシャだったら、おまえらを撃ち殺してるぞ！」と叫んだときに訪れる。安全なオクスフォードに戻ったあとも、想像上の銃弾が風を切る音がまだ聞こえる気がする。

冬学期、たしかにマンディは手間暇かけて、ドイツ語によるビュヒナーの『ヴォイツェク』を上演するが、そこに現れる過激な精神は完全無欠だ。夏には多少うしろめたく思いながらも、学校を代表して勇ましくクリケットをプレーし、仲間と飲んで、忠誠について考えないかぎり最高に愉しいひとときをすごす。

イルゼの両親はヘンドンに住んでいる。緑の屋根の二軒一棟の家で、庭の池では石膏のこびとたちが釣りをしている。父親はスラヴ系の広い額を持ち、髪の薄いマルキストの外科医、母親は平和主義の精神分析医で、ルドルフ・シュタイナーの理論を信奉している。マンディはそれまでの人生で、彼らほど知的で心の広いカップルに出会ったことがない。そんなふたりに心を動かされ、ある朝眼覚めて、彼らの娘に結婚を申しこもうと思う。それは掛け値なしにすばらしい考えに思える。イルゼは、本人に言わせると中途半端なイギリスのデモに退屈しきって、パリ、バークリー、ミラノなど、学生運動が徹底的におこなわれる大学キャンパスを探している。内省をくり返したのち眼をつけたのは、新世界秩序のるつぼ、ベルリン自由大学で、マンディも一年間の留学でいっしょについていきたいとすでに申し出ている。

そんなふたりが夫と妻として行けば、この上なく自然ではないか？

プロポーズのタイミングは、彼が思っているほど幸先《さいさき》がよくなかったかもしれない。しかし偉大な計画の虜《とりこ》になったマンディは、戦略を立てる気にならない。初期の抒情詩人《ミンネゼンガー》の象徴的な色の使い方についての週に一度のエッセイを提出したばかりで、向かうところ敵なしだ。一方イルゼは、スコットランドの労働者階級の歴史科の学生と、グラスゴーで二日間、無意味なデモに参加したあとで疲れきっている。ファーガスという名のその男は、彼女に言わせると救いがたいホモだ。マンディの高らかな宣言に対する彼女の反応は、軽蔑とまではいかないにしても、ごく控えめだ。結婚？　レインとクーパーを論じているときに、そんな選択肢について考えたことなどなかった。結婚？　本物のブルジョワの結婚ということ？　国家が司る民事婚？　それとも、急進思想のなかで退化して、宗教組織の祝福がほしくなったの？　イルゼは怒ってはいないものの、きわめて深刻な顔をして、マンディをまじまじと見つめる。そして不恰好に肩をすくめ、そんな無謀なおこないが自分の主義主張と相容《あいい》れるかどうか、考える時間が欲しいと言った。

翌日、マンディは答えを聞く。全裸に靴下だけをはいた小柄なハンガリーの天使は、一個所だけ外の中庭から見えない、世捨て人の馬匹運搬車の隅にすっくと立つ。平和主義で無政府主義で急進的な彼女の哲学があふれ出す。両の拳は固く握りしめられ、赤らんだ頰に涙が流れる。

「あなたの心は徹底的にブルジョワだわ、テディ！」チャーミングな訛の英語で泣き叫び、思いついたようにつけ加える。「馬鹿な結婚をしたがるし、セックスは完全に赤ん坊！」

# 第3章

長距離列車から活気あふれるベルリンの大気のなかに降り立った、ドイツの魂を持つ野心満々の学生は、袖は短すぎるがなぜか丈は短くない亡き父親のシャツ六枚と、一〇〇イギリスポンドと、涙を流すイルゼが抽斗で見つけた五六ドイツマルクを持っている。オクスフォードで人並みをわずかに下まわる生活を送らせてくれた奨学金は、留学には使えないと通知されたが、すでに手遅れだ。

「サーシャ誰だって？　そのサーシャはどこにいる？」ウォータールー駅のプラットフォームで、マンディはイルゼに叫ぶ。彼女はマジャール人の後悔に打ちのめされ、もう何度目かわからないが心変わりして、彼といっしょに列車に飛び乗ろうとするが、ただ手元にパスポートがない。

「わたしに送りこまれたと彼に言って」汽車が慈悲深くも走りはじめると、イルゼは彼に訴える。「わたしの手紙を渡して。彼は卒業生だけど、民主的よ。ベルリンの人はみんなサーシャを知ってるわ」マンディには、ボンベイの人はみんなグプタを知っているというくらい説得力があるように思える。

一九六九年、ビートルズの人気はすでに全盛期をすぎているが、誰もマンディには教えてくれない。耳を覆うように垂れかかり、眼の邪魔になる修道士めいたもじゃもじゃの茶色の髪に加えて、かついでいる父親の頑丈な布のナップサックが、根なし草の放浪者であることを誇示している。人生が意味を失ったいま、そうなろうと心に決めている。後方には偉大なる愛の瓦礫《がれき》、前方には岐路に立つベルリンの克明な記録者、クリストファー・イシャウッドが小説の舞台に取り上げた街がある。イシャウッドと同様、マンディも人生に付随するものではなく、人生そのものを求めている。傷心を抱えたカメラとなるのだ。そしてもし、ふとした巡り合わせでまた誰かを愛することができたら――イルゼが明らかにその希望を絶っているが――つまり、あくまで仮の話、場末のカフェでクローシュ帽をかぶった女たちがアブサンを飲み、ハスキーな声で打ち砕かれた夢の歌を歌っていたら、マンディもサリー・ボウルズ［イシャウッドの『さらばベルリン』の登場人物で、同書にもとづく舞台劇『私はカメラ』やミュージカル

『キャバレー』の主人公」を見つけるのだ。マンディはアナーキストか？　場合による。アナーキストになるには、希望のかすかな光が必要だ。聖別されたばかりのわれらが人間嫌いには、ニヒリズムのほうがよく似合う。ではなぜ〝偉大なる闘士〟を勇んで探し求める足どりがこんなにも軽やかなのか？　彼はそう自問するかもしれない。何もかもが完全に失われたいま、なぜこんなにも潑剌《はつらつ》として陽気な世界に到着した気がするのか？

「クロイツベルクに行って」客車の窓から最後に悲痛な別れの手を振るマンディに、イルゼが大声で呼びかける。「そこで彼を探して！　サーシャのことをお願いね、テディ」その場で思いついたことを、有無を言わさぬ調子で命じる。マンディがその意味を尋ねるまえに、列車は次なる人生のステージへと彼を連れ去る。

＊　＊　＊

クロイツベルクはオクスフォードではないのを見てとり、マンディは安心する。挙措《きょそ》に気をつけなければならない下宿先を羅列したガリ版印刷のリストを持つ、大学の下宿紹介所の親切なレディ——青く染めてカールした髪——はいない。街の上品な地域の家賃が払えず閉め出された、西ベルリンの始末に負えない学生たちは、爆撃された工場や、廃棄された駅、不動産屋の感覚からすると〝壁〟に近すぎる安アパートの並ぶ区画に住んでいる。マンディの少年時代を髣髴《ほうふつ》させるアスベストとトタンからなるトルコ人の貧民街では、教科書やスカッシュのラケットではなく、イチジク、銅のシチュー鍋、ゴマと蜂蜜のキャンディ、革のサンダル、紐のついた黄色のプラスティックのアヒルが売られている。香辛料のジーラや木炭や焼いたラム肉のにおいは、パキスタンの迷える息子にとってわが家に帰ったような懐かしさだ。その界隈の壁や窓に見かけるチラシや落書きは、大学生の手になるエリザベス朝の知られざる劇作家の作品上演を宣伝せず、イラン国王、ペンタゴン、ヘンリー・キッシンジャー、リンドン・ジョンソン大統領、そしてアメリカの帝国主義的ヴェトナム侵略を支えるナパーム文化に痛罵《つうば》を浴びせている。

イルゼの助言は的はずれではない。少しずつ——カフェで、にわか作りのクラブで、学生がぶらつき、煙草を吸い、反逆する通りの角で——サーシャの名前は奇妙な笑みを呼び、覚束《おぼつか》なげな反応を引き起こす。サーシャ？　あの〝偉大なる覚醒剤〟サーシャ？　だとすると、問題があるな。わかるだろう、今日び、誰彼なくぼくらの住所を教えるわけにはいかない。豚体制《シュヴァイネジステム》の耳は長いからね。《民主社会主義学生会》に名前を残して、彼のほうから連絡してくるのを待つんだな。

豚体制――新入りのマンディは胸につぶやく。これは憶えておこう。ビッグ・システム。海図も計器もなしに自分を急進派の台風の目に放りこんだイルゼに、一瞬激しい怒りを覚えたか？　たぶん。しかし日が暮れかかり、進むべき道は決まっていて、悲嘆のただなかにありながらも、マンディは新しい生活を始める意欲に燃えている。

「第六コミューンのアニタに訊いてみな」マリファナの煙が充満するヴェトコンの旗だらけの騒々しい地下室で、とろんとした眼の革命家が助言する。

「たぶんブリギッテが居場所を知ってるわ」パレスチナのケフィエをまとってジョーン・バエズの曲を奏でている女性ギタリストの音に負けない声で、別の革命家が提案する。彼女の足元には子供がひとり坐り、隣にはソンブレロをかぶった大男がいる。

あばたのように銃弾の穴があき、パディントン駅のように天井の高いかつての工場には、カストロ、毛沢東《もうたくとう》、ホーチミンの肖像画がかかっている。亡きチェ・ゲバラの肖像には黒い旗布がかけてある。ベッドシーツに乱暴に書かれたスローガンは、マンディに〝禁じることは禁じられている〟と警告し、〝現実を見よ、不可能を要求せよ、神も支配者も受け入れるな〟と駆り立てる。難破した船の生存者のように学生たちが床に散らばって、まどろみ、煙草を吸い、赤ん坊に乳をやり、ロックを演奏し、互いに愛撫し、熱弁を振るい合っている。アニタ？　左にいたわ、あ、何時間もまえだけど、とひとりが言う。ブリギッテ？　第二コミューンに行ってみて、アメリカくそくらえ、と別の助言者が言う。手洗いを使わせてくれとマンディが頼むと、親切なスウェーデン人が、仕切りの六つ並ぶ場所まで連れていってくれる。どのドアも外から打ち壊されている。

「個人のプライバシーは、共同体の一体化を阻《はば》むブルジョワ的障害だよ、同志」スウェーデン人は英語で熱心に説明する。「男も女も、ヴェトナムの子供たちに爆弾を落とすより、いっしょに小便するほうがましだ……サーシャ？」近づこうとするのをマンディに礼儀正しく拒まれたあと、彼は名前をくり返す。「おそらく《隠者クラブ》にいるよ。最近では《丸刈りの猫》と呼ばれてるけど」袋から巻き煙草用の薄紙を一枚取り出し、マンディの背中を机代わりにして地図を描く。

その地図でマンディは運河にたどり着く。ナップサックに尻を叩かれながら船曳《ひ》き道を歩いていく。見張りの塔、そして逆立つ毛のように銃を備えた巡視船が後方に流れていく。われわれの船だろうか、それとも彼らの？　さして重要ではない。船は誰のものでもなく、マンディがこれから突き破らなければならない大きな障害の一部だ。石畳の脇道に入り、はたと足を止める。有刺鉄線を載せた高さ二〇フィートの軽量ブロックの壁と、胸の悪くなる投光照明の光が行く手をさえぎっている。最初マンディはそれを受け入れまいとする。そいつは幻だ、映画のセットだ、ただの建築現場だ。ふたりの西ベルリンの警官が大声で呼ばわる。

「徴兵忌避者か？」

「イギリス人」とマンディは答え、パスポートを見せる。

警官たちはマンディを明かりのまえに連れていき、パスポートを確かめながら顔をじろじろと眺める。

「これまでベルリンの壁を見たことは？」

「ありません」

「だったらいま見て、ベッドに入ることだ、イギリス人。面倒に巻きこまれるな」

マンディは引き返し、また別の脇道を見つける。錆びた鉄のドアがあり、ピカソの平和の鳩と〝爆弾禁止〟の表示に交じって、二本足で立った毛のない猫が一匹、ペニスを振りかざしている。そのドアの向こうでは音楽と議論が渾然となって荒れくるっている。

「いちばん上の平和センターに行ってみて、同志」美しい娘が両手で口を囲うようにして言う。

「平和センターはどこ?」

「上の階よ。言ったでしょ」

マンディは階段をのぼる。タイルの階段に足音が響く。真夜中近い。それぞれの階で、解放を示す目新しい光景が彼を迎える。二階では、赤ん坊を抱いた学生たちが日曜学校の輪を作り、厳しい表情の女性が、両親の与える壊滅的なダメージについて熱弁をふるっている。三階では、絡まり合った体があちこちに横たわる場を、性交後の静けさが支配している。〝中性子爆弾支持!〟と手作りのポスターが力説する。〝あなたの義理の母は殺すが、テレビは壊さない!〟四階では演劇の稽古らしきものがおこなわれていて、マンディの気持ちは浮き立つ。五階に上がると《黒い九月》［パレスチナゲリラの過激派組織］のメンバーがタイプライターを打ち鳴らし、議論し、手動の印刷機に紙を入れ、無線機に命令をがなり立てている。

最上階に達した。天井に開いた跳ね蓋に梯子《はしご》がつながっている。のぼると、建築業者の点検ライトに照らされた屋根裏部屋に出る。そこから坑道の入口のような通路が伸び、突き当たりに男女がふたりずつ、地図とビール壜が散乱した、ロウソクの灯るテーブルについて身を乗り出している。ひとりの女は黒髪で暗い顔つき、もうひとりはブロンドで骨太。手前の男はマンディぐらい背丈があり、金色のひげを生やし、黄色のぼさぼさの髪を海賊のスカーフで包んだヴァイキング。残るひとりの男は小柄で、濃い色の眼が生き生きとして、頭のわりに狭すぎる左右不釣り合いの華奢《きゃしゃ》な肩をしている。黒いバスク地方のベレー帽を青ざめた眉間ぎりぎりまで深くかぶった、その男がサーシャだ。なぜそれがわかったか？　思えば最初からマンディには、イルゼが彼女自身と同じくらい小柄な人物のことを話しているのがわかっていた。

とても割りこめる雰囲気ではないので、マンディはイルゼの手紙を握りしめたまま、坑道の入口に突っ立っている。戦争の話が聞こえてくる。しゃべっているのはサーシャひとりだ。声は体より力強く、自然に耳に入る。話しながら緊急命令をくだすように手を振り、腕を振る……豚どもの手で裏通りに追いこまれてはならない、わかるか？……公の場所で堂々とやつらに立ち向かう。そうすれば、やつらがわれわれにすることを、カメラがとらえる……マンディが爪先立って梯子を引き返し、また別の機会に来ようと心を決めかけたところで、打ち合わせが終わる。黒髪の女が地図をたたむ。ヴァイキングが立ち上がって背伸びをする。ブロンドの女が彼の尻に手を当てて、抱き寄せる。サーシャも立つが、坐っていたときと背は変わらない。マンディが自己紹介しようと近づくと、四人は本能的に小さな皇帝を守るように取り囲む。

「こんばんは。ぼくはテッド・マンディ。きみ宛てにイルゼから手紙をことづかっている」マンディは最高の生徒会長の声で言う。そして大きく濃い色の眼に、わかったと応じる光が灯らないのを見てとると――「ハンガリー人で、政治哲学専攻のイルゼ。去年の夏ここへ来て、きみに会えてうれしかったと言っていた」

マンディの丁重な態度が彼らを戸惑わせたのだろう。四人そろって訝《いぶか》しみ、黙りこむ間《ま》ができる。こいつはいったい誰だ、このビートルズの髪型をした、礼儀正しいまぬけのイギリス人は？　背の高いヴァイキングが最初に反応する。マンディと残りの三人のあいだに身を置き、サーシャの代わりに封筒を受け取ってざっと調べる。イルゼはテープで封をしていた。〝親展。かならず本人のみ！〟という、二重に下線の引かれた断固たる調子の殴り書きは、親密さを如実に示している。ヴァイキングは封筒をサーシャに渡し、サーシャは破って開けて、インクのにじんだ二枚の便箋を取り出す。イルゼがびっしりと文字を書き連ね、あとから思いついた内容で端のほうまで埋め尽くしている。サーシャは最初の数行を読み、めくって二枚目の署名を見る。そしてまず自分に、次にマンディに微笑む。今度はマンディが戸惑う番だ。サーシャの大きな眼があまりにきらきらと輝き、微笑みがあまりに若いから。

「なんと、なんと、イルゼか！」サーシャは感慨に耽る。「大した女だ。そうだろう？」着古したランバージャケットの横のポケットに、彼女の手紙をすべりこませながら言う。

「まったくそうだと思う」マンディは彼としては最高の高地ドイツ語で言う。

「ハンガリー人か」――思い出すように。「そしてきみはテディ？」

「まあ、正確にはテッドだけど」

「オクスフォードから？」

「そう」

「彼女の恋人か？」単刀直入な質問。「ここじゃみんなが恋人だが」とつけ加え、一同は笑う。

「数週間前まで」

「数週間！　ベルリンでは一生に相当するな。きみはイギリス人？」

「そうだ。まあ、完全にではないが。外国で生まれて、イギリスで育った。そうだ、彼女からスコッチをひと壜預かってる。きみが好きなのを憶えていてね」

「スコッチ！　なんて記憶力だ、まったく！　女の記憶力にはまいるよ。ベルリンで何をしてる、テディ？　革命を志す旅行者なのか？」

マンディがどう答えようか考えていると、黒髪で暗い顔の女が先に割りこむ。「つまり、わたしたちの活動に心から参加したいのかってこと。それとも動物の生態を探るために立ち寄っただけ？」訛があるが、どこのものかマンディにはわからない。

「オクスフォードでは活動していた。どうしてここでできない？」

「ここはオクスフォードじゃないからよ」彼女はぴしゃりと言う。「ここにはアウシュヴィッツの世代がいる。オクスフォードにはいない。ベルリンで窓から身を乗り出して〝ナチスの豚野郎〟と叫べば、歩道にいるろくでなし《アースホール》が四〇歳を超えてるかぎり当たってる」

「ここベルリンで何を学ぶつもりなんだい、テディ？」サーシャがいくらか穏やかな口調で訊く。

「ドイツ学《ゲルマニスティック》を」

黒髪の女がすぐさま嚙みつく。「だったら運がよくないとね、同志。そんなカビ臭いゴミを教える教授たちは怯えきっていて、隠れ家から出てこないから。で、彼らが送りこんでくる二〇歳の手下たちも怯えきって、結局わたしたちの仲間に加わるの」

今度は彼女の隣のブロンドの娘が口を開く。「お金は持ってるの、同志？」

「あまり持っていない」

「お金がないいの？　だったら無価値な人間だわ！　どうやって毎日カツレツを食べるの？　どうやって新しい帽子を買うの？」

「働いて、だと思う」マンディは慣れない種類のユーモアを理解しようと、精いっぱいつき合いのいい男になって言う。

「豚体制のために？」

また黒髪の娘だ。髪を指で耳のうしろにまわす。大きくていくらか曲がった顎をしている。「わたしたちの革命の目的は何、同志？」

マンディは口述試験を予期していなかったが、イルゼや彼女の友人たちとすごした六か月のおかげで心の準備はできている。「あらゆる手段を講じてヴェトナム戦争に反対すること……軍事帝国主義の拡大を阻むこと……消費国家を拒否すること……ブルジョワジーの特効薬の偽りを暴くこと……彼らを覚醒させ、教化すること。公平な新しい社会を創ること……そして不合理な権威に対抗すること」

「不合理？　合理的な権威って何？　権威はすべて不合理よ、ろくでなし《アースホール》。あなた、両親はいるの？」

「いない」

「論理実証主義はまるきりでたらめだというマルクーゼの意見を支持する？」

「残念ながら、ぼくはちゃんとした哲学者ではない」

「自由のない状態では誰も意識を解放していない。これを受け入れる？」

「かなり筋が通っているように思える」

「筋が通っているのはこれだけなのよ、ろくでなし。ベルリンでは、反革命の力に対抗して、大勢の学生が永遠に活動を続けている。スパルタシストの街、第三帝国の首都が、革命を遂行すべき運命を再発見したの。ホルクハイマーを読んだことは？　ホルクハイマーの『トワイライト』を読んでなかったらお笑い種《ぐさ》よ」

「彼は〝アインゲブロイト〟かどうか、訊いて」マンディが一度も聞いたことのない単語を使って、ブロンドの娘が提案する。そこでみな笑うが、黙って油断なくこのやりとりを観察していたサーシャだけは別で、マンディを救ってやることにする。

「オーケイ、同志たち。彼はいいやつだ。もうこのくらいにしておこう。あとでまた《共和クラブ》に集まるか」

サーシャに見つめられながら、側近たちはひとり、またひとりと梯子をおりていく。最後にサーシャは跳ね蓋を閉じ、鍵をかけ、マンディが驚いたことに、手を上に伸ばしてマンディの肩をぽんと叩く。

「いまウィスキーを持ってるか、テディ？」

「袋のなかに」

「クリスティーナのことは気にするな。ギリシャの女は口数が多すぎる。オーガズムを知ったその日から、ひと言もしゃべらなくなるさ」羽目板についた小さな扉を開けている。「ここじゃみんながろくでなし《アースホール》だ。愛情表現のことばでね、同志と同じだ。革命に婉曲表現は似合わない」

そう言いながらサーシャは微笑んでいる？　マンディにはわからない。「〝アインゲブロイト〟って？」

「もう豚どもから殴られたのかと訊いてたんだ。彼らの杖で殴られた、立派な青あざをつけていてほしかったのさ」

体をふたつ折りに屈め、マンディはサーシャのあとについて、一見船底にも似た長い洞窟のような小部屋に入る。高い位置に天窓がふたつ現れ、ゆっくりと星で満たされる。サーシャはベレー帽を脱ぎ、革命家の伸び放題の髪をあらわにする。マッチをすり、ランプに火を入れる。炎が立つと、真鍮細工がほどこされた丸っこい机が見える。上にパンフレットが山と積まれ、タイプライターが置いてある。繻子《しゅす》や錦のくたびれたクッションが並ぶダブルサイズの鉄のベッドが壁際に寄せてある。床のあちこちには、飛び石のように積まれた本。

「革命のために盗んできた」サーシャがそれらに手を振って説明する。「誰も読まないし、誰もタイトルを知らない。彼らが知っているのは、知的財産は吸血鬼のような出版社や本屋のものではなく、大衆に属するということだけだ。先週は競技をおこなった。いちばんたくさん本を持ってきた者が、プチブルの道徳に最大の打撃を加えるというものだ。きみは今日、何か食べたか？」

「そんなに」

「何もなくてはそんなに、イギリス人らしくふるまえない？　なら食べよう」

サーシャはマンディを押して、革張りの古い肘かけ椅子に坐らせ、空《から》のタンブラー二個と、ソーセージ一本、パン一斤を出してくる。骨張った左肩が右肩より上がっている。てきぱきと動きながら右足を引きずる。マンディはナップサックのバックルをはずし、少佐のシャツのなかから、イルゼに託されたセント・ヒューズの食料室のスコッチウィスキーを出し、二杯分注ぐ。サーシャが向かいの木製のスツールに腰かけ、太い黒縁の眼鏡をかけてイルゼの手紙を真剣に読みはじめると、マンディは食べる分だけパンとソーセージを切り分ける。

「〝テディはかならずあなたの期待に応えます〟」サーシャが高らかに読み上げる。

「ずいぶん主観的な判断だな。何が言いたい？　ぼくがきみに信頼を寄せるということか？　どうして彼女にそれがわかる？」

マンディの頭に答えは浮かばないが、サーシャは答えを求めていないようだ。彼のドイツ語にはどこか地方の訛があるが、マンディの知識では場所を特定することができない。

「彼女はぼくのことをなんと言っていた？」

「あまり多くは語らなかった。卒業生だが民主的だ、みんなきみを知っていると」

サーシャは聞いていないようだ。「〝いい仲間で、どんなときにも忠実で、欺瞞《ぎまん》と無縁で……どんなグループにも属さず〟――すばらしいと讃えるべきなのか？――〝頭はブルジョワだけど、社会主義者の心を持っています〟。これに資本主義者の魂と共産主義者のいちもつが加われば完璧だ。なぜこんな手紙を書いたのかな？」考えが浮かぶ。「彼女はきみをふったのか、ひょっとして？」

「こっぴどく」とマンディは認める。

「これで根本的な理由がわかった。彼女はきみをふり、罪の意識を覚えた――これはなんだ？　信じられない。〝彼はわたしに結婚を申しこみました〟。きみは頭がおかしいのか？」

「なぜいけない？」マンディはおどおどしながら尋ねる。

「質問は、なぜいけない《ホワイ・ノット》ではなく、なぜ《ホワイ》だ。何度か寝た女全員と結婚するのがイギリスの流儀か？　ドイツも昔はそうだった。そして悲惨なことになった」

もうどう答えていいかわからず、マンディはまた口いっぱいにソーセージを頬張り、ウィスキーで一気に流しこむ。サーシャはまた手紙に戻る。

「〝テディはわたしたちと同じように平和を愛していますが、よき戦士でもあります〟。なんてことだ。これはどういう意味だ？　テディは命令に文句を言わずしたがうのか？　撃てと命じられた人間を、誰であろうと撃つのか？　それは長所ではなく刑事訴訟への道だ。イルゼはもっと褒めことばを選ばなければならないな」

マンディは同意なかば困惑なかばでうなるような声を出す。

「どうして彼女はきみをよき戦士だと言う？」サーシャはこだわる。「ぼくがよき民主主義者であるように、きみはよき戦士だと？　それとも、きみはベッドのなかで偉大なる英雄という意味なのか？」

「それはちがうと思う」セックスは完全に赤ん坊の男が答える。

しかしサーシャはその点を追及しつづける。「彼女のために誰かと闘ったのか？　どうしてきみはよき戦士なんだ？」

「ことばの綾だよ。いっしょにデモをした。彼女の世話を焼いた。スポーツもそこそこする。だからなんなんだ？」マンディはナップサックを肩にかけ、立ち上がろうとする。「ウィスキーをごちそうさま」

「まだ空けてない」

「彼女はきみに酒を贈ったんだ。ぼくじゃない」

「だがきみは運んできた。着服もしなかったし、飲みもしなかった。きみはよき戦士だった。今晩はどこに泊まる？」

「どこか見つけるさ」

「待てよ。待て。その馬鹿げたバッグを下に置け」

サーシャの声音の強さに気圧《けお》されてマンディは立ち止まるが、ナップサックはおろさない。サーシャは手紙を脇に放り、しばらくマンディを見つめる。

「ほんとうのところを話してくれ。ごまかしはなしだ、いいな？　われわれは多少パラノイアの気《け》がある。きみは誰に送りこまれてきた？」

「イルゼだ」

「ほかに誰もいない？　豚も、スパイも、新聞も、お利口な連中も？　この街はお利口な連中だらけだ」

「ぼくはちがう」

「きみは彼女の言うとおりの人間。そういうことか？　政治の素人、ドイツ学を勉強中、社会主義者の心を持ったよき戦士、まあ、なんでもいいが。ほんとうにそれだけなのか？」

「そうだ」

「そしてつねに真実を話す」

「たいていの場合には」

「だがゲイだ」

「ちがう」

「ぼくもだ。ではこれからどうする？」

サーシャを見下ろし、答えに窮しながらも、マンディはまたもや部屋の主人のか弱さに胸を打たれる。まるで体じゅうの骨が一度折れて、でたらめにくっついたかのようだ。

サーシャはウィスキーをあおり、マンディのほうを見ずにこれを飲めとグラスを手渡す。「オーケイ」仕方ないというふうに。

何がオーケイなんだ、とマンディは思う。

「いいからその小汚いバッグを置けよ」

マンディは置く。

「好きな女がいる。いいか？　ときどき彼女がここに上がってくる。今晩も来るかもしれない。彼女は若い。ブルジョワだ。恥ずかしがりだ、きみのように。もし彼女が来たら、きみは屋根の上で寝る。雨が降っていたら防水シートを貸してやる。そのくらい彼女は恥ずかしがりだ。オーケイ？　もし必要なら、きみのために同じことをしてやる」

「なんの話だ？」

「ぼくにはたぶんよき戦士が必要になる。きみのほうもだろう。そんなことはどうでもいい」グラスを奪い返すと、ウィスキーを飲み干し、また壜からつぐ。壜は彼の手首には大きすぎるように見える。「で、もし彼女が現れなかったら、きみはここで寝る。スペアのベッドがある。野戦用のベッドだ。みんなには言ってないが。それを反対側の壁際に置く。明日、きみがドイツ学を勉強する机を仕入れてくる。あの窓の下に置く。昼間、光が入ってくるから。きみが屁をしすぎたり、結局こちらの気に入らなかったら、丁重に、失せろと頼むことにする。いいな？」マンディの答えなど意中になく、そのまま続ける。「朝になったら、きみをコミューンに迎え入れる手続きをする。議論があり、正式な投票があるが、どれもくだらない。クリスティーナから、きみのブルジョワの出自についていくつか質問があるかもしれない。とはいえ、彼女はわれわれのなかで最大のブルジョワだ。父親はギリシャの船主で、軍の将軍たちを愛していて、ここの食費の半分を出してくれている」ウィスキーを飲み、またしてもマンディにグラスを渡す。「いくつかの拠点は合法だが、ここはちがう。ナチスの家主は気に入らない。大学に登録するときには、ここの住所を書かないように。きみにはシャルロッテンブルクの男からのすばらしい手紙を用意する。彼はその手紙に、きみと同居していて――真実ではない――きみはルター派の立派な学生で――真実ではない――毎晩一〇時にひとりでベッドに入り、ファックした女全員と結婚すると書く」

かくしてマンディは、サーシャのルームメイトになったことを知る。

期せずして、テッド・マンディの人生に黄金時代の曙光《しょこう》がさす。家があり、友がいる。そのどちらも彼にとっては新しい概念だ。マンディは固い決意で世界を再建する、勇気ある新しい家族の一員となる。夜、ときおり星の下へ追放されることなど、革命の前線で戦った軍人の息子にとっては苦難のうちに入らない。屋根裏部屋のドアノブに巻かれた赤いリボンが司令官の受け入れ拒否を示していても、腹を立てたりしない。サーシャの女づき合いは迅速で意図的だが、マンディは禁欲の誓いを守る。拠点にいる不穏当なほど存在比率の高い美人のひとりと、ときにプラトニックなことばのひとつやふたつを交わさざるをえない場面はあるが、それはただ週に三度、部屋にいられる時間内に、気前よくコミューンの希望者全員に英会話のレッスンを提供しているからだ。

サラマンダーは炎のなかで生きている。マンデルバウム博士も誇りに思うだろう。交戦地帯にいるという意識、ゲリラ部隊《パルチザン》の仲間から呼び出されて、いつなんどきバリケードに加わるかもしれないという覚悟、いかにして世界の腐った木々をなぎ払い、新たな植生をもたらすかについての徹夜の議論が、マンディにとっては尽きせぬ刺激となる。ベルリンに着いたときには未熟者だったとしても、サーシャと同志たちの指導のもと、彼は活動の高貴なる歴史を満身の意欲で引き継ぐ者となる。英雄や敵役《かたきやく》の名前は、すぐに偉大なクリケット選手と同じくらいなじみ深いものとなる。

イランからの亡命者バーマン・ニルマンドは、イラン国王の西ベルリン訪問前夜、自由大学のマキシマム講堂を埋め尽くした学生たちに、アメリカに支援された国体の真の浅ましさについて語った。

イラン国王訪問反対のデモをおこなったベンノ・オーネゾルクは、まさにその翌日、西ベルリンの歌劇場の外で平服警官に頭を撃ち抜かれた。

ベンノの葬儀、そして不正行為はなかったとする警察と市長の態度が、学生をさらなる闘争へと駆り立て、学生による議会外反対派の創始者、ルディ・ドゥチュケの台頭を早めた。

新聞王アクセル・シュプリンガーと、彼の忌まわしい《ビルト・ツァイトゥンク》紙のファシスト的論調が、極右の幻想を抱いたある狂気の労働者をそそのかし、ベルリンのクルフュルステンダム通りでルディ・ドゥチュケを撃たせた。ドゥチュケはそのあとしばらく生き長らえたが、同じ月に撃たれたマーティン・ルーサー・キングはそうはいかなかった。

近年、大規模な坐りこみや流血沙汰があった日付や場所を、マンディは諳んじている。世界の千もの戦場で学生運動が荒れくるっていること、アメリカの学生がほかのどこにも負けず勇敢で、どこにも負けず厳しく弾圧されていることを知っている。世界最良の出版物は、この運動の女性指導者、非の打ちどころのないウルリケ・マインホフが創刊した《コンクレート》であることも知っている。ドイツ当代の偉大な革命著述家をふたりあげるなら、ラングハンスとトイフェルであることも。ありとあらゆる場所に、数えきれないほど兄弟姉妹がいる！　夢を共有する同志が数えきれないほどいる！　夢自体がマンディにはまだはっきりと見えていないにしても、彼は一歩一歩近づきつつある——そこがどこであれ。

そうして生活が始まる。朝いちばんに、イギリスの寄宿学校の穢《けが》れなき生徒であり、まだ傷ついていない世界解放の新兵マンディは、野戦用のベッドから飛び出す。サーシャは前夜の大論争の疲れでまだ眠っている。娘たちでにぎわう共同シャワーの湯を浴びたあと、彼女たちには慎重に眼を向けないようにし、交替で働く共同の炊事場に入り、盗んできたソーセージや野菜を刻んでその日のスープを作る。それからそそくさと出かけて西ベルリンの貴重な公園や広場を歩きまわり、図書館をめぐって本を漁《あさ》り、ファシスト教義を打破する学生組織の布告を生き延びた講義には、なんであれ出席する。そのあと進んで印刷所の見習い工となり、当世流行の革命家の派手な文句をちりばめた新聞を作って、少佐のナップサックに詰めこむ。通りの角に雄々しく立って、自宅の覚醒せざる生活へと戻っていくブルジョワの通行人にそれを無理やり手渡す。

ただ無料の新聞を手渡してすむわけではない。危険な仕事だ。ベルリンのブルジョワが覚醒を拒むだけでなく、この街には、無自覚を数世代にわたって続けられるだけの数の学生がいる。よき市民は、ヒトラーが死んで二五年とたたないうちに、警棒を振るう機動隊や、彼らに石を投げつける口汚い過激派の学生たちで通りが沸き返るのを見たくない。徴兵を免れて国から資金援助されているベルリンの学生たちは、学費を払い、規則にしたがい、おとなしくしているべきだ。ガラスを割ったり、人前での性行為を賞揚したり、交通渋滞を招いたり、アメリカにいるわれらの救世主を蔑《さげす》んだりすべきではない。よき市民の拳がマンディに振り上げられたことも一度ならずある。アウシュヴィッツ世代の老婦人に、そのくだらないパンフレットをあちらに《ナッハ・ドリューベン》——壁の向こうの東ドイツを指す——送ってやりなさい、トイレットペーパーに使えるから、と叫ばれたことも一度や二度ではない。長髪をつかまれそうになったこともあるが、マンディは背が高すぎて彼女の手は届かない。乗っていたタクシーの運転手が怒りのあまり縁石に乗り上げ、マンディを外に放り出したことも何度かある。マンディは人々から逃げまどいながら、道に散った持ち物をかき集めなければならなかった。だがよき戦士は怯《ひる》まない――少なくとも長時間は。その日の夜が来て英会話レッスンが終わるや、彼はたいてい《丸刈りの猫》か《共和クラブ》でビールを片手にくつろいでいるか、クロイツベルクに数あるおんぼろのカフェで――野心あふれる小説家たちがよくノートを広げ、イシャウッドになりすましている――トルココーヒーとアラック［蒸留酒］を味わっている。

しかし、決然たる態度で気持ちを奮い立たせてはいるが、分断された街の不確かさに、生き延びられるかどうかも定かでない不穏で憂鬱な雰囲気に、意気をくじかれることもある。それまであまり出会ったこともない怒りに取り囲まれ、ひどく落ちこんだときには、つい考えてしまう。同志たちは自分と同じ探究者、思索者なのだろうか。みずからの心からというより、まわりにこう思われているという決めつけから力を得ているのではないか。自分も人生のより大きな真理を見出したいと日々探究しているが、つまるところ、マンデルバウム博士の言う〝泡〟のなかの生活に行き着いてしまったのではないかと。街頭デモで垂れ幕の端を握りしめ、おののく大学当局の最近の措置に抗議し、あるいはついぞ実現することのない機動隊の猛攻をバリケードのうしろで勇ましく待ちながら、故国を離れたイギリス陸軍少佐の息子は、ときにどの戦争を戦っているのだろうと自問する——最後の戦争か、それとも次なる戦争かと。

されど人間関係の探求は続く。穏やかな陽気とアラックでその気になった夕方には、あばら屋のまわりにいる大勢のトルコ人の子供に声をかけ、即席のクリケットの試合をする。土の空き地がフィールド、ビールの空き缶を積んだものがウィケットだ。マンディは行きつけのカフェの店主ファイサルにノコギリと板を出してもらい、バットを作る。夕暮れの光のなかからラニが出てきて話しかけることはないが、応援の声、悔しがる声、真剣に見守る顔、オリーブの枝が彼の気分を浮き立たせる。クロイツベルク・クリケット・チームの誕生である。

壁のふもとをせかせかと歩きまわり、外国人観光客をつかまえては波瀾万丈の逃亡の話をして愉しませる。事実が覚束ないときには創作した話を聞かせ、相手に感謝されて満ち足りた気分になる。それでもたまに、そんな治療薬も効かないほど気持ちが沈むときには、家に帰ればサーシャがいる。

＊　＊　＊

最初、ふたりは互いに用心している。求婚の手順もそこそこに祭壇に駆けつけたカップルのように、ふたりとも自分が手に入れたものの正体がわかるまで様子見の態度をとる。マンディは、サーシャが思っているとおりのよき戦士なのか？　サーシャは、ほんとうにマンディが守ってやるべき脚の悪いカリスマ的扇動者なのか？　同じ場所に住みながら、ふたりはときおり合意していっしょにすごす場合を除き、決して交わらない生活を送る。マンディはサーシャの過去をほとんど知らない。拠点ではその話題はタブーだと言われている。サーシャはルター派のサクソン人の家系、東ドイツからの難民で、あらゆる宗教の敵たることを自認し、マンディと同じく孤児だ――最後のところは噂にすぎないが。マンディとしては、それだけ知っていれば充分だ。クリスマスイブ――ドイツ語で言う聖　夜《ハイリガー・アーベント》――になって、初めてふたりは互いに己をさらけ出し、もはやあと戻りできなくなる。

一二月二三日には、すでにコミューンの四分の三の学生がいなくなっていた。信条を捨て、反動主義的な家族のもとでクリスマスを祝うために、こそこそと自宅に帰ったのだ。どこにも行くところのない者たちだけが、親が迎えにこなかった寄宿学校の生徒のように残っている。雪が降りしきり、クロイツベルクはまさにこの時期にふさわしい夢のような感傷を誘う。マンディは翌朝早くに眼覚め、屋根裏部屋の天窓が真っ白に輝いているのを見て大いに興奮するが、それをサーシャに伝えても、うなり声と、失せろという命令しか返ってこない。怯まずマンディは持っている服を全部着こみ、ぬかるんだ道をトルコ人地区まで歩いていって、ファイサルやクリケット・クラブの子供たちと雪だるまを作り、ケバブを料理する。黄昏どきに屋根裏部屋に戻ると、ラジオから聖歌が流れ、サーシャが『モダン・タイムス』のチャーリー・チャップリンさながら、ベレー帽をかぶり、エプロンをつけて、ボウルで懸命に何かを混ぜている。

机にはふたりのディナー用に食器が並べられている。中央でクリスマスキャンドルが燃え、その横にはクリスティーナの父親が商うギリシャのワインが一本。盗んだ本の山の上にさらにキャンドルが何本か、バランスをとって立てられている。得体の知れない赤い肉が木の盆に載っている。

「いったいいままでどこにいた?」サーシャがボウルから眼を上げずに訊く。

「散歩してた。なぜ? どうしていけない?」

「クリスマスだろう? くだらない家族のごちそうを食うんだろうが。家にいてもらわないと」

「われわれに家族はいない。両親は死に、兄弟姉妹もいない。朝、起こそうとしたのに、失せろと言ったのはきみだ」

サーシャはまだ眼を上げない。ボウルには赤い実が入っている。ソースのようなものを作っているのだ。

「この肉は?」

「鹿肉だ。なんなら店に戻して、きみの大好物のくそウィンナー・シュニッツェルに代えてもらおうか?」

「鹿肉でかまわない。クリスマスにはバンビだ。きみが飲んでるのはひょっとしてウイスキー?」

「かもな」

マンディはあれこれしゃべるが、サーシャは相変わらず機嫌が悪い。食事をしながら、マンディはサーシャを少しでも喜ばせようと、軽率にも、のちにアイルランド人の子守とわかった貴族の母親の話をしてしまう。わざと陽気な口調を保ち、家族の歴史の笑止なこぼれ話とはとっくに折り合いをつけていることをはっきりと示す。サーシャは最後まで聞くが、苛立ちを隠せない。

「どうしてそんなつまらないことを話す？　きみが貴族でなかったから、ぼくに涙を流せと言うのか？」

「もちろんちがう。笑ってくれるかと思ったんだ」

「ぼくはきみ個人の解放にしか興味がない。われわれみんなにとって、子供時代が言いわけにならないときが来る。きみの場合には、あえて言わせてもらえば、多くのイギリス人と同じように、そのときが来るのがいくらか遅れている」

「わかった。ならきみの亡くなった両親はどうなんだ？　いまのきみの文句なしの状態に至るまでに、どんなことを克服しなければならなかった？」

サーシャの家族の歴史に関するタブーが破られようとしているのか？　明らかにそのようだ。ためらいをひとつずつ克服するように、シラー［ドイツの詩人、劇作家］に似た頭が立て続けにうなずいている。落ちくぼんだその眼がなぜか年長《た》けて見え、キャンドルの光を反射するというより吸収していることにマンディは気づく。

「いいだろう。きみは友人だし、ぼくはきみを信頼している。公爵夫人と子守への馬鹿げた執着は別として」

「ありがとう」

「亡くなった父は、ぼくが望むほど死んでいないし、末期でもない。通常の医学的基準からすれば、じつのところ、腹立たしくも生きている」

マンディは分別を働かせて黙っている。もしくは当惑して口も利けない。

「彼は仲間の将校を殴ってもいないし、酒に屈してもいない――定期的に屈しようとしてはいるが。宗教的、政治的変節者《ヴェンデハルス》だ。いまでもぼくにとって、彼の存在はあまりに耐えがたく、どうしても彼のことを考えなければならないときには、父ではなく、牧師《ヘル・パストル》さんと頭のなかで呼ぶことにしている。退屈しているようだな」

「まさか！　きみの秘めたる人生は聖域だとみんなに言われたが、そんなふうに神聖だとは思ってもみなかった」

「幼いころから、ヘル「ミスター」・パストルはなんの疑いも抱かず神を信じた。両親も信心深かったが、彼はそれに輪をかけて信心深く、きわめて厳格なルター派、手に負えない宗教マニアだった。生まれたのは一九一〇年。われらが親愛なる総統《ディノ・フューラー》が政権を握ったときには」――サーシャはヒトラーのことをつねにそう呼ぶ――「ヘル・パストルはすでに熱狂的なナチス党員で、二三歳、聖職についていた。われらが親愛なる総統に対する信仰は、神に対するそれにもまさった。ヒトラーは魔法のようにうまくことを運ぶ。ドイツに威厳を取り戻し、ヴェルサイユ条約を焼き捨て、共産党員とユダヤ人を根こそぎにして、地上にアーリア人の天国を築く。ほんとうに退屈ではない？」

「退屈どころか！　夢中になってる」

「夢中になるあまりここから飛び出していって、結局ぼくには父親がいたなどと親友一〇人にふれまわらないことを祈るよ。ヘル・パストルと仲間のルター派のナチス党員は、自分たちを〝ドイツ・キリスト教徒《ドイチェ・クリステン》〟と称していた。どうやって彼が戦争の最後の数年を生き延びたのかはよくわからない。今日《こんにち》に至るまで、本人がその手のことを語ろうとしないからだ。国も捨て鉢になっていたころ、彼はロシアの前線に送られて捕らえられた。ロシア人が彼を銃殺しなかったのは良識を欠く職務怠慢で、ぼくはいまも腹にすえかねている。彼らは銃殺する代わりにヘル・パストルをシベリアの収容所に送った。釈放されて東ドイツに戻ってきたときには、彼はキリスト教徒のナチス党員からキリスト教徒のボルシェヴィキになっていた。この転向の結果、東ドイツのルター派教会は、彼にライプツィヒで共産主義者の魂を慰める仕事を与えた。告白するが、彼が捕囚から解放されたのは無念で仕方がなかったよ。ぼくから母親を奪う権利などなかったのに。彼は赤の他人、侵入者だった。ほかの子供たちに父親はいなかった。なぜぼくにいなければならない？　あの壊れた臆病者、やたらと鼻を鳴らし、キリストとレーニンのことばを引いて身の丈の二倍はある説教をする男には虫酸《むしず》が走った。可哀相な母を喜ばせるために、ぼくも転向したと告げるしかなかった。たしかに、ふたりの神のつながりに頭が混乱した時期もあったが、ふたりともひげを生やしていたので、共生できると考えることは可能だった。ところが一九六〇年、神がありがたくもヘル・パストルの夢枕に立ち、まだ時間があるうちに、家族と持ち物すべてとともに西側へ行けと命じた。そこでわれわれは聖書をポケットに入れ、レーニンをあとに残して、その地区の国境を越えたというわけだ」

「兄弟はいなかったのか？　じつに恐るべき話だ、サーシャ」

「兄がひとりいた。ぼくよりずっと両親に好かれていたが、死んだよ」

「何歳のときに?」

「一六歳」

「なんでまた?」

「肺炎だ。気管支炎も併発してね。長く苦しい死に方だった。ぼくは母の自慢の息子だったロルフがうらやましかった。兄としてもやさしかったから、大好きだった。七か月のあいだ、毎日病院に見舞いにいった。今際《いまわ》の際にもそばにいた。夜どおし起きていたが、いま思い出しても胸が痛む」

「そうだろうね」マンディは思いきって訊く。「ところで、きみの体はどうした?」

「ぼくは父が一時帰宅していたときにできた子のようだ。そして母がロシア軍の進撃から逃れようとしていたとき、塹壕《ざんごう》のなかで生まれた。彼女があとで聞いたところでは——おそらく、まちがってるんだろうが——子宮内で酸素が足りなかったそうだ。母自身に何が足りなかったのかは想像するしかない。もちろん小ぎれいな塹壕などではなかった」サーシャはことばを継ぐ。「ヘル・パストルはいつもながらの素早さで、東から西への精神的移行を遂げた。何やら怪しいつながりがあるミズーリ州の使節団《スマ・クム・ラウデ》の眼に止まり、セントルイスに渡って、大学で宗教教育を学んだ。そこを最優等で卒業すると、西ドイツに戻って、一七世紀のキリスト教の熱心な唱道者、キリスト教的資本主義にもとづく自由市場の信奉者になった。しかるべくしてと言うべきか、かつてナチスの縄張りだったシュレスヴィヒ・ホルシュタインに聖職が見つかり、毎週日曜、説教台からマルティン・ルターとウォール・ストリートを讃える歌を聞かせて会衆を魅了してるよ」

「サーシャ、すさまじい話だ。すさまじいが、すばらしい。シュレスヴィヒ・ホルシュタインに出かけて、その説教を聞けないものかな？」

「ありえない。ぼくは彼を父親だとは思っていない。同志のまえでは、完全に父は死んだことになっている。これはヘル・パストルとぼくの共通認識だ。彼は無神論者の過激派を息子とは認めたくない。ぼくは強引で偽善的な改宗者を父とは認めたくない。だからヘル・パストルの暗黙の了解のもとに、彼を自分の過去から消し去った。ひとつだけ願うとすれば、彼が死ぬまえに、もう一度、面と向かってどれほど憎んでいるか言ってやりたいね」

「お母さんはどうした？」

「彼女は生きているが、生きていない。きみのアイルランド人の子守のように出産で命を落とす幸運には恵まれなかった。わが子のために嘆き、混乱して、シュレスヴィヒ・ホルシュタインの湿原を歩きまわり、口を開けば自殺したいだ。若い母親だったから、当然ながらロシア人の解放者に幾度となくレイプされた」

空《から》のグラスをまえに、サーシャは有罪を言い渡された男のように、身を強張《こわば》らせて机についている。マンディはその姿を見つめ、自嘲に耳を傾けるうち、ふいに天啓のごとく心が開かれ、万物をはっきりとらえられるようになるのを感じる。人生の真実が明らかになったあと、ふたりのグラスを満たし、クリスマスの乾杯をおずおずと提案するのは、苦悩するドイツの魂の探求者ではなく、慎み深いイギリスの現実主義者だ。

「まあ、ともかく、われわれのために」その場にふさわしく遠慮がちにつぶやく。

「乾杯《プロシット》。ハッピー・クリスマス、その他いろいろ」

眉間にしわを寄せたままサーシャはグラスを掲げ、ふたりはドイツふうに乾杯する——グラスを掲げ、相手の眼を見、飲み、また掲げ、また眼を見て、やがて静かにグラスを置き、恭しく沈黙を噛みしめる。

関係は深まるか、死に絶えるかだ。のちにマンディが振り返ったところでは、このクリスマスこそふたりの関係が深まり、気兼ねないつき合いが始まった夜だった。これ以来、サーシャは《共和クラブ》や《丸刈りの猫》に行くときにはかならず、いっしょに行くかとマンディにそっけなく訊くようになる。学生向けのバーで、凍った運河沿いの船曳き道や土手をゆっくりとぎこちなく進む散歩で、マンディはサーシャに対し、サミュエル・ジョンソンにとってのボズウェルとなり、ドン・キホーテにとってのサンチョ・パンサとなる。ブルジョワから大量に盗んできた自転車でコミューンが豊かになると、サーシャは分断された街の境界までいっしょに遠出しようと言い張る。つねに乗り気なマンディはピクニックの準備をする——チキン、パン、バーガンディ・ワイン一本。すべてベルリンの壁のツアーガイドとして稼いだ金で正直に買ったものだ。友人ふたりは出発するが、サーシャは、話し合いたいことがあるからしばらく自転車を押して歩こうと言う。この話し合いは歩きながらするのがいちばんだと。拠点の誰からも見咎められなくなったところで、サーシャはようやく内容を口にする。

「よく考えてみるとだ、テディ、ぼくはこのくだらない代物にこれまで一度も乗ったことがない」さも当たりまえのことのように告白する。
　サーシャの脚がいつ運動に耐えられなくなるか気が気でなく、もっと早くこのことに思い至らなかった自分を呪いながら、マンディは彼をティアガルテン公園まで歩かせ、子供に見られることのないゆるやかな草の斜面を探す。サーシャの自転車のサドルをつかむと、サーシャはたちまち手を離せと命じる。サーシャは転び、口汚く罵りながら坂をまたのぼり、走りおり、また転び、もっと口汚く罵る。しかし三度目には、バランスの悪い体を器用に操って自転車に乗ったままでいられるようになり、数時間後には誇らしげに顔を紅潮させ、厚手のコートにくるまってベンチに坐り、チキンを食べ、白い息を吐きつつ、偉大なるマルクーゼのことばを敷衍《ふえん》している。

　だが、戦時においてつねにそうであるように、クリスマスは一時的な敵意の中断にすぎない。雪が解けるなり、学生たちと街の対立はまた極限まで高まる。それに呼応するかのように、西ドイツじゅうの大学が平静を失いはじめる。ハンブルク、ブレーメン、ゲッティンゲン、フランクフルト、テュービンゲン、ザールブルッケン、ボッフム、ボンからストライキの話が伝わる。支配的な教授陣が大勢辞職し、急進派が大躍進したとのことだ。ベルリンには、それらすべてを合わせたより数が多く、経験豊富で、性質《たち》の悪い学生たちがいる。迫りくる嵐の予感のなか、サーシャは急ぎケルンに出かける。聡明な理論家が現れて、急進思想の境界を押し広げているという噂があった。サーシャが戻ってくるころには、マンディは行動する構えができており、はしゃぎたい気分だ。

「来《きた》るべき対決において平和主義の男たちがどうふるまうべきか、ご託宣《たくせん》はあった？」と尋ね、少なくともサーシャから、まがいものの自由主義への服従や、癌のごとき軍需産業の植民地主義を厳しく糾弾《きゅうだん》する長広舌があるだろうと期待する。「トマト、悪臭弾、稲妻――あるいはウジ機関銃とか？」

「われわれは人の知識の社会的起源を明らかにしなければならない」とサーシャは答え、パンとソーセージを口に詰めこんで、打ち合わせに行こうとする。

「そりゃいったいなんだ？」マンディは、論者の真意を探る聞き手という、いつもの役割にたやすく戻って訊く。

「人の超自然的な状態、原形態だ。一日目では遅すぎる。ゼロ日目から始めなければならない。それがすべてだ」

「ぼくにもわかるように噛み砕いて説明してくれ」マンディは状況にふさわしく眉間にしわを寄せて言う。サーシャのいまの考えはじつに驚くべきものだ。これまでは、幻のユートピアを夢見るより厳しい政治的な現実に取り組めと主張してきたのだから。

「まず第一段階として、われわれは人の石板をきれいにぬぐわなければならない。脳から毒を取り除き、偏見や抑制や遺伝的な欲求を消し去る。古いもの、腐ったものは脳からすべて追い払う」――またソーセージを一本――「アメリカびいき、欲望、階級、嫉妬、人種差別、ブルジョワ的感傷、憎悪、攻撃性、迷信、財産や権力に対する渇望、そういったものすべてを」

「それで何に行き着く?」

「質問の意味がわからない」

「単純なことだ。きみはぼくの石板をきれいにぬぐった。ぼくは純粋だ。アメリカ人でも、人種差別主義者でも、ブルジョワでも、唯物論者でもない。もはや悪い考えも持っていなければ、悪い本能も受け継いでいない。で、その見返りに何をもらえる――警官のブーツに股間を蹴られることを除いて?」

ドア口に苛立たしげに立つサーシャには、もうこの審問に丁重につき合う気はない。

「調和ある社会に必要なものをもらう、それだけさ。兄弟愛、自然な共有、相互の尊敬。ナポレオンの言うとおりだな。きみたちイギリス人は完全な唯物論者だ」

とはいえ、マンディがこの理論についてさらに何かを聞くことはない。

「あのふたりは完全にレズだ」とヴァイキングが主張する。拠点ではむしろ偉人ペーターと呼ばれていることを、いまやマンディは知っている。ペーターはシュトゥットガルト出身の平和主義者。徴兵から逃れるためにベルリンに来た。裕福な両親は〝シンパ〟だと噂されている。破壊分子にひそかに資金援助をする、罪深いブルジョワジー上層部に属していると。

「見込みなしだ」革命戦略に関する大事に心を奪われているサーシャが、気もそぞろに同意する。「連中に無駄な時間を使うんじゃないぞ、テディ。あのふたりは変人だ」

話題になっているのは法官ユディットと法官カレンだ。法律を学んでいるのでそう呼ばれる。ふたりが拠点でもっとも欲望をそそる女であるという事実も、彼女たちをさらに突飛な行動に駆り立てるだけだ。偉大なるふたりの解放者の意見では、性生活について女が選べることのなかに、男性の活動家幹部とのベッドインを拒むことは含まれていないから、余計にそうなる。あいつらが着ているあの麻袋みたいなスカートを見てみろ、たまらんぜ、とペーターは言う。あの軍靴《ぐんか》みたいな男勝りの靴でどこに行進するつもりだ？　髪をくしゃくしゃと頭のうしろにまとめて、愛に飢えたロダンの〝カレーの市民〟みたいに拠点のなかをうろうろしてやがる。ペーターに言わせると、彼女たちは図書館から一度に一冊ずつ、法律書を借りてきて、ベッドのなかでいっしょに読んでいる。カレンが指で行をなぞり、ユディットが音読しているという。

ペーターとサーシャが互いのほかに仲間と認めるのはただひとり、マンディのかつての審問官、ギリシャ人のクリスティーナだ。おそらく彼女は彼らと同様、性的に偏向している。マンディはそれまでレスビアンに遭遇したことがないが、拠点で知られた証拠を見るかぎり、噂は正しいと認めるしかない。ユディットとカレンは、共同シャワーを使おうとしない。現れたその日から自分たちだけの部屋を要求し、ドアに南京錠をつけて、〝失せろ《ファック・オフ》〟の札を下げた。札はまだそこにある。マンディはわざわざ確かめにいった。もしもっと証拠が欲しければ、運を天にまかせて、顎の骨を折られることのほかに何が得られるか試してみるんだな、とペーターが言う。

そんな不吉な兆候をものともせず、法官ユディットはイシャウッド的脱俗を誓うマンディに多大なる緊張を与える。美しさを隠そうとする本人の努力はむなしい。カレンは猫背で気むずかしいが、ユディットは華奢で天使のようだ。抗議集会でカレンはブルドッグのようにうなるが、ユディットは怒っても金髪の頭を振るだけ。しかし集会が終わるなり、ふたりはまたもとの姿に戻る——法官ユディットと法官カレン、育ちのいい北ドイツの娘、ベルリン一の急進派の客間に迎え入れられ、手に手を取ってレスボス島［レスビアンの語源となった島］の岸辺を歩く。

だから彼女のことは忘れろ、とマンディは、希望が湧くたびに自分に言い聞かせる。英会話レッスンで彼女が見せる真摯な表情は、おまえが風変わりで、背が高くて、オクスフォード出身だからだ。思わせぶりなことばのやりとり——どう考えてもユディットが仕掛けている——は、彼女が自分の英語を試そうとしているだけで、それ以上のものではない。

「わたし、いまの文章を正しく読んだかしら、テディ？」ユディットが氷河をも溶かす笑みを浮かべて訊く。

「すばらしいよ、ユディット！　一音節たりとも はずして《アウト・オヴ・ジョイント》 いない」

「継ぎ目《ジョイント》？」

「はずす《アウト・オヴ・プレイス》、だ。舌が絡まるとか。きみは完璧だよ。保証する」

「でもアメリカの訛になってるんじゃない、テディ？　もしそうなら、いますぐ直してね」

「そんなことはまったくない。神かけて。正真正銘のイギリス英語だ。ぜったいに」

マンディは欲求不満の苦悩で言い募る。

青くきらきらと輝く眼はマンディのことばを信じていないが、子供のように彼を見つめつづける。マンディは同じことばをもう一度くり返す。子供にそうしてやらなければならないように。「ありがとう、テディ。では、愉しい一日《プレザント・デイ》を。いい一日《ナイス・デイ》を、じゃないわよね。それはアメリカふうだから。でしょ？」

「そのとおり。きみもね、ユディット。それからきみも、カレン」

ユディットがひとりになることはないからだ、当然ながら。法官カレンが彼女のすぐ隣にいて、ぴたりと声を合わせ、声門閉鎖音をともに学んでいる。ユディットといっしょに、消え去れ《ゴー・アウェイ》と、まんなかに摩擦音を入れずに発音している。そんな調子だったのが、ある日なんの前触れもなく、法官カレンが拠点を去ったことが仄《ほの》めかされる。行き先はわからない。まず病気だという噂が流れる。それから危篤の母親を訪ねているとされるが、やがて誰かが、彼女の両親は終戦日に殺されていたことを思い出す。しかし、近くの共同アパートに警察の強制捜査が入ると、また別の噂が広まる。法官カレンは法を犯した、聖なるウルリケ・マインホフの地下活動の旅に加わったというものだ。われらの精神を高める天使、左翼の指導者、〝別の人生〟の提唱者、運動に必要なあらゆる勇気と高潔を支えるジャンヌ・ダルク、そんなウルリケはつい先頃、銃撃戦が始まるかもしれないと急進派の世界に伝えてきた。クリスティーナがカレンのあとを追ったという噂もある。一瞬にしてユディットから生涯の友を奪い、拠点から収入の半分を奪って。だがマンディとしては、ユディットがオフィーリアのように拠点の廊下をふらふらさまよっている姿を見るにたえない。しかもいっそう驚いたことに、ある夜、彼女は弱々しい手をマンディの上腕に添え、自分の夢遊病につき合ってくれないかと尋ねる。

「夢遊病《スリープウォーク》？　ユディット、なんと！　どこだろうとついていくさ！」どこだろうといっしょに寝る《スリープ》、とつけ加えそうになるが、かろうじて踏みとどまる。「ほんとうにつき合ってもらいたい？　ちなみにドイツ語ではなんと言う？　もし訊いてよければだが」

彼女は答える。ナハトヴァンドルンク。「政治的に重要な活動なの。極秘でもある。ベルリン市民に、彼らのファシストとしての過去を突きつけてやるの。あなたも行く?」

「サーシャも行くのか?」

「残念だけど、彼は大学の教授たちと相談しにケルンへ行くことになってる。それに自転車にうまく乗れないし」

忠実なるマンディはただちに抗議する。「乗れるさ。実際に見てみるといい。野ウサギみたいに走りまわってる」

ユディットは引き下がらない。

すでに早春だが、天気はそれに気づいていない。運河の近くの廃校へと向かうマンディに、湿ったにわか雪が降りかかる。偉人ペーターとガールフレンドのマグダが前方を走っている。トルキルというスウェーデン人と、ヒルデというバイエルンの女傑もいる。ユディットの命令で、陰謀者は各人、懐中電灯、真っ赤なスプレー塗料の缶、水ガラスの缶を持っている。水ガラスは不思議な溶液で、ガラスに深々と食いこむため、取り除こうと思ったら窓全体を取り除くしかない。兵站《へいたん》部長に指名された偉人ペーターが、戦闘員ひとりにつき自転車を一台割り当てた。マンディは父親のシャツを三枚着こみ、顔にスカーフを巻いて、古いアノラックをはおっている。懐中電灯と水ガラスと塗料はナップサックのなか。トルキルと偉人ペーターは目出し帽をかぶってきた。ヒルデは毛沢東の面をつけている。ユディットが街の地図のまえに立ち、歯切れのよい北ドイツ訛で部隊にてきぱきと指示を出す。麻袋のスカートの代わりに、フィッシャーマンズセーターと、極端に長い白の毛糸のタイツをはいている。スカートもはいているのかもしれないが、セーターに隠れて見えない。

今夜の目標は第三帝国のかつての住宅、役所や司令部、いまはみな当たり障りのない建物のふりをしているけれど、とユディットは言う。作戦の狙いは、教育だ。ナチス時代の建物の役割を一つひとつ示して、街のブルジョワジーの記憶喪失を回復させる。これまでの経験からすると、西ベルリンの豚どもはそうした表示に激怒して、あわてて行動を起こす。窓を取り替え、落書きを消す。だからわたしたちは二重の勝利をものにするの。ブルジョワが私有財産に抱く愛情に対して、それからナチスの過去を否定しようとする豚体制の努力に対して。いちばんの目標は――と彼女は地図を指し示す——ティアガルテン通り四番地、安楽死プログラムの本部と、クルフュルステンダム通りのアドルフ・アイヒマンの事務所——いまや撤去されて壮麗なホテルが建っている——そしてヴィルヘルム通りとプリンツ・アルブレヒト通りの交差点にあったハインリヒ・ヒムラーの本部。これは残念ながら、いまやベルリンの壁の下敷きになっているが、とにかくできることをする。

作戦の進み具合を見たうえで、ベルリンのユダヤ人が集められて死の収容所に送られた中継地点にも攻撃を加える。たとえば、強制移送に使われたプラットフォームがいまも残るグルーネヴァルト駅や、ヴィッツレーベン通りに面した旧軍事裁判所。そこでは、ヒトラー打倒を企てたひと握りの勇敢な人々が堂々と讃えられているが、ヒトラーを徹底的に支持した数百万の人間は都合よく忘れ去られている。シュロスパークに書き残す銘文でこの不正を叩く。

ヒトラー政権幹部によってユダヤ人問題の最終的解決が合意されたヴァンゼーへの遠出も話し合われるが、この荒天だからと却下される。ヴァンゼーは別個の活動での目標となる。一方、この夜の第二目標には、ヒトラー側近の建築家だったアルベルト・シュペアが原案をデザインした、名高い市内の街灯が加えられる。ペーターが受け持ってそれらに貼るチラシには、よきナチス党員全員に集結を呼びかけ、アメリカのヴェトナムでの大量虐殺に参加せよとうながす内容が記されている。

ユディットが先頭を走り、テディとトルキルが続き、ペーターとヒルデが後方につく。マグダは少し離れてついてきて、豚どもに眼を光らせ、彼らが活動を阻もうとした場合には陽動作戦を仕掛ける。お笑いだ。マグダは美人で恥を知らない。革命に対する信念を曲げることなく金を稼ぐために、ときに胸を張って売春に身を捧げる。己の研究を押し進めるべく、不妊のプチブルの夫婦のために子供を産むことも検討している。

チームは活動を開始する。マンディは長い脚ゆえについ先頭に飛び出してしまうが、ブレーキをかけてユディットを先に行かせる。ユディットは頭を下げ、白い臀部を高々と浮かせ、口笛で『インターナショナル』を吹きながら全速力で走り抜ける。マンディは革命のことなど忘れてあとを追う。身を切る風のなか、うしろから陽気な歓声が聞こえる。『インターナショナル』が彼らの鬨《とき》の声になる。歌のリズムに乗って体を揺するユディットの金髪がなびく。彼女はある店のショーウィンドウに塗料を吹きつけ、戦友であるマンディも別の店にそうする。息を切らした仲間のメッセージが伝えられる——後方四〇度から豚ども接近中。守備部隊はその場を逃れるが、ユディットは書きつづける。まずドイツ語で、それからイギリスとアメリカの読み手のために、英語で。みずから任じた彼女のボディガード、マンディは、ユディットが落ち着きはらって任務を完了するのを見守る。石敷きの裏通りを激しく追われたあと、チームはまた集まり、人数を確認する。次なる目標に向かうまえに、偉人ペーターがありがたくもブルジョワのホットワインの入った魔法瓶を取り出す。渦巻く雪雲の狭《はざ》間《ま》から夜明けのオレンジ色の光が何本も射《さ》す。勝利に沸く部隊は疲労しきって拠点に戻る。冷気と追跡劇の興奮で顔を輝かせながら、マンディはユディットを部屋のまえまで送っていく。

「もう少し英会話でもどうかと思うんだけど、もし疲れすぎていなければ」と軽やかに提案するが、〝失せろ〟の札の下がったドアは眼のまえで静かに閉まる。

永遠とも思えるあいだ、マンディは眠れずベッドに横たわっている。悔しいが、サーシャは正しかった。取り残されて寂しいときでさえ、ユディットに見込みはない。苛立ちのあまり、まずイルゼが、それから体が丸見えのふわっとした喪服を着たミセス・マッケチニーが現れる。マンディはうんざりして彼女たちを追い払う。次に現れるのは、ほかならぬ法官ユディットだ。金髪を噴水のように両肩に垂らし、あとは一糸まとわぬ姿で。「テディ、テディ、起きて、お願いだから」と言っている。だんだん我慢できなくなって彼の肩を揺する。そりゃそうだろう、とマンディは苦々しく思う。眼を開け、また閉じようとするが、幻は不快な朝の光をものともせず、いつまでもとどまっている。腹を立てて手を伸ばすと、宙をつかむという予想に反して、法官ユディットの裸この上ない尻に触れる。愚かしくもまず最初に頭に浮かぶのは、彼女もクリスティーナや法官カレンと同じように逃げようとしていて、隠れ場所を探しているということだ。

「どうした？　警察が来たのか？」マンディは彼らの共通語である英語で訊く。

「なぜ？　警察と愛し合うほうがいいの？」

「いや。もちろんちがう」

「今日、何か約束がある？　もしかして、誰かほかの女と？」

「いや。約束なんてない。ほかの女なんていない」

「時間をかけてね、お願いだから。あなたが最初の男なの。そう聞いてがっかりした？　あなたはあまりにもイギリス人？　品位がありすぎる？」

「もちろんそんなことはない。いやつまり、そう聞いてがっかりなどしない。品位などまったくない」

「だったらよかった。みんなが寝てしまうまで、ここには来られなかったの。安全のために。このあと、わたしと愛し合ったなんて誰にも言わないで。でないと、ここにいる男全員が愛し合おうって言いはじめる。そんなことになったらたまらない。そういう条件でいい？」

「いいとも。どんな条件にもしたがう。きみはここに来なかった。ぼくは寝ていた。何も起こらなかった。みな秘密にしておく《キープ・エヴリシング・アンダー・マイ・ハット》」

「あなたの帽子《ユア・ハット》？」

かくして、セックスは完全に赤ん坊のテッド・マンディは、完全なレズである法官ユディットの意気軒昂《けんこう》たる恋人となる。

愛欲の激しさはふたりをひとつの反乱勢力にまとめる。最初の情熱がやわらぐと、ふたりはユディットの部屋に移る。〝失せろ〟の札はそのままだが、同じ日の夜には、彼女の寝室が愛の巣になる。彼女があくまでも秘密にこだわることと、究極の瞬間においてすら英語しかしゃべらないことによって、地上世界から切り離された天空にふたりで住んでいるという感覚が強まる。マンディは彼女について何も知らないし、彼女も同じこと。陳腐な質問をするのは、団結を乱す大罪となる。ごくたまに、意図せずして答えが行間からもれ出すだけだ。

彼女はまだ〝アインゲブロイト〟ではないが、春のデモ行進が始まればそうなると確信している。

残りの人生をトロツキーやバクーニンのようにプロの革命家として生きること、おそらくその半分はシベリアの刑務所ですごすことを覚悟している。

厳寒地への流刑、重労働、窮乏を、急進派として完成されるまでに必要な段階と考えている。

法律を学んでいるのは、法律が自然な道義の敵であり、敵を知りたいと思うからだ。法律家はつねにろくでなし《アースホール》、と彼女はお気に入りの指導者のことばを引用して、得意げに言い放つ。ろくでなしが群れをなす職業を彼女が選んだことに、マンディはなんら矛盾を見出さない。

ユディットは、ありとあらゆる抑圧的な社会構造をいますぐにでも打ち壊したい。

絶えざる闘争によってのみ運動は成功する、豚体制の自由民主主義の仮面をはぎ取り、その真の顔をむき出しにすることができると信じている。

けれども、将来の闘争の具体的なあり方については、彼女とカレンのあいだで意見が食いちがう。カレンと同じくユディットも、プロレタリアートが動こうとしないか未発達である場合には、革命的先駆者が大衆になり代わるべきであるという、レジス・ドブレやチェ・ゲバラの主張を受け入れている。そうした場合に、前衛派が不完全なプロレタリアートを代表して行動する権利を得ることにも同意する。ふたりの対立点は、その方法だ。あるいは、ユディットのことばを借りれば、方法と道徳性と言ってもいい。

「わたしが豚のガソリンタンクに砂を入れるとしたら、道徳的に受け入れられる？それとも受け入れられない？」彼女はマンディに迫る。

「受け入れられる。完全に。豚どもはそういう仕打ちを受けて当然だ」マンディは男らしく請け合う。

議論はいつもながらユディットのベッドの上だ。もうめっきり春めいている。窓越しに陽光が降りそそぎ、恋人たちは光のなかで絡まり合っている。マンディは彼女の長い金髪をベールのように顔にかけている。彼女の声が、夢のような靄《もや》の向こうから聞こえる。

「じゃあ、わたしが豚のガソリンタンクに手榴弾《しゅりゅうだん》を放りこんだとしたら、道徳的に受け入れられる？　それとも受け入れられない？」

マンディはたじろがないが、この永遠の恍惚状態にあっても一瞬ことばを失い、起き上がってから答える。「それはノーだ、正直言って」愛する人の口から手榴弾などという英単語がいともたやすく出てきたことに虚を衝《つ》かれる。「ぜったいに受け入れられない。だめだ。ガソリンタンクだろうと、どこだろうと。動議否決。サーシャに訊いてみろ。同じことを言うさ」

「カレンにとって手榴弾は道徳的に受け入れられるばかりか、望ましいものでもあるの。専制と欺瞞に対抗するためなら、カレンはなんだって認める。圧制者を殺すことは福祉サービスであり、虐げられた人々を守ること。論理的だわ。カレンにとってテロリストとは、爆弾は持ってるけど飛行機を持ってない人。ブルジョワ的〝ヘンムンゲン〟は持つべきでない」

「禁制《インヒビションズ》だ」マンディは親切に翻訳し、彼女の声に混じった刺々《とげとげ》しい説教くささを努めて無視する。

「カレンは、抑圧された人々が行使する暴力はつねに正当であるというフランツ・ファノンのことばに、すっかり同調してる」彼女はさらに思い出して力強くつけ加える。

「ぼくはちがう」とマンディは言い返し、また背中からベッドに倒れこむ。「サーシャもちがう」それで議論に片がつくかのように言い添える。

長い沈黙が続く。

「ひとつ教えてあげましょうか、テディ?」

「なんだい、わが恋人?」

「あなたはまったくもって偏狭な、帝国主義的イギリス人のろくでなしだわ」

＊　＊　＊

いつもの定例行事だと思え。マンディはまたもや父親のシャツ数枚を着こみながら——今回は防具として——自分に言い聞かせる。デモなんて偽りの闘いだ、本物ではない。どこで、いつ、なぜおこなわれるのか知らない者はいない。大怪我を負う人間などいない。まあ、本人が望めば別だが。とことん紛糾したとしても、そんなところだ。

実際、何度イルゼと肩を並べて――と言っても、彼女の肩はこちらの肘の位置だったが――立錐の余地もない人混みのなか揺られながらホワイトホールまで行進したことか。警官隊ができれば警杖《けいじょう》を使わなくてすむように、両脇に詰め寄ってやはり歩いていた。で、何が起こった？　そこここで何度か殴られ、脇腹を中途半端に蹴られることはあったが、それでも、体は馬鹿でかいが力のないフォワードとして、ラグビーの名門校ダウンサイドとアウェーで闘ったときの半分ほども激しくなかった。神の悪意か慈悲か、マンディにはわかったためしがないが、たしかに一九六八年のグロヴナー・スクウェアの大行進には加わらなかった。しかしここベルリンではデモに参加し、大学校舎を占拠し、坐りこみに加わり、バリケードを築いた。速球投手の腕を買われて悪臭弾や石を投げる役をまかされ、たいてい警察の武装ワゴン車に見事に命中させて、ファシズムの進行を少なくとも百分の一秒は遅らせた。

そう、ベルリンはハイドパークではない。ホワイトホールでもない。もっと地味で乱暴な闘いだ。闘いの条件もかならずしも均等ではない。一方のチームには銃、警杖、手錠、盾、ヘルメット、ガスマスク、催涙弾、高圧放水砲が備わっており、角を曲がったところには何台ものバスに分乗した支援隊がいる。ところが他方には、考えてみれば大したものはない。せいぜい箱に詰められた腐りかけのトマトや卵、石の山がいくつか、大勢の美人と人類への輝かしいメッセージといったところ。

だが、われわれは文化人だ。ちがうか？　サーシャの特別な日においてさえ。われらがカリスマ的雄弁家、リーダーの王座に近づく者、知識の社会的起源たる詩人クァジーモド、マリファナパーティの噂では、寝た女で大講堂を満員にすることができる男——ほかならぬそのサーシャがこの日、特別に狙われているという。どこにでもいるマグダが、警官とベッドのなかにいるときにひそかに入手した情報だ。それゆえマンディ、ユディット、偉人ペーターと後援会のメンバーたちが、サーシャのいる大学の階段前に集結している。驚くほど大勢の豚どもが集まっているのもそのためだ。彼らはフランクフルト学派の教義をくわしく学んだあと、丁重にサーシャをグリューネ・ミンナ——ドイツ人は囚人護送車《ブラック・マライア》をそう呼ぶ——に案内し、基本法で保証される彼の権利をしかるべく尊重したうえで、自主的な供述を求めるつもりだ。火をつければたちまち燃え上がる半都市、西ベルリンで、騒乱を起こし、略奪をおこない、ファシズム、資本主義、軍国主義、消費主義、ナチズム、植民地主義《コカ・コロニゼーション》、帝国主義、似非《えせ》資本主義といったさまざまな害悪が広がるまえの世界を取り戻す計画の詳細を、同志の名前や住所とともに明らかにせよと。

自由大学の聖なる芝生の上で、この日サーシャがおこなう演説の主題はまさにそれだ。まわりに迫ってくる警察の警戒線に刺激され、サーシャの論調は極限に達する。アメリカ軍によるヴェトナムの町への絨毯爆撃、農地への毒物散布、ジャングルへのナパーム弾投下を、口をきわめて罵り、憎悪をむき出しにする。ニュルンベルク裁判の再開を求め、帝国主義的ファシストであるアメリカ政府を大量虐殺と人道に対する罪で召喚すべきだと主張する。ナチスの過去を消費主義できれいに洗い流し、アウシュヴィッツ世代を新しい洗濯機やテレビやメルセデス車で洗脳して、太った羊の群れに変えてしまった、ボンで政府のふりをしている道徳的に堕落したアメリカの追従者を厳しく非難する。イランのシャーを、CIAに支援された彼の秘密警察サヴァクを糾弾し、返す刀でアメリカにあと押しされたギリシャの大佐たちと〝アメリカの傀《かい》儡《らい》国イスラエル〟を斬り捨てる。広島、朝鮮から中米、南米、アフリカからヴェトナムに至るアメリカの侵略戦争を並べ立て、パリ、ローマ、マドリッドの同胞活動家に友愛の挨拶を送り、〝今日のわれわれのデモの先駆者となった〟アメリカのバークリーとワシントンD・Cの勇気ある学生たちに敬意を捧げる。偉ぶった話はやめて学業に専念しろと叫ぶ、怒れる右翼集団に舌鋒を向ける。

「話をやめろ？」サーシャは彼らに叫ぶ。「ナチスの圧政下で黙っていたおまえらが、われわれに黙っていろと命じるのか？　われわれはよき子供だ。学びすぎるほど学んでいる。みんなおまえらからだよ、ろくでなしども！　押し黙ったおまえらナチスの親たちから学んだのだ！　ひとつ約束してやる。アウシュヴィッツ世代の子供らは決して、何があろうと、黙ったりしない！」

サーシャはこれを言うために、マンディが作った演説台の上に乗っている。マンディがファイサルのカフェの裏の作業台で組み立てた台だ。ユディットが消防士のヘルメットをかぶり、顔の下半分にカフィエ「アラブの遊牧民などが頭から肩にかぶる四角の布」を巻いて、マンディの横に立っている。マンディのクリケット用のプルオーバーを着ているので、毛沢東のジャケットがかさばって見える。けれど彼女のいちばんの秘密は、型も何もないぼろ着の下に隠された、この世にまたとない体だ。それはマンディが彼女と共有する秘密。マンディは自分の体より、その体をよく知っている。どんなくぼみも、どんな曲線も。彼が引き出すあられもない歓喜の叫びは、彼自身の心の叫びだ。愛の行為と同様、政治においても、彼女はともに境界を越え、荒くれた無秩序《アナーキー》の領域へ踏みこまないかぎり満足しない。

突然、あらゆる活動が止まる。あるいは、マンディの意識に入らなくなる。映像とサウンドトラックが同時に途切れ、また始まったかのようだ。サーシャはまだ演説台から滔々《とうとう》としゃべっている。しかしエキストラはみな叫んでいる。何重もの武装警官の輪が抗議者のまわりで狭まり、杖が盾を打つ音が雷鳴のように轟《とどろ》く。最初の催涙弾が炸裂する。警官隊はきわめて周到にマスクをつけているので動じない。煙と放水砲の水しぶきのなかで、学生たちがガスに涙しながら四方八方に逃げまどう。マンディの耳、鼻、喉は熱で溶けそうになる。涙でまえが見えないが、ぬぐわないほうがいいことはわかっている。水が顔を直撃し、振り回される杖が見え、石畳の道を打つ馬の蹄《ひづめ》の音、怪我人の子供じみた泣き声が聞こえる。そこらじゅう怒号と殴り合いの混乱のなかで、品位らしきものを保っているのはただひとり、法官ユディットだ。驚いたことに、毛沢東のジャケットのなかから大きな野球バットを取り出し、消極的抵抗を唱えるサーシャを無視して、若い警官の真新しいヘルメットをしたたか殴りつける。そのあまりの強さにヘルメットは天からの贈り物のように警官の手に落ち、彼は馬鹿げた薄笑いを浮かべて膝から崩れ落ちる。「テディ、サーシャをお願い《ドゥ・ギプスト・ビッテ・アハト・アウフ・サーシャ》」このときばかりは情熱をかき立てる英語ではなく、トーマス・マンの滋味豊かな言語を使って丁寧に頼み、彼女はうねうねと動く茶色と青の制服の固まりのなかへ消えていく。彼の手の届かないところへ行ってしまう。最後に見たときには、消防士のヘルメットの代わりに血の帽子をかぶっていたが、彼女のことばはマンディの耳のなかで燃えている——サーシャをお願い。マンディは、かつてイルゼから同じことを頼まれたのを思い出す。それを自分に任じていたことも。

放水砲がさらに近づいてくるが、いまや敵味方は入り乱れ、豚どもは味方をずぶぬれにしたものかとためらっている。サーシャは演説台からまだメッセージを叫んでいる。豚どもが杖で彼を殴れる位置まで来ていて、巡査部長らしき巨漢が「この酔っ払いのくそちびはおれがやる！」と怒鳴っている。そこでマンディは夢にも思わなかったことをする。もしあらかじめ考えていたら、実行に移すことはなかっただろう。敵二〇名を討ち取った、パキスタンなんとか勲章の持ち主、アーサー・マンディ少佐の息子は、これもまた猛然と敵中に飛びこむ。しかし彼が腕に抱えるのはブレン銃ではなく、サーシャだ。法官ユディットの命令に無条件にしたがい、己の善良なる衝動にも突き動かされて、マンディはサーシャを引ったくるように台の上から連れ去り、両肩の上に担ぐ。サーシャの暴れる両足を一方の腕で押さえ、殴ろうとする両手をもう一方の腕で押さえて、催涙弾のガスのなか、血まみれで泣き叫ぶ体また体をかき分けて進む。雨霰と降りそそぐ打擲《ちょうちゃく》を感じもせず、サーシャの悪口雑言――おろせ、このろくでなし、走れ、ここを出るんだ、豚どもに殺されるぞ――のほかには何も聞こえない。やがて太陽が現れ、体が石臼ひとつ分ほども軽くなる。ユディットの命令を力の及ぶかぎり果たし、サーシャを肩からおろしたからだ。サーシャは広場を横切って遁走《とんそう》し、警察のワゴン車のなかに坐らされたのは、サーシャではなくマンディだ。頭上のバーに両手を手錠でつながれ、ふたりの警官から代わる代わるこれでもかというほど殴られる。テッド・マンディは〝アインゲブロイト〟だ。もうサーシャに意味を教えてもらう必要はない。

そのあとのことを正確に思い出すのは、マンディにとって決して容易ではなかった。

ワゴン車があった。警察署があった。まさにそれらしいにおいのする監房があった――排泄物、塩っぽい涙、嘔吐物、そしてときどき生温かい血。しばらく、スキンヘッドのポールという男といっしょだった。本人は連続殺人犯だと言っていて、しょっちゅうぐるりと眼を回し、くすくす笑った。取調室にポールはいなかった。そこはマンディと、ワゴン車のなかで初めて彼を殴ったふたりの警官だけの空間だった。彼らはどうやらマンディを、ひげを剃ってイギリス人のふりをしている偉人ペーターだと思っているらしく、取調室でもマンディを殴った。マンディはイギリスのパスポートはもちろん、住所こそ偽物であれきちんとした学生証も持っていたが、警官たちに見せてやろうにも、残念ながら、乱闘でなくさないようにと屋根裏部屋に置いてきていた。戻ってそれらを取ってくると提案した。当然ながら、警官たちに場所を告げて取ってこさせるわけにはいかない。そんなことをしたら、違法な拠点とサーシャの居場所を直接教えることになる。マンディが頑として譲らないので、警官たちの怒りは新たな高みに達した。もう彼の話に耳を貸さず、ひたすら攻撃を加えた。股間、腎臓、足の裏、そしてまた股間に。外見上の問題があるので、顔にはあまり手を出さなかったが、最終的には顔も、誰もが望まなかったほど傷だらけになった。何度かマンディは気を失った。何度か監房に戻され、その間、警官たちは休憩をとった。それが何度くり返されたのか、記憶はぼやけている。ふいにすべてが終わって、イギリス軍病院に運ばれた記憶がぼやけているように。自分たちの住む通りではなく、頭のなかに青い光が灯ったことは憶えている。消毒薬のにおいがする清潔なベッドのシーツも。まばゆい病室も。銀色の蓋のついたストップウォッチを、白いリンネルの胸元にピンでとめた子守女が、その場をとりしきっていた。

「マンディ？　マンディ？　まさかあの小悪党のアーサー・マンディ少佐の親戚じゃないだろうな、かつてインド陸軍にいた？　そんなはずはない」軍医長が訝りながら言い、包帯を巻かれた長い体をちらちらと見下ろす。

「あいにくちがいます」

「残念がる必要はない。とにかくきみは恐ろしく運がよかった。私に言えるのはそれだけだ。指が何本見えるね？　よろしい。じつに結構」

彼は船室に横たわっているが、少佐のビルマの心地よい煙は漂っていない。ラニの横にしゃがんで岩間のプールを見ているが、立ち上がることができない。学校の手洗いで洗面器に顔を押し入れられ、両手で蛇口を握っているあいだ、学級委員が順番に、敬虔なキリスト教徒でないと彼をなじる。こいつに近づくな。疫病神だから。姿を見るだけで病気が移る。彼は最下層民で、その証拠にこのドアの裏にはステンシルで書かれた警告の札が下がっている。

許可ある軍関係者のみ

ユディットなら〝失せろ《ファック・オフ》〟と書くところか。念には念を入れ、赤い帽子をかぶった軍警察の警備官がひとり配されて、マンディの安全を見張っている。マンディがいくらか回復して、廊下をよろよろと歩いて小用を足しにいけるようになった途端、警備官は己の気持ちをはっきりと伝える。

「もしおまえがうちの軍にいたら、その性根を入れ替えてやったところだ」と請け合う。「たぶん死ぬだろうが、そのほうがありがたいと思っただろうよ」

イギリス当局の人間が会いにくる。ミスター・エイモリーといい、名刺にもそう印刷してある――在ベルリン英国高等弁務官事務所、副領事、ニコラス・エイモリー。

マンディよりほんの数歳上で、支配階級の救いがたいブルジョワのイギリス人にしては、面食らってしまうほど感じがいい。上等のツイードのスーツを着ているが、つい安心してしまうほどむさ苦しい印象を与える。とりわけスウェードの靴が垢抜けない。品のいい仕立ての背広の肩から、少佐のナップサックが下がっている。

「いったいこのブドウを贈ってくれたのは誰だね、エドワード?」果物を指差して、にやにやしながら尋ねる。

「ベルリン警察」

「ほんとうに?　信じられない。菊は?」

「ベルリン警察」

「しかしまあ、気の利いた連中だな。そう思わないか?　気の毒に、彼らもこのところたいへんな緊張を強いられているはずだがね」ナップサックをマンディのベッドの足元に置く。「ここは前線だ。ときどき誰かが警察の逆鱗《げきりん》に触れたとしても仕方がない。とりわけ国の補助を受けた、尻と肘の区別もつかない過激派の学生どもが――きみも似たり寄ったりだと思うが――彼らを挑発しているときには」エイモリーは椅子を引いて坐り、マンディの顔を間近からじろじろと見ている。「きみのあの立派な友人は誰だ、エドワード？」

「どの友人？」

「あの小さな変人だよ。ナチス親衛隊みたいにうちの事務所に突入してきた」とエイモリーは答え、勝手にブドウをひと粒食べる。「人の列を飛び越して、受付の机にきみのパスポートを叩きつけ、うちのドイツ人の職員に、いますぐきみをベルリン警察から解放しろ、さもなくば、と吠え立てた。そして誰かに住所と名前を訊かれるまえに、また飛び出していった。可哀相にその職員は震え上がっていたよ。貧しいサクソン人の訛だったと言っていた。訛もあるが、態度でもっとはっきりわかる。あれほど無茶苦茶なのはサクソン人だけだと。そういう友だちが大勢いるのかね、エドワード？　名前も残さない、怒った東ドイツ人が？」

「いない」

「ベルリンにはどのくらい滞在してる？」

「九か月」

「どこに住んでる？」

「奨学金が底をついた」

「どこに住んでる？」

「シャルロッテンブルクに」

「誰かからクロイツベルクだと聞いたが」

　答えなし。

「事務所に来て台帳に記入すべきだった。困窮する学生の世話は、まさにわれわれの得意とするところだ」

「困窮はしてなかった」

「まあ、いまはしている。私立校でボウラーをやっていたとか？」

「何度か」

「なかなかいいチームがあるんだがね。いまさら言っても遅いが。残念だ。ところで彼の名前は？　興味があって訊くのだが」

「誰の名前？」

「脚の不自由な、きみの寸詰まりのサクソンの騎士だ。うちの職員は、彼の不細工な顔に見憶えがあると言う。新聞で見たことがあるかもしれないと」

「知らない」

エイモリーは静かに面白がっているように見える。垢抜けないスウェードの靴に相談する。「さてさて。問題はだな、エドワード、きみをこれからどうするかだ」

マンディは何も提案しない。このエイモリーは手洗いで彼を殴った学級委員のひとりだろうかと考えている。

「きみはひと悶着起こすことができる。弁護士を六人呼ぶといい。なんならリストを渡そう。警察はもちろん、好き勝手な事由で起訴するだろう。手始めに治安妨害罪だ。外国人旅行者というきみの状況を最大限悪用してね。判事の心証はよくないだろうな。住所の登録もでたらめだし。当然ながら、われわれは最善を尽くす。鉄格子のあいだからフランスパンを差し入れよう。何か言ったかね？」

マンディはひと言も口にしていない。殴りたければ、エイモリーは好きなだけ殴るといい。

「警察について言えば、きみの件はたんなる人ちがいだった。きみがもし連中の思ったとおりの人物だったとしたら、彼らは表彰されていた。きみにこんなことをしたのは、頭のおかしいポーランドの殺人者だと言ってるが、そんなことはありうるかね？」

「ありえない」

「だが、もしわれわれにその気があるなら、彼らは取り引きしてもいいと思っている。彼らはきみを罰さない。きみは監獄内で生じたのかもしれない不幸な出来事について、いっさい追及しない。そしてわれわれは、ヌビア人の召使いの恰好をしたきみをベルリンからこっそり連れ出し、この微妙な国際危機のなか、イギリスの体面を保つというわけだ。よろしいか？」

夜勤の看護師はアヤーのように太り肉だが、預言者ムハンマドの話はひとつもしてくれない。

＊　＊　＊

彼は医師の姿で現れる。映画のなかで賢明なヒーローがつねにそうするように。警備官が見張りの椅子でうたた寝し、マンディが仰向けに横たわってユディットにメッセージを送っている夜明け。白衣の両肩には三つずつボタンがついていて、彼には数サイズ大きすぎる。聴診器が情けなく首から垂れ下がり、馬鹿でかい手術用の長靴が、すり切れたスニーカーを覆っている。西ベルリンじゅうが酔っ払いのくそちびを捜しているが、機略に富む彼はそんなことで阻止されない。守衛を煙《けむ》に巻くか言いくるめるかして門をすり抜け、病院内に入るや一直線に当直室に侵入してロッカーをこじ開けた。両眼のまわりは病んだように黄色い。不釣り合いに若作りな前髪、革命家のしかめ面《つら》は暗い思案顔に置き換えられている。体の残りの部分はこれまでいちばん小さく、いつにも増してぎくしゃくしている。

「テディ、ことばがない。きみがぼくのためにしてくれたことは、この身に余る――命を救ってくれたことは言うに及ばず。どうやってお返しすればいい？　ぼくのためにここまで愚かな犠牲行為をやってのけた人間はいない。きみはイギリス人だ。きみにとって、人生は馬鹿げた偶然に満ちている。だがぼくはドイツ人で、ぼくにとって、筋が通らないことには意味がない」

茶色の眼のなかに湖ができている。小さな胸から発せられる大きすぎる声はしゃがれている。ことばを慎重に選んでいるような話し方だ。

「ユディットは？」マンディは訊く。

「ユディット？　法官ユディットのことか？」名前をすぐに思い出せないようだ。

「ユディット、ああ、元気だ、ありがとう、テディ。そう、われわれはみなそうだが、今回の暴動で多少影響を受けている。しかし想像できるように、屈してはいない。彼女は頭に軽い傷を負った。ガスも吸いすぎた。きみ同様、アインゲブロイトだが、回復している。きみによろしくと言っていたよ」――それですべてが解決するかのように――「心からよろしくと、テディ。きみがしたことを尊敬すると言っていた」

「いま彼女はどこに?」

「拠点だ。数日、包帯を巻いていたが、そのあとはなんでもない」

なんでもない《ナッシング》。沈黙が流れ、マンディは苦笑を浮かべる。「なんにも着てない《ゴット・ノッジングズ・オン》娘に乾杯」少佐が酔ってよく引用したくだらない詩の一節を、馬鹿げた抑揚をつけて唱える。「ぼくが国外追放されることを知ってるんだろう?」

「ユディットが? もちろんだ。基本法の精神を踏みにじる措置だ。法律家として怒りくるってるよ。彼女はただちに法廷に持ちこもうとした。この国におけるきみの法的立場は彼女が望んでいるほど強くないと説得するのに、ぼくはありったけの力を使わなければならなかった」

「だがともかく説得した」

「やっとのことでね。女の多くはそうだが、ユディットも便宜主義的な議論につき合う気がない。だが彼女のことは誇りに思っていい、テディ。きみのおかげで、彼女は完全に解放された」

そのあとサーシャは、よき友人らしく、マンディのベッドの端に坐り、彼の傷だらけの手ではなく手首を握っていたが、なぜか気遣って眼を合わそうとしない。マンディは横たわったまま彼を見つめ、サーシャは壁を見つめて坐っているが、マンディは客礼《きゃくれい》からついに眠ったふりをする。サーシャが出ていき、ドアは二重に閉まったように思える——ひとつはサーシャに、もうひとつは完全に解放されたユディットに。

# 第5章

気の抜けた年月、苛立たしい年月、あてどない彷徨《ほうこう》の年月が、人生の永久の徒弟、テッド・マンディの成長を阻もうとしている。のちに彼はこれを〝空白期間〟と見なす。長さは一〇年に満たないものだったにしろ。

その短い人生において初めてではないが、マンディは夜明けとともに町を追われる。ただ、不祥事を起こした世話の焼ける少佐はいないし、道路は平坦で砕石を敷いてある。体が動かなくなったかのように、敷地の門でうずくまって泣いているラニもいなければ、あらゆる場所を探したにもかかわらず、ユディットの姿もない。マリーの軍のおんぼろトラックは、白い泥よけのついたぴかぴかのジープに代わっている。そしてパンジャブの戦士ではなく軍警察官が、友情あふれる最後の助言を与える。

「いつでも好きなときに戻ってこい。おまえのことは忘れない。首を長くして待ってるぞ」

心配しなくてもいい。病室の天井を三週間眺めに眺めて、マンディは戻ってくる気もないし、行くあてもない。オクスフォードに戻るべきか？　どういう人間として？　どんな仮面をかぶって？　怒りとともに発射される理想を見たこともない頭でっかちの子供に混じって、また学位取得の授業に出ることを考えるとぞっとする。ヒースロー空港に到着すると、衝動的にウェイブリッジへと向かう。父親の葬儀に参列した酔っ払いの弁護士が、パインズと呼ばれるテューダー朝ふうの邸宅に彼を迎える。雨が降っているが、それはいつものことだ。

「人の手紙に返事を書くぐらいの礼儀はわきまえてほしいものだ」と弁護士はこぼす。

「書きましたよ」とマンディは言い、ぼろぼろのファイルの山のなかから手紙を見つけ出すのを手伝ってやる。

「ほう、なるほど。送っていたのか。探せば蓄えのなかには何かあるものだ。亡くなったきみの父上のアーサーは、銀行の自分の貯蓄からきみへの支払いを命じる指図書にサインしていた、馬鹿な男だ。本人がよく理解していれば、何年もまえに止めていただろうな。そこから弁護料の五〇〇ポンドをもらってもかまわんだろうね？」

法律家はつねにろくでなし。うしろ手に庭の門を叩きつけるように閉めて、マンディは胸につぶやく。道を大股で歩いていくと、外壁に電飾を張りめぐらしたゴールデン・スワンのまえまで来る。雨のなか、その夜の最後の酔客たちが去るところだ。彼らのなかに少佐と自分の姿が見える。

「今日のお客は格別だったな、坊主」と少佐が言い、溺れる者のようにマンディの腕にしがみつく。「会話のレベルが高い。軍の食堂であれはない。軍の話題ばかりだ」

「とても興味深い会話でした」

「イギリスの鼓動を聞きたければ、彼らの話に耳を傾けることだ。おれはあまりしゃべらないが人の話は聞くぞ。とくにパーシー。彼は知識の宝庫だな。どこで道を踏みはずしたものやら」

ヴェイル二番地は家が壊され、更地になっている。街灯の光で見えるのは、三寝室一戸建て、九〇パーセントのローン可能という不動産屋の看板だけだ。駅まで行くと、すでにすべての列車が出たあとだ。ジャーマン・シェパードを連れた老人が、五ポンド、現金前払いでベッドと朝食を提供しようと言う。翌日の午前、マンディはまた新入生となり、人前で髪に櫛を入れる連中を求めて、学校への西向きの列車に乗る。

聖ジョージの旗を掲げた修道院が、暗い町を見下ろす納骨堂のように建っている。その下には教区が広がり、丘の上には古色蒼然たる学校がある。だがマンディは丘を登らない。丘の上には、ヒトラーのドイツを逃れて、チェロかゲーテのことばを教えようとする貧しい亡命者の居場所は見つからなかったのだ。ロータリー沿いの赤煉瓦の靴屋の二階のほうが住むには快適だった。路地を入ったところに勝手口がある。学識豊かなドイツ人らしいマンデルバウムの手書きの色褪せた表示が、相変わらず錆びた画鋲《がびょう》でドアにとめられている。〝時間外には下のボタンのみを押すこと。マロリーにご用のかたは上のボタンのみを押してお待ちください〟。マンディは上のボタンのみを押し、心躍らせて待つ。足音が聞こえ、微笑みかけたところで、それが求める足音でないことに気づく。せかせかとあわてていて、誰であれその主は階段をおりながら二階に叫んでいる。そこにいなさい、ビリー、ママはすぐに戻るから！ ドアが六インチ開いて動かなくなる。同じ声が言う。もう。ドアがばたんと閉まり、チェーンをはずす音がする。そしてまた開く。

「何？」

若い母親には時間があったためしがない。この母親は落ち着きのない赤ら顔で、長い髪をかき上げてようやくマンディのほうを向く。

「ミスター・マロリーに会いたかったのですが」とマンディは言い、色褪せた表示を指差す。「学校の先生でした。いちばん上の階に住んでいた」

「あの死んだ人？　靴屋で訊いてみて。彼らなら知ってるわ。いま行くから、ね、ビ、ビ、リー！」

マンディは銀行に行かなければならない。ゴドーを探す若者［サミュエル・ベケットの劇『ゴドーを待ちながら』で、ふたりの浮浪者がゴドーという人物を待ちつづけるが、ゴドーは結局現れない］のためにウェイブリッジの弁護士が振り出した小切手を、どこかで現金に換えられるはずだ。

また空を飛びながら、マンディは夢現《ゆめうつつ》を往き来する。ローマ、アテネ、カイロ、バーレーン、そしてカラチが何も言わずに彼を受け入れ、次の目的地へ引き渡す。ラホールに到着すると、マンディは空港でその夜の宿泊先を勧める想像上の多くの声を退け、英語とパンジャブ語をしゃべるマームードという名の運転手に身をまかせる。マームードは軍隊ふうの口ひげを生やし、マホガニーのダッシュボードのついた一九四九年式のウォルズレーに乗っている。うしろの窓に取りつけられた花瓶には蠟《ろう》細工のカーネーションが挿してある。そしてマームードは、ローマカトリックのアイルランド人の子守と、亡くなった娘が〝最高の敬意をもって埋葬されている〟墓地への道順を知っている。場所は正確にわかります、旦那《サヒブ》、〝もし〟とか〝でも〟とかいっさいなし、それはもう完璧に。なぜならマームードは偶然にも、キリスト教の聖具保管係のいとこだからだ。聖人にちなんでポールと名乗る、白いターバンを巻いたその老人は革張りの台帳を持っており、心ばかりの寄付があれば、貴い紳士淑女の埋葬場所を教えてくれる。

　墓地は丘の斜面を楕円形に囲んで作られている。すぐ横に廃棄されたガス工場がある。首のない天使、廃車の部品、砕けたコンクリートの十字架が内臓を空にさらしてそこここに散らばっている。めざす墓は一本の木の下にある。四方に伸びた枝葉がぎらつく太陽をさえぎり、黒々とした木陰を作っていて、なかば放心状態のマンディは、墓穴が開いているような気がする。墓石は砂のように柔らかく、彫られた文字は消えかかっていて、指でなぞりながら文字を想像するしかない――〝アイルランド、ケリー州出身のネリー・オコナーと、娘のローズを偲んで。夫のアーサーと息子のエドワードに愛され、神とともに安らぐ〟。

エドワードはおれだ。

子供の群れが彼を取り囲み、ほかの墓から取ってきた花を差し出す。抗議するマームードにかまわず、マンディは一人ひとりの小さな手に金を置いてやる。丘の斜面は物乞いをする子供の蜂の巣となり、そびえ立つイギリス人は背を丸め、自分も彼らのひとりになりたいと願う。

ぽんこつウォルズレーに体を押しこみ、マホガニーのダッシュボードに膝を打ちつけながら、帰還せる息子は、インドでどこかへ移動する際にかならず通り抜けなければならない土煙のなかに入っていく自分を見つめる。到着すると、やはり土煙が待っている。緑なす丘に、打ち棄てられた支配者《ラジャ》の石造りの醸造所が見える。少佐のカレーを流しこむビールを作っていたところだ。これがイギリスに追い返されたときに通った道だ、とマンディは思う。これがよくクラクションを鳴らして追い払った牛車だ。われわれをじっと見つめるが、こちらからは見つめ返さなかった子供たちもいる。

道がつづら折りとなる。嬉々として荷馬車を牽《ひ》く馬のように、ウォルズレーはそれに応える。霞に頂上を切り取られた茶色の山々が前方に浮かぶ。左手には丘陵地帯が広がり、ヒンドゥークシ山脈へと連なる。ひときわ高くそびえるのは主峰のナンガ・パルバット。

「あなたの町だ、旦那《サヒブ》!」とマームードが叫ぶ。たしかに峰の上に茶色の家々がちらりと見えるが、次に曲がったところでまた見えなくなる。やがて、立ち去ったイギリス人の名残が軍の遺物の形をとって現れる――崩れた番小屋、腐りかけた兵舎、草ぼうぼうの観閲台。ウォルズレーの最後のひと踏んばりで、さらにいくつか道を曲がると、ついに町に入る。マームードは、ツアーガイド兼運転手から、マリーのあらゆる優良物件とその格安価格につうじた不動産屋に転じる。この目抜き通りは、旦那、いまパキスタンじゅうでいちばんしゃれた地域です。上等のレストラン、屋台、衣料品店が並んでますでしょう。この静かな脇道を行きますと、イスラマバードでいちばん裕福で目の利く市民のエレガントな夏の別荘が建ってます。

「考えてみてください、この絶景を、旦那! 遠くに見えるカシミールの平原の美しさ! 気候は快適そのもの。松林には一年をつうじてあらゆる種類の動物がいます。そしてこのかぐわしいヒマラヤの空気! なんという喜び!」

丘の上まで行ってくれないか、と帰還せる息子は言う。

はあ、こっちですね。パキスタン空軍基地を越えてその先へ。

ありがとう、マームード。

空軍基地は草地ではなく、小ぎれいな舗装路になっている。士官棟には二階が加えられている。〈**青服のホモどもめ、毎度予算をひとり占めしおって**〉。少佐の怒りの声が聞こえる。道は穴だらけとなり、雑草も伸びている。土埃の貧しさが、町の豊かさに取って代わる。数マイル走って、彼らは放棄された兵舎と貧しい村が点在する茶色の斜面にたどり着く。

ここで停まってくれ、マームード。ありがとう。ここでいい。

ヤギ、パリア犬、永遠に貧しき者たちが、草の伸びた練兵場をふらふらと横切っていく。明日の偉大なクリケット選手が技を磨いたモスクの横の空き地は、死にゆく人のためのホステルになっている。谷間の気候が少佐のバンガローを生乾きの骸骨に変え、トタン屋根やドアやバルコニーをはぎ取って、残されたうつろな眼窩《がんか》のような窓が破壊の跡を見つめている。

訊いてもらえないか、マームード。パンジャブ語を忘れてしまったので。

アヤー？　ここじゃみんなアヤーですよ、旦那！　名前はなんです？名前はない、アヤーだ。とても大きな人だった。お尻もとても大きくて、寝室の外の廊下に置いてあったちっぽけな丸椅子に窮屈そうに腰かけていた、とつけ加えたくなるが、子供に笑われたくはない。彼女はここに住んでいたイギリス人の少佐の家で働いていた、とマンディは言う。少佐は突然いなくなった。ウィスキーを飲みすぎていた。よくあそこのセンダンの木の下に坐って、ビルマと呼ばれる両切りの煙草を吸っていた。妻の死を嘆き、息子を愛し、国の分裂を残念がっていた。

　マームードは通訳しただろうか？　おそらくしていない。彼にも彼なりの繊細さがある。ふたりはその通りでいちばんの年寄りを見つける。おお、アヤーか、憶えておりますとも、旦那！　たしかマドラスの出身じゃった。あれやこれやの虐殺で家族をむごたらしく殺されて、彼女ひとりだけになってしもうた。そう、そうです、サー。まちがいない。イギリス人が去ったあと、誰も雇い手がおらんなった。最初は物乞いをしておったが、死にました。最後のころは、もうちっちゃくなってしもうて。大きな人と旦那はおっしゃるが、たぶん見ても彼女とわからんかったでしょうな。ラニ？老人は話すのが愉しくなったと見えて、真剣に考えこむ。はて、どのラニのことを言っておられるのか、旦那？

父親がスパイス工場を経営していたラニだ、とマンディは答える。説明に窮していたところ、驚くべき記憶のなせる業で、ラニがよく木の葉にスパイスを包んで持ってきてくれたことを思い出したのだ。

突然、通りでいちばん年寄りの老人はラニをはっきりと思い起こす。ミス・ラニ！いちばんいいところに嫁に行きましたぞ。請け合います、旦那。運のいいあの子の話を聞いたら、旦那も喜ばれることじゃろう。これはどうも、サー。一四歳のとき、父親がラホールの金持ちの工場主のところに嫁がせたのです。このあたりでは、とにかく最高の縁談でしたな。いまはもう立派な息子三人と娘ひとりに恵まれて。文句のつけようがない。これはまた、旦那、なんと気前のいいおかただ、イギリス人はみなそうじゃが。

彼らはウォルズレーのほうへ戻りはじめるが、古老はまだついてくる。マンディの腕にしがみつき、この世ならざる慈愛をたたえた表情で、じっとマンディの眼をのぞきこむ。

家へお帰りなさい、サー、お願いじゃ、と彼はこの上なく快活に助言する。どうかここへあなたの商売を持ちこまんように。もう兵士は送ってくださるな。わしらはもうたくさんじゃ、ありがとう。あんたらイギリス人は、わしらから必要なものを取り上げた。もう充分じゃろう。少し休ませてくれてもいいころじゃ！

ちょっと待ってくれ、とマンディはマームードに言う。車にいてくれ。

そうして森のなかの小径を静かに歩いていく。裸足になっている気がする。すぐにアヤーが、あまり遠くに行くんじゃないよと呼ばわるだろう。二本の大木の幹はこれまでになく太い。そのあいだのジグザグの小径を行くと、川縁に出る。岩間のプールはいまも真珠色に輝いている。しかし水に映るのは、彼自身の顔だけだ。

心から親愛なるユディットへ――その日の夜、マンディはラホールの貧しい区画にあるホテルの一室で、堅苦しい授業用の英語を使って書く。少なくとも消息を知らせてほしい。きみはぼくにそのくらいの借りはある。ふたりですごした時間が、ぼくだけでなくきみにとっても大きな意味を持つものだったことを知りたい。ぼくはきみのことを信じたい。人生で探究を続けるのはかまわないが、足元にしっかりした地面がないのは困る。きみはきっとここが気に入ると思う。ここにはきみが真のプロレタリアートと呼びそうな人たちが大勢いる。サーシャのことは知っているが、どうでもいい。愛している。テッド。

まるで自分らしくない、とマンディは思う。だが、そもそも自分らしいとはなんだろう？　ホテルの郵便箱にはヴィクトリア女王の紋章がついている。女王がクロイツベルクの拠点の場所を知っていることを祈ろう。

＊　＊　＊

彼はまたイギリスにいる。遅かれ早かれ出頭しなければならない。たとえば、ビザが失効する。あるいは、自分とつき合うのにうんざりする。古来の伝統をこれ幸いに、かつての生徒会長かつクリケットのヒーローは、安月給で資質を問わずに教師を雇う田舎の私立学校に職を得る。規律を旧友のように受け入れ、ドイツ語の動詞・コンマ・動詞、名詞の性や複数形の謎に日夜熱意をもって取り組む。宿題を見終わった残りの時間には、生徒たちが演出する『アンブローズ・アップルジョンの冒険』を裏から支え、ひそかにユディットの身代わりと愛し合う。それはたまたま理科の教師の妻で、逢い引きの場所はクリケット場の横にある得点記録係の小屋だ。休日には、自分は未来のイヴリン・ウォーだと思いこもうとするが、出版社は見解を異にしている。そうした合間に、マンディは拠点のユディットに宛てていっそう切実な手紙を書き殴る。結婚を申しこむものもあれば、絶望を告白するものもある。しかし不思議なことにそのどれも、ラホールから送った手紙の無粋な散文調から逃れられない。彼女の名字がカイザーで、ハンブルク出身であることしか知らないマンディは、地元の図書館で電話帳を漁り、国際番号案内の担当者をさんざん悩ませ、ドイツ北部の海岸沿いに住むカイザーに片っ端から電話をかけて、しつこくユディットはいないかと尋ねるが、かつての英語の生徒につながるものはひとつもない。

サーシャに対しては含むところがないわけではない。思い返せば、かつてのルームメイトには少なからず愉しめないところがあった。マンディは、ふたりでいるときにサーシャが放った魔法のような魅力を恨む。サーシャのおどけた哲学的思索に相応の敬意を払わなかったことを後悔する。サーシャが自分より先にイルゼの恋人だったこと、自分のあとでユディットの恋人になったことに、大人気《おとなげ》ないと思いつつも腹を立てる。いつか彼には手紙を書こう。それまでは自分の小説を書く。

だからこそ、ベルリンから追放されて三年もたったあとで、転送されたしわくちゃの封筒の束を受け取ったときには心が乱れる。それらはマンディのかよったオクスフォードのコレッジ気付で送られ、守衛小屋で数か月、療養さながら留め置かれたあと、彼の銀行に転送されたものだった。

一ダースほどの手紙。そのうち何通かは、サーシャのオリベッティのタイプライターを使って、シングルスペースで二〇ページにも及ぶ。補遺《ほい》や追伸はドイツふうに先端の尖《とが》ったサーシャの手書きの文字。マンディの頭に浮かぶ最初の卑劣な考えは、まるごと屑籠《くずかご》に捨てるというものだ。次に思うのは、二度と見つからない場所に隠してしまうこと――たとえば抽斗の裏、得点記録係の小屋の垂木のあいだに。しかし、数日かけてその束をあちこち移動させたあと、マンディは強い酒をつぎ、手紙を時系列に並べ、一通ずつ読みはじめる。

そうしてまず感動し、やがて恥じ入る。

ひとりよがりの妄想はすべて消え去る。

ここにあるのは絶望したサーシャだ。

まだ前線を離れていない、か弱い友人が発する真の苦痛の叫びだ。嚙みつくような論調も、王座からの独善的な声明もない。代わりにあるのは、自分のまわりで崩壊した世界に希望のひとかけらでも見出したいという切なる願いだ。

サーシャは物質的なものは何も求めていない。日々必要なものはわずかで、容易に調達できる。料理も自分でできる——マンディはぞっとする。女にも不自由していない——不自由したことがあるだろうか？　雑誌から原稿料が入ってくる。会社が破綻しなければひとつふたつから支払いがあるだろう。カフェの店主ファイサルは、馬の眼をつぶすほど強いアラックをもぐりで作っている。いや、そういうことではない。サーシャの人生の悲劇は、より壮大で崇高な次元にある。西ドイツの急進左翼は勢力を失い、サーシャはもはや国を持たない預言者になっている。

〝消極的抵抗〟は抵抗ではなくなった。市民の不服従は武器を用いる暴力に取って代わられた。毛沢東主義者が内輪もめを起こし、ＣＩＡを喜ばせている。過激派が急進派の跡を継ぎ、ボンの反動主義者に同意しない者たちは、いわゆる社会の表舞台から消されてしまった。きみはおそらく知らないだろうが、いまや自由主義的民主主義の基本原則に忠誠を誓わない人間を、国民生活から排除する法律が制定されたのだ。列車の運転手から大学教授、ぼく自身も含めて、西ドイツの五分の一の被雇用者は、ファシストどもによって人と見なされないのだ。考えてみろ、テディ！　コカコーラを飲み、レッド・リバーを爆破し、ヴェトナムの子供たちにナパーム弾を落とすことに同意しないかぎり、列車を運転することもできないんだぞ。社会主義者《ソーシャリスト》の〝S〟のついた服を着ろと強制されるのは時間の問題だ！〟

マンディはすでにユディットの文字を懸命に探している。それは手紙の主要テーマと関係のない脚注に埋もれている。まったくサーシャらしい。

〝みな夜、ベルリンを離れていく。行き先がわからないことも多い。偉人ペーターはキューバに渡ったと聞く。フィデル・カストロのために闘うそうだ。もしぼくにも二本のまともな脚とペーターの肩幅があれば、おそらく同じ大義に身を投じたことだろう。クリスティーナについては、父親の力添えでアテネに戻ることを許されたという気の滅入るような噂がある。アメリカに支援されたファシスト軍独裁政権を謹んで支持し、海運会社の家業を手伝うのだろう。ユディットはぼくの助言を無視して、ベイルートにいるカレンに加わった。彼女のことが心配だ、テディ。彼女の選んだ道はヒロイックだが誤っている。同じ革命家といっても、克服しようのない文化のちがいが往々にしてある。最近、その地域から戻ってきた友人の話では、もっとも急進的なアラブ人ですら性革命には賛同せず、退廃的な西欧主義だと退けるそうだ。そういう偏見はユディットの解放主義的欲求に暗い影を落とすだろう。残念ながら、彼女が発つにあたってぼくの影響力はないに等しく、思いとどまらせることができなかった。彼女は強情だ。己の感覚で動き、節度をわきまえよという議論で容易に説得することはできない〟

真実の愛にまつわる理不尽な思いこみから、マンディはロマンティックな憧れにふたたび火をつける――彼女のところへ行け！　ベイルートへ飛べ！　パレスチナの訓練キャンプをしらみつぶしに探すのだ。闘いに加わり、彼女をカレンから引き離し、生きて連れ戻せ！　しかしまだ椅子に坐っている自分に気づき、彼は先を読み進める。

〝もう理論には反吐《へど》が出そうだ、テディ。わが子のまえで煙草ではなくマリファナを吸うことが革命だと思っているブルジョワ気どりの連中にも！　ぼくのなかの憎らしいルター派が眠ることはない。それは認める。この手紙を書いているいまこの瞬間も、たったひとつはっきりしたビジョンが得られるなら、信じていることの半分は放棄してもいいと思っている。地平線に輝く偉大なる合理的真実をひとつ見出し、いかなる代償を払っても、あとに何を残そうとも、そこに到達する。それこそあらゆることに増してぼくが夢見ていることだ。明日になれば自分は変わるだろうか？　何があろうと自分は変わらない。変わるのは世界だけだ。そしてここ西ドイツには明日がない。昨日があるだけ、あるいは国外追放、それとも帝国主義への隷属があるだけだ〟

マンディになじみのぼんやりした感覚がおりてくる。聞いているとしても、このころにはもうスイッチを切っている。それでも彼は読みつづける。

〝左翼が現在おこなっている抗議はすべて、われわれが無理やり民主主義と呼ばれている最右翼の策謀を正当化するだけだ。急進派たるわれわれの存在そのものが、敵の権威を支えている。ボンの軍事産業政権は、西ドイツをアメリカという戦闘車にくくりつけてしまい、もはや名指しで非道を糾弾することすらままならない〟

サーシャは地響きを立てて進む。マンディはすでに斜め読みに入っている。

〝われわれ公式に虐げられた者たちの声こそ、組織的な暴政と闘うために残された唯一の手段だ……真の社会主義者の理想はボン神殿の宦官《かんがん》となった……〟

神殿に宦官がいただろうか？　学者ぶった教師マンディは訝る。指をなめて数ページを読み飛ばし、さらに数ページ進む。すばらしい知らせ。サーシャはまだ自転車に乗っている。〈ティアガルテンできみに乗り方を教えてもらってから、まだ一度も転んでいない〉。ケルンにいた彼のかつての導師についての知らせはそれほど芳しくない。〈あの野郎は書いたものの半分を撤回してニュージーランドに逃げやがった!〉

マンディは読んでいた手紙を脇にやり、最後の一通を取り上げる。のっけから不吉な宣言——〈アラックの二本目に入った〉。それまでより自由な調子で書かれ、仰々しい文体ながら、親密さを感じさせる。

〝きみが黙していることを恨んではいない、テディ。きみに恨みはまったくない。きみはぼくの命を救った。ぼくはきみの女を奪った。まだぼくに腹を立てているなら、どうかそのままでいてくれ。怒りがなければ、われわれは無、無、無だ〟。ありがたいおことば。それで？　〝沈黙で文学の美神《ミューズ》を守っているのなら、しっかり守り、しっかり書き、才能を磨いてくれ。二度ときみを当たりまえの存在と思わない。きみに話しかけるときには、赤面するほどのたわ言を嫌というほど聞いてきた、よき耳に話しかけていると思うことにする〟。ほう、やっとわかったのか。〝まだ聞いてくれるだろうか？　そうであると信じている。きみはイデオロギーに縛られていない。論理的変容の旅を続けるぼくにとってのブルジョワの告解聴聞者だ。ぼくはきみのまえでだけ、声に出してものを考えることができる。だから自分は、世界じゅうの偉大な議論を聞いたあとで、かならず入ったのと同じ扉から出てくるペルシャの詩人「オマール・ハイヤーム」のようだと、格子の向こうからきみに囁く。いま、ぼくには暗い扉が見える。それは開いていて、ぼくが入るのを待っている〟。暗い扉？　なんの泣き言だ――もしや自殺？　おい、サーシャ、気をしっかり持て！　とマンディは考えるが、気持ちは大いに乱れる。

　終わらないページ。次のページに移る。文字が興奮で跳ね躍っている。島流しにされ、岩から飛びおりようかと考えこんでいる男の壜詰めのメッセージ。

〝よってだ、テディ、きみの友人は人生の岐路に立っている。わかるだろう〟――岐路、それとも暗いペルシャの扉？　くじけずに生きろ、このろくでなし《アースホール》！〝標識にはどんな名前が書かれてる？　霧が濃すぎて、ほとんど読み取ることができない。だから教えてくれ、親愛なる友人。というより、ぼくの新たな誘惑者に教えてやってくれ。もしわれわれの階級の敵が資本主義的帝国主義だとしたら――それを疑う者がいるだろうか？――われわれの階級の究極の友は何だろう？　リーシャは流砂のなかにあえて踏みこもうとしている、きみのそんな警告が聞こえた気がするがどうかな？〟――

ああ、なるほど、暗い扉の向こうはビーチなのか、さもありなん――〝そのとおりだ、テディ！　きみはいつもながら正しい！　だがぼくは何度きみに言った？　大義のためにいちばん役立つところに真っ向からぶつかっていくのが、真の革命家の義務だと〟。マンディにはそんなことを言われた憶えはないが、さては聞いていなかったのかもしれない。〝マンディ、これでわかっただろう、己の信念を支える論理が不完全なせいで、ぼくがどれほど身動きがとれなくなっているか！　元気でやりたまえ、親愛なるテディ。きみはぼくの絶対なる友人だ！　もしやると決めたら――すでに決めているような気もするが――ぼくはきみの誠実なる心とともに、安らかに逝く〟

マンディはうめきながら、芝居がかった所作で手紙を自分から遠ざける。が、まだ最後の一ページが残っている。

〝イスタンブール・カフェのファイサル気付で返事を書いてくれ。ぼくがどんな信じられない状況に巻きこまれようと、きみからの手紙は届くようにする。豚どものせいで歩けなくなってないか？　なんと下劣な輩《やから》だ！　まだ王朝を築けるか？　そうであることを願う。テディが増えれば増えるほど、この世は住みやすくなるからだ。頭痛はないか？　知りたいことはこれだけだ。キリストの名のもとに、唖然とし、友情に満ち、絶望せるサーシャ〟

＊　＊　＊

罪悪感、不安、そして行く手にサーシャの影が差しかかったときにいつも生じる浮き足立つような感覚にとらわれて、マンディはペンと紙を取り、返事を書かなかった理由を説明し、永遠の忠誠を誓う手紙を懸命に書きはじめる。サーシャの生命力がいかにも頼りなかったこと、彼が小さな体を動かして部屋から出ていくたびに、もう二度と戻ってこないのではないかと思ったことを、マンディは忘れていない。上下にずれた両肩、たいそう目立つ頭、自転車に乗っているとき、いないときのひどく不恰好な身のこなしもみな憶えている。クリスマスキャンドルに照らされ、ヘル・パストルについてひとり静かに語ったサーシャ、妥協も脱線も認めず、ひたすらよりよい世界を探しつづけるあの勤勉きわまりない茶色の眼を憶えている。ユディットを奪ったことは赦《ゆる》そうとマンディは決意する。ユディットも赦す。もう考えたくもないほど長いあいだ彼女を赦そうとしてきたが、そのつど失敗していた。

ペンは最初すらすらと進むが、やがて動かなくなる。

明日の朝、すっきりした頭で続きを書くのだ、と自分に言い聞かせる。

だが、朝になってもまえの夜と変わらない。

得点記録係の小屋でとりわけ充実した時間をすごしたあと、行為後の気だるさのなかでもう一度試みるが、めざす愛情豊かで幾分ユーモラスな手紙はどうしても書くことができない。

そしていつもの気弱な言いわけをつぶやく。もう三年たってるんだ、いや、たぶん四年。ファイサルはイスタンブール・カフェをたたんでいるだろう。タクシーを買おうと貯金していたから。

ともかく、サーシャがどんないかれた方向に進もうと考えていたにしろ、もう進んでしまっている。それに、この眼のまえにある第五学年のドイツ語作文の山を片づけないことには。

マンディがこうしてひとり言い逃れをしているうちに、理科教師の妻が信じがたい後悔の念に襲われ、みずからの不義を夫にすっかり打ち明ける。当事者三人はただちに校長室に呼ばれ、問題がてきぱきと解決される。校長がご丁寧にもあらかじめ用意しておいた同意書に三人は署名し、とりあえず試験が終わるまで激情を抑えておくことを約する。

「休暇中、家内の面倒を見てはもらえないかな、きみ?」村のパブで理科教師がマンディの耳に囁く。妻は聞こえないふりをしている。「じつは、ヒースロー空港でなかなかいいパートタイムの仕事を提案されていてね」

休暇の予定を決めているマンディは残念に思う。その予定について話し合っている最中に——話すのは休暇のことだけではない——彼は作家のスランプから抜け出す。便箋に心温まる文をいくつか連ねたあと、サーシャの絶えざる忠誠の誓いを彼自身もこだまのようにくり返し、元気を出せ、あまり考えこむなと忠告する——マンデルバウム博士の用語〝愚かなまでに真剣な〟が軽やかにペン先から飛び出す。マンディは中庸を勧める。〈そんなに自分につらく当たらず、たまには息抜きをしろ! 人生は失敗作であり、きみひとりの力で解決できるものではない。誰にもできないさ、まして、きみの新たな誘惑者には——それが誰であるにしろ!〉そしていくらか面白味を添えるため、また男の嫉妬を放棄したことを伝えるために、理科教師の妻との最近の情事について、多少脚色を加えながらラブレーふうに書き記す。

嫉妬を捨てたのはほんとうだ、とマンディは考える。ユディットとサーシャは自由恋愛を実践し、おれは報いを受けた。そしてサーシャが正しく指摘するように、怒りがなければわれわれは無だ。

文学的不死への足がかりとしてジャーナリズムの世界に飛びこむべく、マンディは通信教育を受け、イースト・ミッドランズの倒産しそうな地方紙の駆け出し記者となる。出だしは順風満帆。地元のニシン漁の衰退を扱った記事は称賛され、市長の客間での出来事を繊細華麗な描写で綴った一品は愉快だと言われる。同僚の妻がユディットの身代わりになろうと申し出ることもない。が、編集長の休暇中に、地元のとある缶詰工場がアジア人を不当な低賃金で働かせているという暴露記事を発表するや、牧歌的生活はいきなり終わる。その工場の所有者は、ほかならぬ新聞社主だったのだ。

今度は海賊ラジオ局で才能を発揮する。地元の有名人をゲストに招き、お父さんお母さん向けに彼らの黄金時代の名曲を流す。が、ある金曜の夜、ちょっとつき合ってくれないか、一杯やろう、とプロデューサーに誘われる。

「上流階級の訛だ、テッド」とプロデューサーは言う。「聴取者が言うには、きみは貴族院の食いすぎのじじいみたいなしゃべり方をするそうだ」

そこから数か月は不振が続く。ＢＢＣは彼の書いたラジオ放送劇をはねつける。子供向けに書いた話は――チョークで傑作の絵を描き、通りの悪童たちの力を借りてその敷石をはがそうとする大道画家が出てくる――出版社にまるで受けない。そのうち一社は、余計なことにあけすけな感想を書いてよこす――〝あなたの描くドイツ警察の暴力やことばは過激すぎます。イギリスの多くの読者に好ましからざる印象を与えるベルリンに、なぜわざわざ舞台を設定するのかわかりません〟。

しかし相変わらずマンディは、暗い深淵の底にすら一点の光を見出す。文学的野心を抱く読者専門の季刊誌で、あるアメリカの基金が、新世界のインスピレーションを追い求める三〇歳までの作家に旅費つきの奨学金を提供している。巨人の城に踏みこむ怖れをものともせず、マンディはロンドンのラッセル・スクウェアの古いホテルで、紅茶とマフィンを愉しみながら、ノース・カロライナから来た三人の心やさしい担当女性にありったけの魅力を振りまく。六週間後、彼はまた船に乗っている。今度は〝チャンスの国〟に向けて。後部甲板に立ち、荘厳なリヴァプールの輪郭が霧雨のなかに消えていくのを見つめながら、自分があとに残していくのはイギリスではなくサーシャだという、説明不可能な感覚を味わう。

あてどない彷徨の年月はなお続く。ニューメキシコ州タオスで、ついに本物の作家になったマンディは日干し煉瓦の小屋を借りる。ヤマヨモギと、電柱と、マリーからさまよってきたものぐさなパリア犬がよく見える窓辺に坐り、テキーラを飲んでは、ゆっくりと紫色に暮れていく陽を飽かず眺める。そんな毎日が連なり、テキーラのグラスが重ねられる。一方でマルコム・ローリーとD・H・ロレンスにも親しむ。地元の人間は親切なだけでなく、陽焼けして、柔和で、よくマリファナに酔っている。ベルリンで世界の貪欲な植民地主義をあれほど嘆いた感覚が消える。地元の劇団を立ち上げようという試みが頓挫するのは、見境のない攻撃を受けたからではなく、場の雰囲気をとらえ損ねたせいだ。

架空のヨーロッパの国で起こる内乱を描く小説を五〇ページ書き上げ、この先どう終わらせるか助言をたまわりたいと出版社に送りつける。出版社には助言する気がない。次に生まれるのはユディットに捧げるささやかな詩集で、手漉《てす》きの紙に自費で印刷し、『過激な愛《ラディカル・ラヴ》』と名づける。マンディのような未発掘の才能はあまねく称賛されるが、費用は見積もりの二倍かかる。

時は影響力を失う。埃っぽい道を夕刻の巡礼地である〈スパニッシュ・イン・アンド・モーテル〉へのんびり歩くマンディの顔には、恥じらうような微苦笑が張りついている。かつてあれほど興味を惹かれた大義にまつわるニュースは、読み終えることのなかった少佐のキプリングのように耳に届く。ヴェトナム戦争の悲劇は続いている。タオスじゅうがそう言っている。この町でも若者の何人かが召集令状を焼き、カナダへと消えた。古いタイム誌には、パレスチナ人がテロ活動を始めたと書いてある。それをウルリケ・マインホフの赤軍派が支援していると。銃を持ち、マスクをつけているのはユディットだろうか？　それともカレン？　そう考えてぞっとするが、マンディに何ができるだろう。カレンは、抑圧された人々が行使する暴力はつねに正当であるというフランツ・ファノンのことばに、すっかり同調してる。だがぼくは同調しない。サーシャもだ。けれどきみは同調してるんだろう、たぶん。そしてきみの性的解放は、アラビア人の拒否派の道徳的基準と相容れない。

みずから行進せず、殴られてもいないことで、マンディがときに良心の呵責《かしゃく》を覚えたとしても、そんなものはテキーラ数杯でいつでも抑えこめる。まわりの人間がみな芸術だけのために生きている楽園では、自分もそうするのが礼儀というものだ。しかし楽園には、テキーラをいくら飲もうと克服できない障害がいくつかひそんでいる。過去を玄関先で閉め出せば、裏口からこっそり入ってくる。日干し煉瓦の小屋のベランダに坐り、黄色い紙を膝に置いて、忌々しい太陽がまたしても忌々しい山の端《は》に沈んでいくのを眺め――夜ごとタイプライターのまわりをうろつき、何も書かれていない紙か、何も映っていない窓を睨みつけ、テキーラで天与の才能を底上げして――それで何が聞こえる？　ガーリックソーセージを頬張って人間の知の起源について講義する、サーシャの声ではないのか？　あるいはスパニッシュ・イン・アンド・モーテルへの道すがら、日没と砂漠の寂寥《せきりょう》に心打たれて旧友の数を数えるとき、思い出すのは、ベルリンの石畳で足を引きずりながら傍らを歩くサーシャではないのか？　そうして世界をあるべき姿に作り替えるサーシャにつき添って《丸刈りの猫》に向かったのではなかったか？　その覚醒への旅路にマンディのベッドへの寄り道が含まれている女流画家や、作家や、超越冥想家や、真理追究者にすがりつかれているとき、長い白の毛糸のタイツをはいて、または脱いで、マンディの甲斐甲斐しい努力を見つめている、この世にまたとない体の持ち主は誰だ？

　そしてそこに――とヘミングウェイなら言うかもしれない――哀れな小男バーニー・ルーガーが現れる。口ひげを蓄えた金持ちで、体が小さすぎるアクション・ペインターだ。いっしょにいるのはキューバ人モデルのニタ。バーニーのまえでポーズをとることはない。できるわけないでしょう？　バーニーはもう女の体なんて描いてないんだから。そんなゴミをはるかに超越してるの！　八フィートの高さがある彼の傑作は、審判の日を描いた赤と黒の地獄。いま取り組んでいるのは、ミネソタ州へのナパーム弾投下の三連作。これは大きすぎて梯子が必要なの。小さな絵描きは大きなキャンバスに描きたがるものなのか？　おそらく、とマンディは思う。

　バーニーは、本人のことばを信じるなら――信じたほうがいいぞ――ヘンリー・ソロー以来もっとも偉大な自由主義者であり、自由の闘士だ。宵越しのパーティではスペイン製の茶色の演説台の縁から聴衆を見上げ、ソローの著作を人声で読み上げる。演説台はチェ・ゲバラから感謝の印にもらったものだと言うが、何のお礼であるのか本人は語ろうとしない。バーニーはメンフィスで市民的不服従に参加した。国家警備隊に警棒で殴られて何度気を失ったか、憶えていないくらいだ――この傷が見えるかね？　ワシントンの行進の先頭に立ち、内乱罪で投獄された。ブラック・パンサー党からは〝兄弟〟と呼ばれ、FBIには電話を盗聴され、私信を読まれている。これすべて、本人のことばを信じればだが、信じている者はほとんどいない。

そんな大口ばかり叩く男、油で光る分厚い眼鏡をかけ、ろくでもない絵を描く、半白髪のポニーテールの馬鹿げた気どり屋にマンディはどうして耐えられるのか？　おそらく、バーニーがつねに恐怖にとらわれて生きているのがわかるからだ。バーニーなど、ちょっとつつけばひとたまりもない。ニタにもそれがわかっている。獰猛《どうもう》な眼をした無作法で怖いもの知らずのニタは、人類の自由の名のもと、タオスにいる男全員と寝るが、彼女の可愛いバーニーを雌ライオンさながら守っている。

「きみがベルリンでやってたという、くだらないことだがね」ある夜更けに、バーニーが肘を立てて起き上がり、長々と寝そべっているニタ越しにマンディに話しかける。

場所はバーニーの観光牧場。ふたつの渓流の合流地点に建つ古いスペインふうの農家だ。彼らのまわりには十数人の客が横たわり、ペヨーテ［サボテン科の植物。幻覚剤として使われる］の幻覚がもたらす叡智に浸っている。

「それがどうした?」マンディは言う。数日前にふとした弱気か郷愁から、急進派としての過去を明かしてしまったことをすでに後悔している。

「きみはコミュニストだったんだろう?」

「〝小文字のc〟だがね」

「なんだその〝小文字のc〟ってのは?　イギリス人《ライミー》」

「哲学的にはコミュニストかもしれないが、制度的にはちがう。この国の議会は両院とも制度的な共産主義に悩まされてるんだろう」

「つまり中道ってことか」バーニーは鼻で笑う。うしろでサイモンとガーファンクルの心安らぐ音楽が流れているにもかかわらず、口吻《こうふん》は熱を帯びる。「安全無害なリベラルかよ、大文字のLと小文字のちんぽこの」

マンディは経験上、こういうときには反論しないのがいちばんだと心得ている。

「おれもかつてはそういう人間だった」とバーニーは続ける。ニタの上に身を乗り出すが、声は抑える。「平和と腐れ調和をめざす中道だった。ひとつ教えようか。中道なんてものは存在しない。それはただの言い逃れだ。追いつめられたとき、道はひとつしかない。歴史のくそ列車に飛び乗るか、それとも線路脇に立ってイギリスの情けないケツを掻きながらその列車を見送るかだ」マンディは、サーシャがそれとほぼ同じ質問を手紙のなかで投げていたことを思い出すが、胸の内にとどめておく。「わかるか、え？　おれはその列車に乗ってるんだ。きみが夢にも思わなかった、いや、夢で見てみようとすらしなかった方法で列車に乗ってるんだ。聞いてるか、同志、聞いてるのか？」

「ひと言ももらさず、はっきりと聞いている。何を言いたいのかはよくわからないけれど」

「だったら自分をくそラッキーだと思うことだ。わかったときには死ぬかもしれないんだから」興奮のあまり、バーニーは震える手でマンディの前腕をつかむ。が、握る力を弱めて物乞いの笑みを浮かべる。「冗談だよ、な？　おれはきみが大好きだ、ライミー。きみもおれが大好きだ。おれは何も言わなかった。きみは何も聞かなかった。彼らに指の爪をはがされないかぎり、そういうことにしよう。誓ってくれ。誓えよ！」

「バーニー、もう忘れたよ」マンディはそう主張して、ぶらぶらと家へ戻りながら、裏切られた愛人は己の弱さを偽るためならいかなることでもするものだと、落ち着かない気持ちで考える。

ある日、手紙が届くが、サーシャからではない。封筒は上質で運がよかった。というのも、カナダから旅を始めて大西洋を二度渡り、地上でも多くの人の手を経ていたからだ。送り手の名前が、つやつやした大文字で左上に印刷されている――〈エプスタイン、ベンジャミン、ロングフォード法律事務所〉、スイート何々番。トロントの立派なオフィスなのだろう。マンディはまずは妥当にそう推定し、さらに、どこかの怒れる夫に訴えられるのだろうと推定する。そこで一、二週間、機が熟すまで封筒を放っておき、悠然と受け止められるだけのテキーラを飲んだある日、封を切る。なかに入っていた手紙は三ページ半。これもトロントの自宅の住所と電話番号に見憶えはない。それまで見たことのない署名は会社の重役を思わせる走り書きで、判読できない。

親愛なるテディ

これだけの年月のあとでわたしから手紙が来たら驚くでしょうね。でもめぐり来るものは来てしまうってこと。ベルリンでみんな離ればなれになってから——あのころの〝みんな〟って誰だっけ？——わたしがたどった道のり《トラヴェルズ》（トラヴァーユ！）を長々と語って、あなたを退屈させるつもりはない。ただ、わたしは発見したの。人生において、まちがったところを曲がるだけ曲がったら、ある歳になったときに、最初の出発点に戻るってこと。もしわたしが完全に理性を保っているとすれば——いまの仕事ではそうでなきゃいけないんだけど——ある意味、その出発点にいる。ベルリンからさらに下へ落ちることなんてないだろうと思いこんでいたけれど、まちがってた。でもたぶん、底まで落ちていなければ、自分の人生がどれほどおかしなことになってたか気づかなかっただろうし、ベイルートの大使館に駆けこむことも、両親に電話をかけて、とにかくここから連れ出して、さもなければ誰かを殺してしまうか、ナイロビの裏通りでろくでもない爆弾を作っていたカレンみたいに吹き飛ばされてしまうと訴えることもなかったでしょう。

で、いまわたしはどうなってるか？（A）オンタリオ州弁護士協会の名誉ある一員で、成功を収めたトロントの弁護士。（B）ジャスミンという名の可愛らしい娘の母親。彼女はきっとわたしそっくりになるわ、もしあなたがわたしの外見を憶えていればだけど！　（Ｃ）この世でいちばんやさしくて素敵な男性、かつすばらしい父親と結婚している。当然ながら、彼は小さな娘と彼女の母親をとても大切にする、この世でいちばん気持ち悪くて、くそ退屈で、大嘘つきの小悪党。そして金持ち。それを言えば、カナダの中産階級の基準からすると、わたしもそうだけど。ただ、カナダの弁護士料がアメリカのレートで支払われるなんて勝手に思わないで。それについてはいくらでも議論することができるわよ！（ラリーはこのＬＣＤ――弁護士料比較運動《ローヤーズ・コンペアラビリティ・ドライヴ》――にわりと冷たいの。でもあなたはわたしを知っている。わたしはもう運動の首謀者といっしょに働いてるわ！）

わたしはついに家を出た（Ｄ）。だからこの手紙を書いているんだと思う、テディ。うまくいかないかもしれない。でも、うまくいきそうな予感もある。ひとつ言おうか？　まったく、マンディ、わたしもあなたを愛してるの。あなたが手紙に書いたあの熱い内容――あれ、ほんとうにわたしのベルを鳴らしたわ。ベルだけじゃなくて、あなたがとてもよく知っている別の場所もいくつか！　いつかテディに手紙を書いて、どれほどわたしが彼のために熱くなってるか教えてやる。そう思った。でも、そうよね、わたしは世界で二番目にたちの悪い文通相手。優勝者はまだなし。だから、もしそこまで気がまわっていれば教えていた、ということにしておきましょう。オーケイ、あなたはわたしの初めての異性愛の相手。わたしの処女を手に入れた。いまどきそういうことに多少なりとも意味があればだけど。でもとにかく、テディ、それだけじゃないの。なぜわたしはまずテディに目をつけたのか。その気になれば、地上最高の豪傑ペーターや、われらがカリスマ的哲学者サーシャ（ちなみに、あとでわたしも彼のハーレムに入れてもらったけど、まったく大した意味はなかった）、そして共和クラブにいくらでもいい男はいたのに。なぜあなたが拠点を歩いているのを見かけるたびに、濡れたのか――あなたはまわりでみんながセックスし、しゃべり、薬をやってるのに、彼らに見向きもしなかった。かっこよかったこと！――それはあなたが特別な人だったからよ、テディ。わたしにとっては、いまもそう。ときどきあなたにひどいもの言いをしたかもしれないけれど、それはあなたがわたしの心を開いてくれたから、わたしのほかの部分も開いて、ふつうの状態にしてくれたから。このところ、そのことを神に感謝しているの……

しかしマンディはすでにサーシャの手紙を読んだときと同じことをしている――先を急いで、彼女が何をしたいのか探っている。長々と探す必要はない。彼女はラリーの代わりにテディを求めている。ラリーを試してみて、長らく疑っていたことを確信した。ラリーは彼女を裏切っていた。彼女自身は離婚訴訟を扱わないが、それをやる事務所のパートナーが完全にオフレコとして告げたところでは、彼女が握っている証拠を示せば、慰謝料は二から二・五になるという。単位は一〇〇万ドルだ。半端な額ではない。

だからテディ、わたしの提案はこうなの。さっき書いたように、うまくいかないかもしれない。わたしたちはジョゼフ湖に別荘を持っている。防寒設備つきの山小屋よ。まるごとわたしのもの。そういう条件でラリーに買わせたの。彼は鍵すら持っていない。わたしをそこへ連れていって。そこをわたしたちの第二のベルリンにしたい。連日連夜のファックをあなたがどう呼んだか憶えてる？　それをもう一度しましょう。そこからまた人生を始める。ジャスミンにはすばらしい子守がついてるわ。
ユディット

要するに、とマンディは思う。法律家はつねにろくでなしだという証拠が、またひとつあがったわけだ。そもそも証拠など必要ないのかもしれないが。

その夜、マンディは、残っていた詩集『過激な愛』をすべて焼き捨てる儀式をひそかにとりおこなう。目下のベッドのお相手は国外移住した画家ゲイルで、まえの人生で英国文化振興会なる団体に勤めていた。ゲイルによると、その団体は外務省がイギリスの政治で果たすのと同じ役割をイギリスの芸術のために果たしているが、外務省よりもっと貢献している。マンディに頼まれて彼女は急遽《きゅうきょ》、以前の雇い主——彼女の追放の原因となった既婚男性——に連絡をとる。折り返し郵便で就職願書が届く。署名なしの二行の手紙が付されている。記入のうえ返送されたし、本願書の入手先については秘密厳守のこと。文化振興会への就職申し込みに際し、マンディは、厳密に言うと大学の学位を取得していないことを伏せておく。イギリスへゆっくりと戻る船の手すりにもたれ、マンディは、リヴァプールの同じ澱んだ海岸線がおのが所有物を取り戻そうと手を伸ばしてくるのを見つめる。遅かれ早かれ――と彼は二度目に考える――おれは出頭しなければならない。

＊　＊　＊

英国文化振興会の職員は最初から彼のことが大好きで、マンディもそこにあるすべてのもの、あらゆる人が好きだ。みな自由闊達、芸術を愛し、いいものを広めることに熱心だ。そして何よりありがたいことに、政治に興味がない。

マンディは、朝ハムステッドの居間兼寝室で眼覚め、トラファルガー・スクウェア行きのバスに乗るのが好きだ。月々給料をもらい、コーヒーを求めて廊下をぶらつき、食堂で不平をこぼすことも好きだ。着なければならなくなったスーツさえ。きっかり六〇歳で定年となり、新入りにおあつらえ向きとマンディがその仕事を引き継ぐことになった、接遇部のクリスピンさえ好きだ。人事部には黙っておいてくれ、じつは七〇だ、連中は勘ちがいしておる、とクリスピンは近所の小さなイタリア料理店で昼食をとりながらマンディに打ち明ける。定年を祝うため、彼は接遇部の正装に身を包んでいる——黒いホンブルグ帽、上着のビロードの襟には赤いカーネーション。

「この世で最高の仕事だよ、おまえさん。いちばんたいへんなのは、昇進でこの部を追い出されないようにすることでな。のろいがしっかり走る政府のリムジンに乗って、ヒースローとのあいだを往き来し——運転手のヘンリーにまかせておけばよろしい、あれは頼もしいから——検問の坊やに通行証をちらつかせ、女王陛下の名のもと、外国の賓客のために大歓待をくり広げ、最後にキングズクロスの安宿でおろしてやるだけ。祈りがつうじて飛行機が遅れれば、VIPルームで待つあいだ、うまいやつを一杯引っかけることもできる。ホテルに着いたときに部屋の準備ができていなければ、またバーで一杯おごってやれる。そこでそそくさとオフィスへ戻って、威張りすぎず、しかし胸を張って経費の申し立てだ。これで万事うまくいく。すべて自分持ちにする必要があるかね？　うまくやりたまえ」

マンディはそうする。たちまちのうちに業界一の接待員となる。

「おお、なんという名誉でしょう、サー」——または、セニョール、ムシュー、マダム、ヘル・ドクトル——彼は叫ぶ。ときには日に二度、入国管理官の机のうしろから進み出て、腕を振り上げながら。「いえいえ、私ども、私どもにとってです、閣下、閣下にとってではなく！　閣下が私どもの招待に応じてくださるとは夢にも思わなかった次第でして——大臣は喜びのあまり気が動転しております——私個人も閣下の（適宜挿入）のたいへんな支持者です。ああ、そちらは私がお預かりします——ちなみに、私はマンディ、大臣のしがない使者でございます——いえいえ、ただミスター、ミスターをつけていただければ充分です。閣下の快適なご滞在のために遣わされました。当国で少しでも愉しくすごしていただけるようどんなことでもいたしますので、遠慮なくお申しつけくださいさい。これが名刺です。電話は私に直接つながります。それからこちらは万一緊急事態が生じたときのために、私の自宅の番号でして……」あるいはこれがドイツ語となり、まずまず通用するフランス語となる。さらにもてなしの雰囲気を伝えるために、上着のボタンホールにはクリスピンと同じ花飾り。

しかし、英国文化振興会の仕事はすべて接待というわけではない。クリスピンとちがい、マンディはより高いところをめざしている。すぐれた職員には割のいい仕事がたくさんある。初回の面接からマンディに好意を抱いたように見える、親切そうな女性の人事担当者はそう明言した。たとえば、イギリスのバレエ団や劇団の遠隔地への巡業につき添う仕事。もちろん、画家、作家、音楽家、ダンサー、あらゆる分野の学者につき添う機会もある。人事担当者の母のごとき励ましにあと押しされ、マンディは、各地を遍歴するある種の文化大使となった自分を思い描くようになる。名をなした芸術家の才能を伸ばしながら、控えめに自分の才能も開発する。もし人事部の見込みでその出発点になりそうな職種に空きができたという公示があれば、それに申しこむ——かくして彼は数か月のうちに、ただの接待からより豊かな牧草地——気乗り薄のイギリスのコミュニティと、かつての敵国にいるより熱心な受け入れ先との文化的つながりを作り出すデリケートな仕事——へと歩を進める。

新しい仕事とともに、自分専用のオフィスと、ドイツへの反感がもっとも強い地域を示したイギリス地図が手に入る。マンディは中部諸州の小さな町を次々と訪れ、村の長老、市長、キツネ狩りの隊長をおだててまわる。ドイツ文化センターのよそよそしいが友好的な女博士《フラウ・ドクトル》が対等な話し相手となる。イギリスの学校の多くも彼の活動範囲に含まれる。そうしてある日、ファンファーレもなく、マンディは、北ロンドンで数学を教え、手空《てす》きの夜にはセントパンクラスの労働党のために封筒の折り返しを舐《な》めている、美人で眼鏡の副校長ケイトと出会う。

ケイトは金髪の現実主義者だ。背が高く、歩くときにわずかにぐらつく。それがどうして胸に響くのか、マンディにはわからなかったが、あるとき、勝利を祝うスタンホープ家の集合写真に写っていた痩せぎすのアイルランド人の子守を思い出して腑に落ちる。ケイトの顔はすべすべで、いつもどこかぼんやりしている。あいまいな笑みは、彼女がそれを消したあともマンディについて離れない気がする。一九世紀にハムステッド・ヒースの端に建てられた学校の彼女の書斎の窓から、傾きかけた陽の光が射しこむなか、マンディは熱弁をふるう。女博士が彼の横で重々しくうなずく。この仕事の要領はバランスです、とマンディは主張する。できの悪いものと優秀なものを組み合わせてもうまくいかない。そしてこの学校は、ミス・アンドルーズ、こう言ってよろしければ、私がこれまで見てきたなかでも飛び抜けて優秀です。

「まさか、授業のお邪魔はしていませんね？」いつもの魅力の二倍をふりまいたあとで、マンディは驚いたように叫ぶ。「何か――どんなに小さなことでも結構です――気になることがありましたら、この番号にお電話ください。こちらは私の自宅の番号です、もし」――思い直して言う――「いや、もしかすると直接おいでいただいたほうが早いかもしれません。この道をまっすぐ行って、信号で左、七番の家です。いちばん上のベルを鳴らしてください。そしてこれが私の名刺です、ミス・アンドルーズ」かたわらで、女博士が自分の存在を忘れられないように何ごとかつぶやく。

すぐに交際が始まる。金曜の夕方になるとマンディは学校へケイトを迎えにいく。早めに着いて、彼女がさまざまな民族の子供たちに取り囲まれ、相手をしているのを眺めて愉しむ。ハムステッド・エヴリマン映画館で、ケイトは自分の入場料を支払う。バッカス・グリーク食堂での食事も割り勘で、ふたりは文化振興会の裏話や、セントパンクラスの労働党で噴出する内輪もめを互いに語り合って笑う。マンディは彼女が数学者であることに感じ入り、自分はキャラメルキャンディの足し算もできないと言う。ケイトはドイツの事物に関する彼の知識欲に敬意を表するが、きわめて現実的な話をすれば、ドイツ語に投資するのはあまり割がよくないと思う、そのうち世界じゅうの人が英語を話すようになるのだから、と打ち明ける。マンディは彼女に、国際演劇・芸術部への昇進の夢を語る。ケイトはまさにマンディはその仕事に適任だと思う。週末にはいっしょにハムステッド・ヒースを散歩する。ケイトの学校が芸術作品の展示会を開くときには、マンディが真っ先に駆けつける。彼女の確固たる社会主義者としての価値観は――彼女の自宅でほかの価値観を持つことは許されない――なんであれマンディに残された価値観と心地よく交わり、ほどなく彼も一週間に数時間を費やして、労働党のために封筒を舐めるようになる。最初、マンディの上流階級の話しぶりや挙措《きょそ》は、新たな同志たちの恰好の冷やかしの的となるが、すぐに笑われるより笑わすことのほうが多くなる。本部を離れると、ケイトは愛する党にトロツキストその他の活動家がじわじわと増えてきたことを嘆く。マンディは、自分の女を奪った、歯まで赤いアナーキストの同居人かつ当番兵だった過去をケイトに明かすのはまだ早すぎると判断する。

ふたりがベッドをともにするまでには、さらに数か月を経なければならない。主導権を握ったのはケイトのほうで、マンディはなぜか控えめだ。彼女は自分の住まいではなくマンディのアパートメントを選ぶ。時は階下の住人がサッカーの国際試合を見ている土曜の午後。ハムステッドは秋の茶色と金色に満たされている。ふたりで歩くヒースの散歩道には、陽光が斜めに幾筋も射し、焚《た》き火の煙のにおいがする。マンディのアパートメントに入ってドアを閉め、チェーンをかけると、ケイトはコートを脱ぎ、そのまま服も脱いで一糸まとわぬ姿になる。マンディの肩に顔をうずめ、彼が服を脱ぐのを手伝う。ふたりで最初の試合を三対ゼロ《ラブ》で勝利したことは、のちに彼らだけのジョークの種になる。そしてそう、彼女はもちろん彼と結婚する。結婚を申しこんでほしいとずっと思っていた。結婚式にはかならず女博士を招待しようと意見が一致する。

重大な決定がなされると、人生でよくあるように、ほかのあらゆることはしかるべき場所に収まる。ケイトの父親のデズが、エステル・ロードに建つ、改修を加えられていないヴィクトリア朝の家を買う頭金を出してくれる。デズは打撲傷だらけの元ボクサーの建設業者で、反逆精神あふれる断固たる意見の持ち主だ。その家は労働者向けの慎《つつ》ましい赤煉瓦の住宅で、派手なところは何もない。さまざまな肌の色の父親が安価な車のあいだで子供にサッカーボールを蹴ってやる、通り沿いの家々のうちの一軒だ。しかし、いっしょにその界隈を見てまわったときにデズが言ったように、まわりにはしゃれた設備がある――ヒース公園、歩道橋を渡れば屋外プール、サッカー場、ブランコ、メリーゴーラウンド、それにアドベンチャー遊園地まで！

ケイトの学校までは徒歩一〇分、キュー国立植物園に行きたくなったら、ゴスペル・オーク駅から列車に乗れる。そして金のことを言えば、テッド、あの家は格安だ、まちがいない。つい先週も、この先の一六番の家が売りに出されたが、きみらの家より二千ポンドは高いのに寝室はひとつ少ないし、陽当たりは半分、馬鹿げてる。居間なんて猫の向きも変えられないほど狭いだろう、え？

人生がこれほどすばらしく思えた時期があっただろうか？　断じてなかったとマンディは思う。彼はそのすべてを愛している。仕事も、家族も、家も、戻る場所があるという感覚も。ケイトが、これから産むことになると告げられたばかりの赤ん坊そのままに顔を輝かせて医師のもとから帰宅すると、マンディは幸福のカップが縁まで満たされたことを知る。ただ結婚式には親戚のひとりも呼び寄せることができない。まあ、洗礼式まで待ってくれ！

それを締めくくるかのように、数日後、マンディのよき理解者である人事担当者が、彼にささやかな朗報をもたらす。連係部での優秀な成績に鑑《かんが》み、本日付でミスター・E・A・マンディを昇進させ、国際演劇・芸術部の現地補佐に任ずると。これからマンディは家を離れることがいっそう多くなる。ふたりともそれがつらくなるだろう。とりわけケイトが妊娠しているとあっては。しかし今度こそ経費を適宜処理して、質素な生活を送れば、住宅ローンを返す手立てにはなる。

それでも足りないと言わんばかりに、マンディはもっぱら青少年の興行担当となり、ふたりはともに喜ぶ。マンディのあてどない彷徨の日々はついに終わる。

# 第6章

大した天使どもだ、とマンディは言う。いや、ほんとうに、ダーリン。

まあ、正確に言えば天使ではないが、最後の一ルピーまで与えたくなる子供たちだよ。マンディはハリッジ港の埠頭から出航前にあわててケイトにかけた電話で、熱心にそう言う。話題になっているのは《スウィート・ドール・カンパニー》、北イングランドじゅうから集まった騒々しい労働階級の子女からなる劇団だ。人種はなんでもあり。黒人、白人、カロリン諸島、イングランド北部タイン川沿岸出身《ジョーディーズ》、マンチェスター出身、ケイトが育ったドンカスターの子もふたりいる。彼らはマンディが初めて担当した二五歳以下の劇団員だ。サイケデリックな《レイランド》のダブルデッカーバスが、オランダ行きのフェリーにゴトゴトと乗りこんだ初日から、彼らはマンディをパパと呼ぶ。

最年長はスパイクと呼ばれるそばかすのおてんば娘で、二二歳にして年増じみたところのある劇団の演出家。いちばん若いのはレクサムという名のソウルフルな黒人のハムレットで、もうすぐ一六歳。衣装担当は針子のサリーと呼ばれるたいそう小柄なポルトガル人。出し物は素朴なシェイクスピアの寸劇。一座の巡業期間はまだ短いが、これまで労働者の安宿や、ピケライン〔スト破りを防ぐための監視線〕、配給スープの列、工場の門のまえ、昼どきの軽食堂で公演してきた。彼らはこれから四〇日にわたってマンディの流浪の家族となる。その間、公演があり、地元の歓送迎会があり、色恋沙汰があり、草原火災のような喧嘩がある。自然に燃え上がり、あっと言う間に消えるので、マンディが気づくころには喧嘩の当事者ひとりが相手のハンカチを借りて血を拭いている。

公式には、マンディは巡業の代表者であり監督者だ。非公式には、バスの交替運転手、衣装保管係、電気技師、通訳、プロンプター、臨時の代役、スチール写真家、複数宗派の聴罪司祭であり、演出家のスパイクが九日目に腺熱で泣く泣く帰国させられたときには、やむなく代理を務める。ダブルデッカーのうしろには二輪の農業用荷車がつながれていて、バスの二階に詰めきれなかった小道具が積まれている。バスの屋根には先頭から後尾までラックが渡され、背景幕を丸めてくくりつけておくことができる。

オランダ、西ドイツ、オーストリアと続く彼らの旅は、眠らない英雄たちの行進だ。アムステルダム、ハーグで称賛され、ケルンを魅了し、フランクフルトの若者による演劇祭で一等賞をとり、ミュンヘン、ウィーンで大喝采を浴びて、ついにみな背中が強張り、口も開かなくなる。マンディは西側最後の夜に、彼らをめいっぱい励まさなければならない。そうして一座は鉄のカーテンを越え、東欧を一巡する旅に出る。

そろそろ劇団員の態度にほつれが生じはじめる。社会主義国の厳格な規律もそれを改めることができない。ブダペストでマンディは甘言を弄し、酔ったポローニアスを留置場から出してやらなければならない。プラハではファルスタッフを性病科の病院に連れていく。クラクフではマルヴォリオとふたりの平服警官との殴り合いに割って入らなければならず、ワルシャワではオフィーリアに、妊娠したと涙ながらに告白される——相手はおそらくシャイロック。

しかし、こうした不幸の連なりも、バスがポーランドから東ドイツに入るころ一座のうえに垂れこめた重苦しい雰囲気の説明にはならない。マンディは鋭く見てとる。国境を示すいくつかの旗、小屋、哨戒塔、国境警備員や税関員のまえでバスは停まり、彼らはみなおりるよう命じられて、道路沿いに一列に並ぶ。パスポート、所持品、そしてバスそのものが、いつもの退屈な検査を受ける。

いったいこいつらはどうしたんだ？　マンディはうんざりして思う。みな囚人のように突っ立って、ひとりずつ汚い手洗いに行き、戻ってきてしかめ面で地面を見つめている。互いにほとんど話もせず、ましてパパには話しかけない。何を怖れているのだ？　マンディは最悪の事態を思い浮かべる。ワルシャワで麻薬を手に入れたとか。発見の声が上がって、留置場に放りこまれると思っているのか？

さらに異常なことに、子供たちは随行員が変わることにほとんど注意を払っていない。大好きだった通訳兼案内人のポーランド人が——ひょろりとした体格からスパルタカスというあだ名がつけられた——涙を浮かべて彼らのまえを歩き、一人ひとりに心のこもった別れの挨拶をしている。これまで子供たちはスパルタカスを王子のように扱っていた。仲間として受け入れ、ふざけ合い、下品きわまりない英語の卑語《ひご》を残らず教え、煙草をふんだんに分け与えて、盛んにハダーズフィールドへ招待していた。なのにいまは何人かが彼を気乗り薄に抱きとめ、「元気で、スパーツ」と声をかけ、彼の鳥のような肩をぎこちなく叩くだけだ。代わって東ドイツで通訳を務めるのは、てかてか光る黒いスーツを着た、金髪、重量級の女性だが、子供たちからはまだ軽口ひとつ、ひそかな口笛ひとつも聞こえてこない。彼女は大きな白い頬とすばやく動く小さな眼の持ち主で、編んだ髪を丸くまとめている。しゃちほこばった態度で英語を連射砲のように発する。

「お早うございます、ミスター・マンディ」——マンディの手を骨折しそうなほど握りしめて——「エルナです。ライプツィヒから来ました。皆さんの親善訪問中、公式の案内人を務めます。ドイツ民主共和国へようこそ」そして傍らで悲しげに見守るスパルタカスをよそに、閲兵する将軍さながら劇団のメンバー一人ひとりに自己紹介をさせる。子供たちはおとなしくしたがう。生意気なことを言う者はいない。誰も反抗しないし、彼女に珍妙なあだ名を思いつくこともない。シェイクスピアのどたばた喜劇の即興上演もない。

彼らがおとなしくしているあいだに、制服姿の東ドイツの国境警備員がバスに突入し、荷車を荒らし、バスの屋根にのぼり、丸めてラックに長々とくくりつけてある背景幕の上で飛び跳ねる。それが終わると、多くのハゲワシどもと同じく、劇団員のスーツケースやリュックサックのなかを乱暴にかきまわし、カラカラ鳴ったりしないかと妊娠中のオフィーリアのウサギのぬいぐるみを振ることまでする。けれど誰も抗議しない。黒人だからと余計に注意を払われるレクサムさえ何も言わない。みな諾々としたがう。言われるがまま、落ち着きなく。ついに全員がバスに戻り、遮断機が上がり、一行は新たな主催者が待つ土地に入るが、歓声ひとつ上がらない。マンディの記憶にあるかぎり初めてのことで、彼はひどく不安になる。ワイマールは彼らの最後の公演地で、出し物もいちばん壮大な自信作だ。東ドイツの文化の至宝ワイマールは、時まさにシェイクスピア・ウィーク。スウィート・ドール・カンパニーはイギリスから唯一招待された劇団であり、いくつかの学校で公演したあと、憧れの大舞台、ワイマール国民劇場で演じて、西ベルリンを経由し、イギリスに凱旋する。

なのにどうして歓声が上がらない？　なぜ針子のサリーはアコーディオンを弾いて歌わない？　なぜ彼らはエルナの凍りついた表情から笑みのひとつも引き出そうとしない？　エルナはマンディのすぐそば、運転手の横の席にどっしりと腰かけて、前方の穴だらけの高速道路《アウトバーン》を睨みつけている。いつもなら、すでにレクサムが彼女のあだ名を考え出しているところだ——モービィ・ディック、ティンカーベル、金平糖の精。

だがこの日は何もない。

その日の夜遅く、ワイマールのフンボルト通りにある薄暗いユースホステルに投宿し、食堂で《社会主義的平和と共有文学遺産の治癒力を追求するワイマール・シェイクスピア協会》の代表者の見事なまでに退屈な話を聞きながら、肉と団子の食事をとるときになって、ようやくマンディは視界の隅で、ヴィオラが肉のひと切れとパンふたつ、リンゴ一個をチベットふうのバッグに忍ばせているのをとらえる。

なんのために？　誰に食べさせる？　ヴィオラは何も食べないことで有名だ。自分の分をオフィーリアに与えようというのか？　オフィーリアもまた、ケイトのように、ふたり分食べなければならない。

それとも動物に目がないヴィオラが犬と友だちになったのか？　ありえない。そんな時間はなかったはずだ。

ホステルの規則で、男女は完全に分かれなければならない。マンディのベッドはふたつの大部屋に挟まれた廊下の狭い仕切りのなかだ。深夜、なかば眠っていた彼は、裸足で木の階段をおりていく足音に眼覚める。

ヴィオラだ。

いくらか間を置き、彼女のあとについて階段をおり、サイケデリックなバスが停まっている裏庭に出る。大きな星、温かい月、花の香り。どうにか間に合って、ヴィオラが見える。丈の短いナイトドレスと、チベットふうのバッグだけを身につけた彼女がバスに入り、螺旋階段をのぼって二階に上がる。マンディは待つ。ヴィオラは戻ってこない。マンディはあとを追って静かに階段をのぼり、積まれた舞台衣装の上で尻を突き出している彼女を発見する。よく見ると、衣装に隠れて、ジャンという名の若くハンサムで裸のポーランド人俳優がいる。ワルシャワで一行について離れず、彼らがどこへ行こうと、昼夜かまわず同行すると言い張った青年だ。

涙ながらの囁き声で、ヴィオラはすべてを認める。彼女はやるせないほど無我夢中で、永遠にジャンを愛している。彼のほうも同じだ。けれどジャンはパスポートを持っていない。勇気があるからポーランド警察に嫌われている。このまま永久に引き離されるくらいならと、ヴィオラはジャンを衣装箱に隠し、劇団のほかのメンバーは見て見ぬふりをして、ポーランドと東ドイツの国境をこっそり越えさせた。彼女は何も後悔していない。ジャンはわたしのもの、わたしの密航者、わたしの心を捧げる愛しい人。このままベルリンへ、イギリスへ、その先どこだろうと必要なところへ連れていく。ぜったいに彼とは別れない。何があっても、ぜったいによ、パパ。あなたがわたしに何をしようと関係ないわ、ほんとうに。
ジャンはドイツ語の単語を五つほどしか知らず、英語はまったくしゃべれない。小柄で活力に満ち、明らかに衣装箱にうまく収まる。マンディはワルシャワでも彼のことが嫌いだったが、ここに至ってもっと、はるかに嫌いになる。

マンディは朝のリハーサルまで待たなければならない。午後には、野外劇場に集められた学校の生徒たちのまえで上演することになっている。舞台はイルム川の両岸に広がる歴史的な公園の草地のなか、廃墟と化したテンプル騎士団の塔のまえに設けられる。明るい太陽が頭上で微笑み、公園は花に彩られている。あだ名のないエルナは、横長の鉄のベンチに膝を開いて容赦なく腰かけ、監視対象に眼を注いでいる。援軍として、前夜、死ぬほど劇団員を退屈させた例の代表者に加え、革のジャケットを着た顔色の悪い若者ふたりが、表情をいっさい浮かべず坐っている。彼らのベンチは仮設舞台から二〇ヤード。マンディは役者たちを廃墟の塔のなかに集め、声が外にもれないこと、姿も見られないことを祈る。

いまの状況を考えると、と彼は子供たちに伝える。われわれは全員、ひとり頭二〇年ほどの懲役を科されるだろう――ジャンをこっそりポーランドから連れ出したことで一〇年、東ドイツに連れこんだことで一〇年。これからどうすべきか、誰かいい考えがあったら喜んで聞かせてもらおう。

改悛《かいしゅん》のことばぐらいあるだろうと思ったが、マンディは役者というものを忘れていた。芝居がかった恐ろしい沈黙ができ、すべての頭はヴィオラのほうを向く。ヴィオラは期待を裏切らない。顎の下に組んだ手を持っていき、勇気をもってゲーテの青い天空を見上げる。ジャンから引き離されるのなら、自殺します。ジャンもぜったいに同じことをすると言っています。友人たちには何も求めません。見捨てたければどうぞ。そうなったら、ジャンとわたしは東ドイツ当局に身をゆだね、慈悲を乞います。この国のどこかで、誰かがかならず人の心を持っているはずよ。

それはどうかな、とマンディは反論する。しかも東ドイツに身をゆだねることになるのは、きみたちだけじゃない。ありがたくないことに、ここにいるわれわれ全員だ、とヴィオラに言う。ほかに誰か、意見は?

しばらく誰もが押し黙っている。ヴィオラが名場面を名調子で演じたので、あとに続く役者には勇気がいる。おおまかに言って、彼らは自分たちのしでかしたことにおののいているが、あと戻りしようにもどうしていいかわからないのだ、とマンディは想像する。結局、彼ら自身が選んだ法律家、レンと呼ばれる赤毛の一八歳が動議の決を採る。声は必然的に低く抑えられる。勇気もまたしかり。

「オーケイ、みんな。どっちにする？　いまこそ助けが必要な仲間の役者を見捨てるか？　愛の天使のことはしばらく忘れよう。彼は自分の国で警察からひどい目に遭わされてる。だろう？　ぼくたちはどうすべきだ？　彼を国から救い出してやるべきか、それとも送り返すべきか。彼を助けるほうに何人が賛成する？」

おずおずながら全会一致——棄権はマンディひとり。マンディはたいへんな苦境に立たされる。ケイトに相談したいが、東ドイツの秘密警察に聞かれても困る。ポーランド人の俳優だろうと、ほかの誰だろうと、ベルリンの壁の向こうにこっそり連れ出せる可能性がかぎりなく低いことは言われなくてもわかる。一方、イギリスと東ドイツとの文化的関係を一〇年あと戻りさせる可能性はかぎりなく高い。

「これからは全員愉しく陽気にふるまうこと」マンディは一座に命じる。「誇りを持って。われわれはスターだ。賞もとったし、これからとっとと家へ帰るだけだ。残りはみなあとからついてくる。わかったな?」

わかった、パパ。

学校の生徒たちが観客のマチネは暴動さながらだ。髪を短く刈りこんだ子供たちが草地の上にびっしりと列を作り、重力を忘れたかのように飛び跳ね、レクサム演じる恋に落ちたマルヴォリオを見て集団ヒステリーに陥る。あのエルナでさえくすっと笑いをもらす。その夜の〈ヴァルター・ウルブレヒト・ユース・クラブ〉での公演も激賞の嵐。翌朝、なんでもお見通しのエルナと、お供の顔色の悪い若者ふたりにつき添われて、マンディを含めた一座はゲーテの家を見学し、真っ赤なハンマーと鎌のついた赤軍の英雄たちの記念碑に感じ入る。

不心得者はひとりもいない。みなとても行儀がいい。シェイクスピア像のまえで写真のポーズをとる。ロシア人、ヴェトナム人、パレスチナ人、キューバ人と楽屋話を語り合う。チェスをし、城壁の塔のなかに設《しつら》えられた学生向けのバーで、全人類の友好のために乾杯する。

ヴィオラは緊張感あふれる短い訪問で、仲間の援護を受けながら、ジャンに食べ物と慰めを届ける。マンディは彼女がバスを訪れる時間を計って、長居させない。いよいよいよ最後の公演の日が近づいてくる。この夜、彼らは国民劇場で演じ、翌日にはベルリン、そしてイギリスへと旅立つ。もうリハーサルもない。午前中、一座はほかの国から来た仲間の役者たちと、監督つきのグループ討論に参加するが、マンディは長らく計画を立ててきた一日に夢中になる。ワイマールは彼にとって神聖な街、愛するドイツの美神の聖地だ。その宝をめぐるツアーを存分に愉しむ。エルナがどうしてもと言うので、すばらしい偶然によりたまたまワイマールを訪問している、ライプツィヒの芸術専門の教授が同行することにはなったけれど。

　現れた教授はエレガントな六〇代の銀髪の紳士で、不自然なほど流暢な英語を断固としてひけらかす。あまりにも特徴のある物腰なので、マンディは今回の旅行のどこかで会っただろうかと記憶を探りつづける——プラハ、ブカレスト、あるいはこの五週間で軽やかに行きすぎた数多《あまた》の都市のどこかで。教授にはスタイル抜群の同志インゲがついてきて、ドイツ文化センターの代表だという。

「きみはテッドだね？」教授は面白がっているような笑みを絶やさず尋ねる。

「テッド。そうです」

「私はもちろんウォルフガンクだ。同志ではブルジョワ色が強すぎる。そう思わないかね？」

なぜもちろんなんだ、とマンディは思う。教授の眼つきには相変わらず謎めいた親しみがこもっている。

同志インゲと教授を両脇にしたがえ、マンディはゲーテの小さな山荘の墓場のような空気を吸いこみ、詩人が作品をものしたまさにその机に触れる。リストが作曲した部屋を恭しくまわり、エレファント・ホテルの地下のバーでソーセージを食べ、トーマス・マンの亡霊を呼び出そうとしながら、酔っ払った中国人の出版社員の一団とグラスを打ち合わせて乾杯する。が、いつもかならず忌々しいポーランドの青年が割りこんでくる。

午後はタイヤにバネのついていないリムジンに乗って、ドイツ語で書かれたもっとも短く美しい詩の聖地である山の頂を愛《め》でようと、イルメナウ川へ向かう。教授は助手席に坐り、同志インゲは後部座席で無遠慮に体を揺すってマンディにぶつかってくる。道は穴ぼこだらけで水があふれているところも多い。緑の野原で、崩れかかった農家とコンクリートの集合住宅が競り合うように肩を並べている。サイクリストの集団、午後の調練で走っているグレーのランニング姿のソヴィエト兵の集団の横を通過する。空気は煤《すす》けて湿っている。道路沿いに並ぶ工場の煙突から黒い煙がもうもうと立ちのぼっている。並木は病んだように黄色く、巨大な看板が〝平和と進歩の地〟にいることを思い出させてくれる。空が広がり、チューリンゲンの森のふもとにたどり着く。まわりは波打つような緑の山々。つづら折りの道をのぼり、車は一時駐車場に停まる。運転手――派手なテキサスふうのブーツをはいたのっぽの青年――がさっと立ち上がり、ドアを開ける。彼に車を預けておいて、一行は教授を先頭に、松林のなかの岩だらけの道を登りはじめる。

「愉しい、テッド?」同志インゲが慎重に尋ねる。

「それはもう。ありがとう」

「奥さんがいなくて寂しいかと思った」

そんなことはないよ、インゲ。ぼくが心配なのは、ポーランドの俳優をどうやってベルリンの壁の向こうに連れ出すかだ。一行は頂上に達する。眼のまえに樹木が鬱蒼と茂る山々がかぎりなく連なり、地平線の彼方に消えている。有名な小屋には鍵がかかっている。ゴシック文字の書かれた古びた鉄の表札だけが、永遠を見つめる古の詩人の思いを伝えるようすがだ。一瞬、たしかにマンディは、いまは亡きマンデルバウム博士の声が、歌うように聖なる詩を暗唱するのを聞く——〈すべての山の頂に安らぎあり……おまえもすぐに安らぐだろう〉。

「感動した、テッド?」手のひらでマンディの上腕をなでながら同志インゲが訊く。

「このうえなく」マンディはむっつりと答える。

また教授が先頭に立ち、彼らは山をおりる。同志インゲは、革命を起こさずにイギリスで社会主義が成り立つかどうかを知りたがる。マンディは、成り立ってほしいと答える。バネのないリムジンが待っている。のっぽの運転手がその横にたたずみ、煙草を吸い終えようとしている。一行のために彼がドアを開けると、泥はねの散ったトラバントが頼りない運転で木陰から現れ、彼らの横をゆっくりと通過したあと、スピードを増して山をおりていく。運転手はひとり、確実ではないがたぶん男、とマンディは記憶にとどめる。毛糸の帽子を目深にかぶっていた。

「おそらくあの博物館の管理人だろうね」マンディが興味を覚えたと見るや、教授が香水を振りかけたような英語で言う。「ヘル・シュトゥッドマンも気の毒に、たいへんな心配性なんだ。われわれが今日の大事な客であると知って、手落ちがないように確かめにきたんだろう」

「だったらなぜ停まって自己紹介しないんですか？」

「ヘル・シュトゥッドマンは人見知りをするんだよ。本の虫でね。人づき合いが大の苦手だ。ちょっと変人でもある。そこのところは、きみたちイギリス人は歓迎だろうけど」

マンディは自分がまぬけになったように感じる。なんでもないことだ。誰でもない。落ち着け。この日が大過なくすぎている、それこそ重要なことだ。帰り道で教授はゲーテと自然との係わりについてひとくさり論じる。

「またワイマールに来ることがあったら、ぜひともオフィスに電話をくださいね」同志インゲがマンディに名刺を手渡しながらしつこく言う。

教授は名刺を持っていないと陽気に言う。あまりにも著名人だから、名刺など持つ必要はないと言わんばかりに。ふたりはこれから生涯の友だちでいようと約束する。

＊　＊　＊

ユースホステルとサイケデリックなバスから眼と鼻の先にある、ワイマール国民劇場の舞台裏で、スウィート・ドール・カンパニーはツアーの最終公演に向けて着々と準備を進めている。マンディは翌日早々の脱出に備え、劇場の地下室で小道具や衣装を片づけて気を紛らすことにする。体じゅうの骨が、早く正気に戻れ、ポーランドの青年など見捨てろと訴えているが、少佐の息子にはそれができない。まだ生まれぬ子供の父親、そしてケイトの夫も。

地下は会議室としても使われる。中央に蜂蜜色の机が置かれている。その両端には背もたれが革張りの王座。床板は熱帯雨林でとれる最高級のチーク材で、荷運び用の鉄のドアが裏庭につながっている。ハムレットの王冠を手に取りながら、マンディは真上の舞台で朗々と響くレクサムの声を聞く。魔女の雷鳴をものともしない、ジャマイカ人のマクベスの声を。王冠を布切れで包み、荷箱に収める。しかしポローニアスの飾り鎖に同じことをしはじめたときに、左手の煉瓦のアーチのひとつからバンクォーがこちらを見つめていることに気づく。今宵のバンクォーは、現代の服を着たサーシャが演じている。

煙も、ストロボの光もなし。ただとても細く、とても小さなサーシャが、髪を短く刈りこみ、これまでいちばん大きな落ち窪んだ眼をして、葬儀屋の黒いスーツにボーイスカウトの茶色のネクタイを締め、左手に党支給の模造革のブリーフケースを持ち、右手はまっすぐ体の横におろして、アーチの下にゆがんだ気をつけの姿勢で立っている。演出家の指示は明らかだ——左手にブリーフケースを持っているときには、右手はそうしておいて、友人のテディを険しい眼で睨みつけよ。

荷箱が床の上にあり、マンディはその横にひざまずいて、ポローニアスの鎖を両手で捧げ持っている。まさにこれから贈呈するかのように。その体勢のまま、マンディは己の明らかな知覚を否定する。おまえはバンクォーではない。サーシャでもない。誰でもない。そんな馬鹿げたスーツを着ているのが、どうしてサーシャだったりする？

しかし、それほどサーシャらしくない人物が自分に話しかけていることは、不本意ながら認めざるをえない。そしてマンディも含め、この世にサーシャの声を発することができる人物は、サーシャ本人しかいない。

「きみには神の恵みがあるんだな、テディ。時間がない。静かに話そう。元気か？」

「元気そのものだ。きみもか？」

夢のなかでは、頭のなかにあることではなく、まったくとりとめのないことを口走ってしまう。

「結婚もしたと聞いた。西ベルリン警察の抵抗もむなしく王朝を築こうとしていると。お祝いを言うよ」

「どうも」

しばしふたりの男は決闘者の沈黙を分かち合う。サーシャはあえてアーチの下から出てこようとしない。マンディは荷箱のまえにしゃがんだまま、ポローニアスの鎖を両手から垂らしている。うずくまるその場所からサーシャまでの距離は、クロイツベルクのクリケット場ほど、いやそれ以上にある。

「テディ、ぼくの話をよく聞いて、発言は最小限にとどめてもらいたい。受け入れるのはむずかしいだろうが、努力してくれ。西ベルリンでわれわれはパルチザンだった。だが、このプチブルの幼稚園では犯罪者だ」

マンディは鎖を荷箱に収め、立ち上がる。振り返って、傍らでこちらを見上げているサーシャのほうを向く。焦げ茶色の頼りなげな両眼のまわりにこまかいしわが刻まれているが、ほかはいつもどおりの彼で、何も加わっていない。

「話を聞いてるか、テディ？」

　聞いている。

「あと一五分できみの奇天烈《きてれつ》な演劇の第一幕が終わる。大喝采が始まるまえに、ぼくは観客席に戻らなければならない。このあと開かれる公式な打ち上げパーティで、われわれはごく自然にお互いの存在に初めて気づき、しかるべき驚きと信じられない思いを表明し、旧友として抱擁を交わす。わかるね？」

　わかる。

「われわれの公《おおやけ》の場での再会はある種の困惑で彩られる。きみはいくらか動揺する。急進派としての過去がこうもあざやかに白日のもとにさらされるとは思ってもみなかったからだ。ましてここ、ドイツ民主主義の楽園でね。ぼくも再会を大いに喜ぶが、どこか控えめで、腰が引けているところがある。どんなことばにも複数の意味があり、多くの聞き手がついている社会では当たりまえのことだ。きみはのぼせたポーランドの俳優をどうするつもりだ？」

「西ベルリンにこっそり連れ出す」そんな話をしただろうか？　サーシャは聞いているのか？　夢のなかではときどきあることだが、自分のことばを自分以外の全員が聞いている。

「どうやって？」サーシャが尋ねる。

「バスの屋根に乗せて。背景幕に包みこむ」

「その計画どおりにしろ。国境警備員は彼を発見してはならないと命じられている。きみの同志エルナは手慣れているから、彼らがまちがっても熱心に探しすぎないように手配する。あの青年は囮《おとり》だ。西側の腐敗した拠点に侵入するために、われわれとポーランド人が共同で立てた作戦の一部だ。西ベルリンに着いたら、ただちにイギリスの政治顧問部に出頭し、ミスター・アーノルドを呼び出すこと。イギリス情報部の支局長の呼び名だ。彼はロンドンかボンにいると連中が説得しにかかったら、今日の夕方五時にロンドンからテンペルホフ空港に到着したのを知っていると言ってやれ。そうして青年を彼に引き渡す。きみはもうイギリス情報部で働いているのか？」

「いや」

「いずれ働くことになる。きみはミスター・アーノルドにこういうことも伝える。ポーランドの青年は囮だが、その情報にもとづいて行動してはならない、さもなくば、きわめて優秀な将来の情報源を失うことになるぞと。この指示を伝えれば、彼にはこちらの言いたいことがわかるはずだ。この国がどれほどの悪臭を発しているか、きみはもう気づいたか？」

「おそらく」

「どの汚らしい通りもにおってる。安っぽい煙草、安っぽい汗、安っぽい脱臭剤、煙ばかり出てちっとも温かくならない練炭のにおいだ。われわれは糊のようにねばつく国の官僚主義で身動きがとれなくなっている。社会は大尉の階級から始まる。ウェイターとタクシーの運転手はひとり残らず専制君主だ。ここの女と寝たことは？」

「憶えているかぎり、ない」

「この地に慣れてからでないと勧められない。それから、何があってもワインは飲まないこと。ハンガリー人が〝雄牛の血〟と呼ぶ毒をわれわれに与えている。よく絶品だと言われるが、個人的には、一九五六年の反革命運動を抑えこんだことへの仕返しではないかと思う。われわれは第二次冷戦に入った。東には同志ブレジネフとアフガニスタン、西にはパーシング［中距離弾道ミサイル］と巡航ミサイルがある。ミスター・アーノルドに、目標はどこより先に東ドイツにしてほしいと伝えてくれ、よろしく」

サーシャはそうやって話しながら、てきぱきとブリーフケースを会議机の上に置き、開く。この数週間でマンディは同じがらくたを六度にわたって与えられてきたが、それをもう一度渡される――ボリショイバレエ団のピントのぼけた写真集、ぶかぶかの帽子をかぶり、ニッカーズをはいたたくましい労働者の小さなクロムメッキの像、うまく閉まらない蓋を透明なテープで本体にとめた、青と白のまがいもののマイセン陶器の箱。そして、いつもとちがうものがひとつ――パッケージに入った未露光の三五ミリのコダック・トライXフィルム。家に帰ってケイトに見せるために、マンディが撮りためた写真すべてで使ったのと同じフィルムだ。

「この貴重な土産を全部きみに進呈するよ、テディ。旧友の心からの愛情をこめて。だが西ベルリンに到着したら、これはみなミスター・アーノルドのものだ。いろいろあるが、彼の組織がぼくを雇うための契約条件も含まれている。陶器の箱のなかにはクルミが入っている。旅の途中、食べようなどとはぜったいに思わないように、たとえ餓死寸前の状態に追いこまれたとしても。フィルムは残りのカメラ用品といっしょに荷造りしてくれ。これもきみが使うのではなく、ミスター・アーノルドに渡す。プラハで六月一日から夏のダンスフェスティバルが開かれるが、英国文化振興会はきみを送りこむかな?」

「ぼくが知るかぎり、それはない」六月一日は、六週間先だ——マンディは別の人生から思い出す。

「そうなる。ミスター・アーノルドが手配して、きみはイギリス人のダンサーを数人連れていくことになる。ぼくも行く。遅まきながらきみ同様、文化外交に情熱をかき立てられてね。ぼくはきみとだけ働く。スパイビジネスで言うところのワンマン・ドッグだ。吠える相手はきみだけというわけだ。ミスター・アーノルドには、ほかの誰も信用しないと伝えてある。きみにこういう条件を押しつけるのはいささか気が引けるが、きみは根は熱狂的な愛国主義者だから、馬鹿げた国に奉仕するのを愉しむにちがいない」

「もし検問でこれが見つかったらどうなる? きみにすぐたどり着いてしまう」

「きみの劇団のバスの検査は徹底しているが、何も出てこない。これに関しては、英雄ジャンに感謝してもいいかもしれない」

マンディはついに自分の声を——またはそれに近いものを——取り戻す。「サーシャ、いったい何をしてる? こんなのは正気の沙汰じゃない!」

「今晩のパーティでドラマティックに再会したあと、われわれの以前の関係は、ぼくの上司たちが公式に知るところとなる。ウォルフガンク教授との一日は愉しかったかな？」

「気がかりなことが多すぎた」

「イルメナウ川で車のウィンドウ越しに見たかぎりでは、いともたやすく対応しているように見えたがな。気のいい教授はたいそう感心していたよ。教化の対象としてきみは申し分ないと考えている。そうやすやすと征服できる相手ではないと釘を刺しておいたがね。手に入れるには奥床しい求愛を何度もくり返さなければならないと。教授は、ならばそれは、きみの旧友であり、イデオロギー指導者であるぼくにまかせようと言った。プラハで、もし適当な機会だとぼくが思えば、きみを初めて上司に紹介する。気が進まないだろうし、いくらかショックも受けるだろう。当たりまえだ。きみはテディ、ぼくの生徒であり友人、まだひそかに資本主義的価値観に反対しているかもしれないが、超消費主義社会に完全に組みこまれている。だが、しばらく考えたあと、きみは自分のなかにまだ昔の反逆者の炎が燃えていることに気づく。そうしてわれわれの甘言にほだされる。いまも例によって文無しなのか？」

「それは、その、貧困と闘っている」

夢のなかでは、学校教師と下っ端の公務員の給料を合わせても、毎月の高額な住宅ローンを支払えばあとにほとんど何も残らないと説明する必要はない。だがどのみちサーシャにはわかっている。

「だとすれば、金も多少はきみの動機に影響する。上司たちは安心するだろう。欲のないイデオロギーは彼らにとって煩わしいだけだ。今晩、きみに美しい友人を紹介しようか？　それともあくまで妻に忠誠を尽くす？」

マンディは結婚のことをしゃべったにちがいない。なぜなら、リーシャはすでに美人通訳を紹介するという提案を引っこめようとしている。

「大したことじゃない。女の問題があれば、きみをもっとしっかり搦《から》めとることができたと上司は思うが、別になくてもかまわない。だが、きみはぼくとしか働かない、そこはしっかり主張してくれ、テディ。きみもワンマン・ドッグになるのだ。あるイギリスの作家によれば、二重スパイを相手にするとき、手に入るのが脂なのか赤身なのかはまったくわからないという。ぼくはミスター・アーノルドに赤身を渡す。お返しにきみと彼は同志サーシャに脂を渡す」

「いったいどうやってここにたどり着いた、サーシャ？　どうして彼らはきみを信用してる？　わからない」夢のなかでは、質問はいつも遅すぎ、答えを期待することもない。

「ワイマール滞在中、ブッヘンヴァルト収容所を訪れる機会はあったか？」

「行かないかと言われたが、時間がなかった」

「たった八キロ先なのに。残念なことだ。ゲーテの名高いブナの木に加えて、収容所の火葬場もとりわけ印象深い。わざわざ死ななくても焼いてくれたんだから。知ってたか？　ロシア人はそこをファシストの手から解放したあとも、しばらく使っていた」

「知らなかった、たぶん」

「事実だ。社会主義者が現実に取り組んだときの好例だ。われわれはそこを第二ブッヘンヴァルトと呼んでいる。連中は自分たちの囚人を連れてきて、前任者が与えたのと同じような仕打ちを与えた。犠牲者は全員ナチスだったわけでは断じてない。ほとんどは、資本主義を復活させ、ブルジョワジーのルールを甦《よみがえ》らせようとした社会民主主義者か、反共産党分子だ。圧政は古い家の電気の配線みたいなものだ。暴君が死ねば、新しい暴君がそこに住んで、またスイッチを入れるだけ。そう思わないか？」

マンディはそうだと思う。

「英国文化振興会は反社会主義的プロパガンダの巣窟だと聞いた。反革命的虚言の工場だと。きみがよもやそんなところに加わるとは。ショックだったよ」

夢のなかでは、抵抗はむなしい。それでもとにかく抵抗する。「馬鹿げてる！　どこをどうすればシェイクスピアが反革命になる？」

「われわれのパラノイアを甘く見てはいけないよ、テディ。きみはまもなく、破壊的イデオロギーに対抗する人民の絶えざる闘争にとって、欠くべからざる助力者となる。ミスター・アーノルドの立場からちょっと考えてみれば、きみの哀れな文化振興会が、反プロレタリアート的破壊活動をおこなう加害者に、隠れ蓑を提供するためだけに存在していることがわかるだろう。マクベスが悲痛な最期の叫びを発しているようだ。ではパーティで会おう。驚くんだぞ、憶えているね？」

不快な西側のロック音楽とディーゼルエンジンの排気ガスを噴き出し、車体に描かれた派手やかなデイジーと色とりどりの風船を翻して、平和な共産主義の田舎道を突っ走るロンドンのおんぼろバスは、ひねった髪を頭のうしろにとめた体重二〇〇ポンドのワルキューレがマンディの横の座席に坐っていようといまいと、捕まえてくれと言わんばかりだ。村を通過するたびに、老人たちが顔をしかめて耳に手を当て、子供が飛び跳ねて、サーカスが来たかのように手を振る。排気管が過熱しているのか、マフラーのせいか、エンジン音がいつもより数デシベル上がっている。だからこの半時間、回転灯をつけたパトカーがあとからついてきて、そのまえを警察のオートバイが速度を落として走っているのだろう。いつ停止を命じられてもおかしくないとマンディは思う。そして〝労働者天国運輸法〟違反を一五項目ほど指摘されるのだ。恋わずらいのポーランド人俳優と、割ってはならないクルミが詰まった陶器の箱、西ベルリンに着いたらただちにイギリス情報部の支局長に手渡さなければならない未露光のコダックのフィルムを保持していることを含めて。

彼らは退屈な黄色の平原を走っていく。気晴らしになるのは、ときおり現れる崩れた農家、朽ちかけた教会、醜悪さをとことん追求して建てられたソヴィエトふうの鉄塔だけだ。歯のない運転手のスティーヴがハンドルを操り、マンディがパスポート、査証、許可証、保険書類の入ったアタッシェケースを両膝で挟んで、その隣のいつもの席に坐り、マンディの横にさらにエルナが坐っている。バスの後方からは喜びの歌が湧き起こり、聞こえなくなったかと思うと、また針子のサリーのアコーディオンにうながされて、全員が歌いはじめる。マンディが頭上のミラーに眼をやると、うしろの窓ではためいている背景幕の青い魚の尾と、その後方で揺れている荷車が見える。荷車の百ヤードうしろにはパトカーがいて、バスが速度を落とせばいっしょに落とし、直線道路で速度を上げればやはり上げて、同じ距離を保っている。バスが曲がりはじめると、背景幕がラックの上で軋《きし》むのが聞こえる。二階にいる連中は大丈夫かと見にいったときには、荷棚に置かれた茶色の紙の包みと、包みから飛び出している社会主義国の労働者像の筋肉隆々たる銀色の腕には、あまり眼をやらないようにする。

「このあたりを通る車には、みなパトカーがつくのかな?」マンディはエルナの横にまた坐りながら尋ねる。

「かなり特別な場合だけよ、テッド」

マンディはまた自分の思念のなかに逃げこむ。正式の歓送パーティで演出されたふたりの旧友の再会は、サーシャの予言どおりにつつがなく終わった。彼らは同時に互いの姿を認め、同時に眼を見開いた。驚きのことばを最初に発したのはサーシャだ。

「なんてことだ——テディ！——わが親愛なる友——ぼくの命の恩人——ワイマールでいったい何をしてる？」そしてマンディは適度に困惑した表情を浮かべ——この状況においてむずかしいことではない——応じる。「サーシャ——懐かしのルームメイト。よりによってきみが——ほんとうに驚いた——説明してくれ！」抱擁し、背中を叩き合ったあと、つらい別れの場面もまたすんなりと演じられる。見せかけだけの住所と電話番号の交換、また近いうちに会おうというあいまいな約束。そうしてマンディは一座とともにホステルに戻り、寄宿舎を思わせる鉄のベッドに身を投げ出し、紙のように薄い壁越しに子供たちの囁き声を聞き、自分のほかに誰も聞いていませんようにと祈る。口に注意しないと命に係わることになるぞと、彼らには幾度となく警告したというのに。

マンディはひと晩じゅう起きていて、答えようのない質問を頭のなかで何度も何度もくり返す。眠ろうとすると、ポーランド人ジャンが手榴弾をバスのガソリンタンクに入れる夢を見る。眼を覚ましていると、悪夢はさらにひどくなる。もしサーシャのことばを信じるなら、ポーランドからの密航者と荷物は無事国境を越え、それで落着となる。だが、彼を信じるべきだろうか？　信じるべきだとして、サーシャがやろうとしているゲームはうまくいくのだろうか？　まだ外も暗い六時、マンディはすっくと起き上がり、両側の仕切りの壁を叩いて叫ぶ。「ようし、みんな、起きろ！　朝食なんていらない。さっさと出発するぞ！」ふだんは使わない、やたらと熱心な軍隊調で。しかし言いたいことははっきりと全員に伝わる――計画どおり、あの厄介な小僧をこっそり連れ出す。いますぐ取りかかって、早く終わらせよう。マンディは作戦チームにレクサム、ヴィオラ、針子のサリーを選ぶ。

「残りのみんなはいつものようにふるまえ。ぶらぶらしてくつろいでいるように見せろ」と、やさしさからほど遠い口調で言い渡す。

仰せのとおりに、パパ。

夜明けの光が射すころ、ヴィオラを先頭にマンディ、サリー、レクサムは中庭を横切り、バスの二階に上がって、眠っているジャンを揺り起こす。彼を裸にして、頭から爪先まで車軸用の潤滑油を塗りたくる。探索犬を混乱させるのが狙いだ。ヴィオラ、こまかいところはきみが塗ってくれ。次に彼らは防虫剤のにおいがする舞台幕を若者に巻きつけ、緩衝材のカポックを心臓と、脈を打つ場所に重ねて入れる。マンディの記憶では、東ドイツに入ったときに、国境警備員がイヤフォンと大きな聴診器をつけて、不審な物音を聞き取ろうとしていた。包み終わると、ジャンの心臓があるはずの場所に耳を当ててみるが、何も聞こえない。心臓なんてないのかもな、とサリーに囁く。いまや彼らの密航者はエジプトのミイラのような姿になっている。一応、空気穴は開けてあるが、何かのまちがいでふさがってしまったときのために、マンディは彼の口に金属管をくわえさせてから、埃だらけの絨毯で巻きはじめる。

　彼らはまだバスの二階にいる。ジャンはもうジャンではなく、巻いて立ててある絨毯だ。それをみなで抱え、よろけながら、階段から中庭へとおろす。中庭では、広げられた青いキャンバス地の背景幕が待っている。その上を赤い泥水が血管のように走り、トロール漁船のようなにかわとフィッシュグルーのにおいが、近づくまえから鼻を突く。エルナはまだ来ていない。七時三〇分に来てくれと言ってあり、いまはまだ七時一五分だ。ヴィオラが見張っているあいだ、マンディとレクサムは若者が入った絨毯を背景幕の一方の端におろし、巻きはじめる。そのまま、ジャンと絨毯が三〇フィートの青いソーセージのなかにすっかり入るまで巻く。そうして船乗りさながら「風向きよし、前進」とか「引き上げろ、みんな、引き上げろ」というかけ声とともに、マンディと、進んで手を貸す者たちはそれを乱暴にバスの屋根に上げ、まえからうしろまでラックに縛りつけて、裾を車の後方に垂らす。

すり切れたブレーキと溝のなくなったタイヤが甲高い音を立て、黒い煙がマンディの左側の窓いっぱいに広がる。紅白の遮断棒の一〇ヤード手前でサイケデリックなバスは揺れて停まる。最初の検問所だ。五つ星とまではいかないが、田舎のバージョン――五、六人の人民警察、捜索犬、囚人護送車《グリューネ・ミンナ》、そしていまやバスのまえに出て走っていた警察のオートバイと、ワイマールからずっとついてきている、回転灯をつけたパトカー。マンディはブリーフケースを持ってバスから飛びおりる。落ち着き払ってバスのまえの席に坐っているエルナは、依然としてそれらすべてを超越している。

「皆さん――大佐――同志――なんともすばらしい日だ！」マンディはおどけて叫ぶが、距離は保っている。大佐――じつは大尉――はサーシャのように小柄だ。そのまえにそびえ立って相手の不安をあおりたくない。

警備員がバスに乗りこみ、無愛想にエルナに挨拶し、滑稽な帽子をかぶってお祭り気分に着飾った娘たちを睨みつけたあと、全員にバスから出るよう命じる。そうして荷車の防水シートをめくり取り、スーツケースの中身を引っかきまわし、あと片づけは憎むべき西側の人間にすべてまかせる。大尉は一行のパスポートをじっくりと眺め、妙なところはないかと探しながら、きついシレジア訛でマンディに次から次へと質問する。ワイマールにはどのくらいいましたか、同志？　ドイツ民主共和国に着いたのは、同志？　チェコ、ハンガリー、ルーマニア、ポーランドでどれだけすごしましたか？　マンディの返答をパスポートのスタンプで確認し、サイケデリックなバスを、そしてもっと厳しい眼差しで、無節操な恰好の娘たちを見やる。風船と飾りリボンのついた屋根の上の青いソーセージ、そしてその中央にできたふくらみを――マンディの眼にはネズミを呑みこんだ大蛇のように見える――渋い顔で見上げる。ついに大佐は、マンディがすでにその意味を学んでいる仕種を見せる――むっつりと軽蔑もあらわに頭を傾《かし》げ、憎しみ、警告、羨望の入り混じったしかめ面を作る。行けよ、さっさ、と。マンディと一座はぞろぞろとバスのなかに戻り、サリーのアコーディオンが『はるかなるティペラリー』［第一次世界大戦時に流行したイギリス遠征隊の行進曲］を叩き出し、彼らは――さっさと――出発する。

エルナは何も見ていないようだ。小さな丸い眼は窓の外に向けられている。「何か問題があった？」とマンディに訊く。

「まったく何も。親切な連中だったよ」とマンディは請け合う。

景色は変わるものの、同じ場面があと三回くり返される。そのつど緊張は高まり、三回目ではもう誰も歌っていないし、口を開こうともしない。もう好きにしてくれ、これ以上耐えられない、降参する。エルナが突然立ち上がり、彼ら全員に陽気に手を振り、バスからおりて、姿が見えなくなるまで手を振っている。誰か手を振り返した者がいただろうか？　いなかったとマンディは思う。ばつが悪そうに顔を見交わしただけだ。マンディも暗い顔で下を向いている。アメリカ兵が窓越しに笑いかけてくる。通行人が、あちらの暗がりから現れたけばけばしい色合いの巨大馬に呆然と見とれる。カメラのフラッシュがいくつか焚かれ、ラスヴェガスさながらのありとあらゆる電飾が濡れた敷石できらめく。彼らは無事西ベルリンに入ったが、バスのなかの誰も、何も言うことがない。例外はおそらくレクサムひとりで、毎度のごとくとびきりひどいことばを使って悪態をついているが、いつものエネルギーが感じられない。そしてヴィオラは感きわまって静かにすすり泣き、「ありがとう、みんな、ありがとう、ほんとに」とくり返している。

バスの二階で、若者のひとりがヒステリーを起こす。ポローニアスだ。

三六時間分の無精ひげを生やした背の高すぎるイギリスの芸術外交官は、われらが親愛なる総統の歴史あるオリンピックスタジアムにほど近い、英国高等弁務官事務所の政治顧問部に大股で入っていく。かさばる買い物袋ふたつとブリーフケースをたずさえ、まるでいま海から陸《おか》に上がり、まだ揺れる甲板に足元が覚束ない男のように見える。実際にそう感じている。受付にいる中年のイギリス女性は白髪混じりで、物腰は丁寧だが厳しい。ケイトのように教師になれるかもしれない。

「ミスター・アーノルドと話さなければならない」マンディは文化振興会の名刺ともどもパスポートをカウンターにぴしゃりと置いて、いきなり切り出す。「中庭にダブルデッカーのバスが停まっている。とても疲れた若い俳優たちが二〇人乗っているんだが、ここの警備員が、さっさと出ていけと運転手にせっついている」

「どちらのミスター・アーノルドでしょうか？」受付係はマンディのパスポートをぱらぱらめくりながら訊く。

「昨日の夕方、テンペルホフ空港に着いた人物だ」

「ああ、彼ですね。ありがとうございます。警備官が待合室にご案内します。気の毒な俳優たちについてはこちらで対処を考えます。その袋はミスター・アーノルドに渡すものですか、それともこちらでお預かりしましょうか？」受付係がベルを押し、内線電話に話しかける。「ミスター・アーノルドにお客さまです、ジャック、お願い。できるだけ早いほうがいいわ。それから中庭に、こらえ性のない俳優さんがたくさん乗ったバスが停まってるの。面倒を見てあげて。月曜の朝はいつもこう。でしょう？」

警備官は、一〇年前に軍病院でマンディを見張っていた警備官を柔和にしたような男だ。スポーツジャケット、グレーのフランネルのズボン、よく磨いたトウキャップの靴。待合室はマンディの病院の個室と同じだが、ベッドがない――白い壁、白く曇った窓、われらが親愛なる若き女王の同じ写真。そして西ベルリン警察から贈られた、同じ菊の花。よって同じ副領事がのんびりと入ってきても、マンディはまったく驚かない。むさ苦しくエレガントなニック・エイモリー。病院を訪ねてきたときと同じスウェードの靴をはき、ツイードのスーツを着て、同じ利口そうで控えめな笑みを浮かべている。一〇年歳をとっているが、薄明かりのなかではサーシャ同様、マンディの記憶に残っているままの彼で通用する。少し陽焼けが濃くなり、髪も後退して額が広くなったかもしれない。生姜《しょうが》色のもみあげには白いものが見える。とらえどころのない権威を漂わせているが、これは新しい。ややあってマンディは、エイモリーが一〇年前と似かよった眼で訪問者を検分していることに気づく。

「こう言っちゃなんだが、最後に見たときよりずっと元気そうだな」と彼はぞんざいに言う。「どんな話がある？」

「バスの屋根にポーランドからの亡命者がひとりいる」

「誰がそこに乗せた？」

「われわれみんなで」

「いい、みんなとは劇団員のことか？」

「そうだ」

「いつ？」

「今朝。ワイマールで。劇の上演があった」

エイモリーは窓辺に行き、こまかいメッシュのカーテンを慎重に引き開ける。「解放された密航者にしてはあまりにも静かに横たわっている。ほんとうに生きているのか？」

「出てきても安全だとわれわれが言うまで、口を閉じて静かに横たわっていろと命じた」

「きみが命じたのか？」

「そうだ」

「だとすると、かなり厄介な船を座礁させたことになる」

「誰かがやらなければならなかった」

しばらくエイモリーのむさ苦しい笑みと、外の中庭を往き来する車の音だけがある。

「きみはあまりこのことを喜んでいないようだ」ついにエイモリーは言う。「なぜこんなところに坐ってる？　どうしてみんな外に出て踊り、口笛を吹いてシャンパンを注文しない？」

「あの青年は、身元が知れたら家族がひどい目に遭わされると言ってる。だからわれわれは誰にも告げないことにした」

「アーノルドを呼べと言ったのは誰だね？」

「サーシャだ」

この笑みは笑みではないとマンディは気づく。笑みだったらすでに消えているはずだ。この笑みはエイモリーが観察して考えるときに浮かべるものだ。

「サーシャ」一年にも思われる時間がすぎたあとで、エイモリーがくり返す。「きみが左翼ごっこをしていたときのルームメイト。あのサーシャか？　ここへ来て、大騒ぎしたあの男」

「彼はいま東にいる。ある種のスパイだ」

「ああ、たしかそう聞いた。どういうスパイか知ってるかね？」

「知らない」

「昨日の夕方、私がテンペルホフに飛んでくると言ったのも彼か？」

「そうだ。それが何か？」

「くだらない暗号のようなものなのだ。相手にきわめて重要なことを伝えたいときの。袋のなかに何が入ってる？」

「秘密だと彼は言ってる。ポーランド人は囮だが、彼のことで何かするのは賢明ではないとも」

「サーシャ同志の関与がわかってしまうから？」

「警察によるバスの捜査は見せかけで、青年は通過させると言っていた。そうしたほうが、袋の中身がより安全になると」

「それなりに筋は通ってるんじゃないかな？　彼がこちらに渡そうとしているのはこれだけかな、それともこれは商品見本で、そのうちわれわれが真剣な注文をすることを狙っているのか？」

「彼はもっとあると言ってる」

「きみを介するのか？」

「手紙に書いたそうだ。袋のなかに入ってる」

「彼は金を要求してるのか？」

「そうは言ってない、とにかくぼくには。もし要求してるなら、今回が初めてだ」

「きみは？」

「まさか、要求するわけがない」

「これからどうするつもりだ？　いま、これから？」

「イギリスに帰る」

「今日の午後いきなり？」

「そう」

「俳優たちと?」

「そう」

「私宛てのクリスマスプレゼントを開けてみていいかな? きみをエドワードと呼ぼう、もしそうしてよければだが。たしか以前にもそう呼んだことがあるね? じつはおじにテッドというのがいて、これが食えない男なんだ」

まだ笑いながら、エイモリーは買い物袋の中身を白いプラスティック製のコーヒーテーブルの上に出していく――たくましい社会主義労働者の像、ボリショイバレエ団の写真集、コダックフィルムのパッケージ、青い陶器の箱。糊でくっつけられた労働者像の端を調べ、本のにおいを嗅ぎ、指先でフィルムのパッケージをひっくり返し、使用期限と関税印を確かめ、青い陶器の箱を耳元でそっと振ってみるが、蓋をとめているテープははがさない。

「なかに入っているのはクルミ?」

「そうだと言ってる」

「ほう、なるほど。もちろん、以前やったことはある。それを言えば、たいていのことはやっているものだ。ちがうかね?」箱をテーブルのほかのものの横に置き、片手を頭頂にぺたんと当てて、品の取り合わせに感心する。「きみも気が気じゃなかったろうね」

「われわれみんなそうだった」

「それはポーランド人についてだけだ。これのことは劇団員に教えてないんだろう?」――眼はまたのんびりとテーブルに戻る――「劇団員はわれわれの……金《きん》の壺のことを知らないんだろう?」

「知らない。知っているのは青年のことだけだ。連中、いまごろ大暴れしてるんじゃないかな」

「心配しなくていい。ローラがパンとソーダを与えている。人民警察は彼のことをあまり真剣に探さなかったのかね? それとも、サーシャが言ったように、見せかけだったのか?」

「わからない。あえて見ないようにしてたから」

「犬はいなかった?」

「いたが、彼を発見できなかった。においがわからなくなるように、体じゅう車軸用の潤滑油を塗ってたから」

「エドワードのアイディアで?」

「まあ、そうだ」

「随行員がつかなかったのか?」

「ついた。だが彼女も今回の企てに一枚噛んでいた」

「青年をわれわれに引き渡すために?」

「サーシャが言うには、そうだ。エルナと名乗っていた。金髪で、二〇〇ポンド級のボクサーだ」

わかったというように愛情のこもった笑みが広がる。「で、まだ左翼ごっこは続いているのかな? それとも、子供じみたことはもうやめた?」

答えを待つが、何も返ってこないので、エイモリーはテーブルの上のフィルムの箱を動かし、それに微笑みかけながら、金の壺の残りときれいに並べる。「どこに住んでいる?」

「ハムステッド」

「文化振興会のフルタイムの職員なのか?」

「そう」

「トラファルガー・スクウェア行き二四番のバス?」

「そう」

「同居人は? 妻、友人、その他」

「妻がいる。妊娠中の」

「ファーストネームは?」

「ケイト。キャサリンの愛称だ」

「Cで始まるキャサリン?」

「そうだ」

「旧姓は?」

「アンドルーズ」

「イギリス人?」

「そう。学校教師だ」

「生まれは?」

「ドンカスター」

「生年月日はわかる?」

「ぼくより二歳若い。四月一五日」

なぜこんなことまでしゃべっている？　どうして、あんたの知ったことではないと言ってやらない？

「ふむ、すばらしい」エイモリーは掘り出し物をまだためつすがめつしながら言う。「じつにすばらしいよ。忘れないうちに言っておく、きみはこの仕事に打ってつけだ。よければこれらは冷蔵庫に入れておこう。そのあと私を俳優たちのところに連れていってくれ。私は外務省の連中から見たら下働きだから、密告しないでくれ。そんなことをしたら恨むぞ」


西ベルリン警察は、マンディの記憶にあるかぎり、かつてさんざん殴られた場所にほかならないが、この呆然とするほど拍子抜けの状況でそんなことは気にならない。エイモリーがあらかじめ電話をかけて、受け入れ準備を進めさせている。エイモリーと警備官はマンディが坐っていた運転手スティーヴの横に陣取り、マンディはふたりのうしろに坐る。魔法のように到着した格納庫で一座にバスからおりるよう命じるのは、マンディではなくエイモリーだ。警備官の助けを借りて彼らに円陣を作らせ、不敬と警告の見事に入り混じった調子で語りかけるのもまた、エイモリーだ。

　きみたちのしたことはすばらしい、と彼は一同に言う。そのことは充分祝っていい。

「しかし、秘密にしなければならないことがひとつある。いや、ふたつだ。まずひとつはバスの上。われわれとしては、ポーランドにいる彼の親兄弟が痛めつけられるようなことは避けたい。そしてもうひとつは、ここにいるエドワード。彼が演出した今回のことが文化振興会の耳に入ったら、相手は官僚組織、たちまち怒ってエドワードを馘《くび》にするだろう。亡命者を連れ出すことは文化振興会の職務には含まれていない。そこできみたちにお願いしたいのは、どんな俳優にとってもいちばんむずかしいこと、すなわち、そのしゃべりたくてたまらない口をつぐんでいることだ。今晩だけでなく、この先永遠に、アーメン」

　警備官が公職守秘法の規定を正式に読み上げ、俳優たちがひとりずつ立派な書式に署名したあとで、エイモリーは、では諸君《アルゾ・ロス・ビッテ・マイネ・ヘレン》、そろそろ頼むよと、格納庫の端に控えている制服警官の一団に呑気な調子で呼びかける。警官たちはただちにレイランドのバスに梯子をかけ、屋根に群がり、互いに大声で指図し合う。やがて背景幕が、貴重な考古学の出土品のように細心の注意を払ってコンクリートの上におろされ、開かれる。

ぼろ布とカポックのなかから汚れた裸の若者がアドニスのように立ち上がると、拍手が湧き起こる。若者は幸福のあまり眼をぎらつかせて、仲間のもとに駆け寄り、ひとりずつと抱き合う。最後はヴィオラで、抱擁はいちばん長い。そのあとはいきなりすべてが事務的にてきぱきと処理される。警察が若者に毛布をかけ、連れ去る。ヴィオラがあわててそのあとを追うが、ドアから一度手を振ることしか許されない。バスの昇降口に立ち、エイモリーは彼らに最後のことばを告げる。

「さて、ここでほんとうに残念なニュースがあるのだが、われわれはエドワードをベルリンに一日か二日、引き止めなければならない。きみたちはここでお別れを言って、彼に厄介な仕事を片づけてもらうのだ」

抱擁、不満の声、やがて本物の涙になる芝居がかった涙があり、サイケデリックなダブルデッカーはぜいぜい言いながら格納庫から出ていき、パパに厄介な仕事を残していく。

＊　＊　＊

　マンディもケイトも予期していなかった四日遅れでエステル・ロードの家に戻ると、マンディは憤慨した職員の役をたやすく演じる。四日間、毎日彼女に電話をかけて怒りをほとばしらせていたが、帰宅後も手を抜かない。ベルリンでも怒っていたし、いまも怒っている。

「だいたいなんで彼らはこういう事態を想定してなかったんだろう」と、これが初めてではないが主張する。〝彼ら〟とは、例によって不幸な雇い主のことだ。「ああいうどうしようもない無能さが嫌になる。どうして何もかもこっちで世話してやらなきゃならない？」と責め立て、不実にも遠慮なく人事部のよき理解者の口まねをする。「〝ああ、よかった！　親愛なるテッド・マンディがベルリンにいるなんて。すばらしいわ。数日あそこのオフィスで少年少女の相手をしてもらいましょう〟ぼくがベルリンに行くことなんて三か月前からわかってたのに、いきなり彼女はそれに気づいて、やった、となるわけだ」

　ケイトは五週間離れていたあと、マンディの帰宅を喜ばしいものにしようと真剣に案を練っていた。マンディがロンドン空港に着いたときには車で待っているし、家に帰る車内でも辛抱強く笑みを浮かべて夫の怒りに耳を傾ける。しかし家に着くと、指をマンディの唇に当て、まっすぐ二階のベッドへといざなう。途中一度だけ立ち止まって、このときのために買っておいた香水入りのキャンドルに火をつける。一時間後、ふたりは何か食べようということになり、マンディは彼女の先に立って台所に入り、バーガンディ・ビーフをオーブンから出してやると言い張って、この先何かというと彼女の余計な手間を省いてやろうとまめまめしく働くようになる。その所作は会話と同様、彼女にはいくらか芝居がかっているように思えるが、劇団員とさんざんつき合ってきたのだから、そうなってなんの不思議があるだろう。

　夕食をとりながら、マンディは変わらぬ誠実さでケイトの妊娠や家族のこと、セントパンクラスの労働党のごたごたについて熱心に耳を傾ける。しかし温かく応じる彼女のおしゃべりを聞きながら、ふと気がつくと、眼はひそかに台所をさまよい、いま病院から戻ってきたばかりのように、こまごました神聖なものすべてを愛おしんでいる――さね接《つ》ぎの松材の箪笥。ケイトの父親デズにちょっと手を貸してもらって、マンディが彼女の希望どおりに組み立てたもの。われらがテッドには一流の大工の血が流れており、本人がその気になりさえすれば才能を発揮できる、とデズはよく言う。柄のついていないソースパンは、ケイトの兄のレジと妻のジェニーが結婚祝いにくれたもの。ドイツ製の最高級の洗濯機と乾燥機。これはケイトが貯金で買った。本人曰く、自分が古風な女であることは認める。わたしたちの赤ちゃんは、吸いとり紙とビニール製のロンパースではなく、本物のおしめをするの。

　ケイトをうながし、不在だった五週間について一時間ごとの報告を聞いたあと、マンディはテーブルの彼女の側にまわり、キスをして、愛撫する。やがてすることがなくなり、ふたりはまた二階に上がって愛を交わす。やがてマンディは少しずつ、検閲の入った子供たちとの冒険譚を明かしはじめる。考える時間を作るために、何度も話を中断して大声で笑い、もうどこにレクサムがいても見分けることができると彼女が誓うまで、主役たちの声音をまねる。

「ありがたいことに、六月までこれをくり返さないですむよ」とマンディは締めくくり、うっかり安堵のため息をもらす。

「え？　六月に何があるの？」

「ああ、プラハに行ってくれと言われてる」プラハが気の滅入る場所であるかのように。

「いったいなんの用事で？」――また皮肉なユーモア――「プラハはすてきなとこ

ろよ」

「国際ダンスフェスティバルだ。イギリスからの参加者の世話をする。旅費、食費に加えて、職責にともなう特別手当が出る」

「どのくらいの期間？」

「一〇日かな。移動日を入れると一二日になる」

ケイトはしばらく押し黙り、親しみをこめてお腹《なか》をぽんと叩く。「大丈夫じゃない？　彼が早く出てこようと思わないかぎり」

「もしそうなったら、彼女より先に戻ってくるよ」とマンディは誓う。

これはふたりのゲームだ。ケイトは男の子だと言い、マンディは女の子だと言う。ときにジョークに変化を加えるために、ふたりは役柄を入れ替える。

# 第7章

サイケデリックなバスがゴトゴトと視界から消えていき、最後の別れを告げる一座の悲痛な叫びが行き交う車の騒音に紛れた。マンディとエイモリーは、廊下を挟んでエイモリーの殺風景なオフィスの向かいにある、防音のほどこされた防諜室《セイフルーム》で向かい合って坐っている。ふたりのあいだのコルク材の机では、テープレコーダーが回っている。こうしてわれわれが話しているあいだにも金の壺はロンドンに飛んでいる、とエイモリーは言う。分析官はいじきたない手ですぐに触れるだろう。その間、われわれには昨日から次のことが求められている。エドワードに関する一切合財、ひと目惚れからワイマールに至るまでの、サーシャとマンディの情事の詳細、それから、ウォルフガンク教授と名乗った男について思い出すことすべて、細大もらさず。

疲労困憊し、同時に過剰な刺激を与えられて、マンディは一時間のあいだエイモリーの質問に見事に答え、次の一時間はしどろもどろになり、しまいに酸素不足でうつらうつらしはじめる。待合室に戻り、エイモリーがテープを処理するのを待っているときにぐっすり寝入り、エイモリーに連れられて車で近くのどこかへ行くときにも、ほとんど眼を覚まさない。やがて意識を回復すると、いつの間にかひげ剃りとシャワーをすませ、ウィスキーのソーダ割りのグラスを手に、クライストパークを見下ろす快適なアパートメントのレースのかかった窓辺に立っている。公園にはベルリンの揺るぎないプチブル代表が集まっている。大勢の覚醒せざる母親たちもその仲間で、マンディの五〇フィート下で心地よい夕刻の光に包まれ、乳母車を押してのんびりと散歩している。もしマンディがエイモリーの好奇の対象だとすれば、彼自身にとっては謎そのものだ。抑えこんできた緊張と、自分が解き放ったものに対する理解と、積もり積もった不安のせいで、マンディは身も心もくたびれ、当惑しきっている。

「さて、私は化粧室に行ってくる。そろそろきみのケイトに電話したらどうだね」エイモリーが顔からいっときも消えることのない笑みを浮かべて提案する。

マンディは、ああ、そうか、たしかにと答える。実際、そのことで頭を悩ませていた——ケイトのこと、彼女にどう説明するかということで。

「まったく悩む必要はない」エイモリーは陽気に打ち消す。「きみの会話は少なくとも六つの情報機関に盗聴されている。だから、中間でいくしかない」

「中間とは?」

「きみは文化振興会に足止めを食らっている。理由は次のとおり。帰れないんだ、ダーリン、職場で問題が生じてね。それが解決するまで、お願いだからここにとどまってくれと上司に言われている。じゃあ《チュス》。エドワード〃彼女も職業人だ。わかってくれるさ」

「ぼくはどこに泊まる?」

「ここだ。独身の役人向けの宿泊所だと言っておけば、彼女も安心するだろう。電話で言ったのと同じことをする。話を飾り立てなければ、彼女も信じるさ」

果たして彼女は信じる。エイモリーが化粧室に行っているあいだ、ケイトはマンディの言うことをすっかり信じこみ、マンディは耐えがたいほどの良心の呵責《かしゃく》を覚える。が、数分後にはエイモリーの車に戻り、運転している警備官のクリフと冗談を交わし、次に気がつくと、グリューネヴァルトの森のなかにあるシーフードの店にいる。ありがたいことに、この店はまだほとんどの人に知られていない。ベルリンではこのところ、誰もが他人のことを知りすぎている。恋人たちのために照明を落とした個室で一対一のディナーを愉しみ、折よく流れた騒々しい生演奏の音楽に刺激されて、マンディは魔法のように元気を取り戻す。勢い余って、自他ともに認める左翼として、神聖なる共産主義ヨーロッパを西側の退廃的資本主義に明け渡してしまったことを残念に思うかと、エイモリーからふざけ半分に訊かれたとき、臆面もなくソヴィエト共産主義とその成果を糾弾して、エイモリーばかりか自分をもぎょっとさせる。

ほんとうにそう感じていたのかもしれない。それとも、己の無鉄砲を恐怖とともに振り返って、最後に一度身震いしたということか。いずれにせよ、エイモリーはその機を逃さない。

「率直に言って、エドワード、きみは生まれもってのわれわれの仲間だ」と彼は言う。「いざ前進、殊勲を立てよ。入部ありがとう、そしておめでとう。乾杯」

そこで会話は、こういう状況、つまり誰もその内容を正確に指摘できない状況において、自分の妻に事情を話すのが理に適《かな》っているか否かという、きわめて観念的な議論に移る。どうしてそうなったのか、マンディはあとで考えてわからなかったが、そのときにはあくまで自然な流れに思える。そしてエイモリーがとりあえず言っておきたいのは——とはいえ、ある程度経験にもとづいているがね、エドワード——愛する人に、必要でもないし彼らにはどうすることもできない情報を与えるのは、まったく何も言わないのと同じくらい、いや、議論の余地はあるがおそらくそれ以上に、有害でわがままな行為だ。もちろんこれは私見であって、エドワードには別の考えがあるかもしれない。

たとえば、とエイモリーは軽い調子で続ける。打ち明ける相手が妊娠している場合。あるいは、心温かく人を疑わないタイプで、これほどの大事を胸のなかにしまっておけるほどの抑制と均衡を身につけていない場合。

あるいは、確固たる思想の持ち主で——そうだな、ある敵やイデオロギーに向けられたある活動を、われわれと同じ立場から見ることができず、自分の政治的信念と折り合いをつけられない場合。

要するに、もしケイトがそういう人間で、すでに充分悩みごとを抱えているとしたらどうだろう。学校を切り盛りし、家事をこなし、夫の面倒を見、もうすぐ赤ん坊も生まれる。加えて、セントパンクラスの労働党からトロツキストの一団を放逐しなければならない——これはマンディがどこかでエイモリーに話したにちがいない——とあってはね。

クライストパークのアパートメントはエイモリーの住まいではない。独身の役人向けの宿泊所でもない。街にふらりと入ってきて、かならずしもここにいたことを知られたくない、彼の言う奇妙な友人のために確保してある場所だ。いずれにせよ、エイモリーは、ロンドンから何か新しい情報が入っていないか確かめるために、一時間ほどオフィスに戻らなければならない。

だが、もし何か用があったら、クリフが隣の寝室にいるから。

クリフはいつでも私に連絡する方法を知っている。

それから、大好きだという早朝の散歩がしたくなったら、私も喜んでつき合うよ。それまで少し眠るといい。もう一度言うが、今回はよくやった。

では横になってみるよ。

マンディはまんじりともせず横たわり——ワイマールの最後の夜と同じくらい眼覚めている——西ベルリンの几帳面に時刻を合わせすぎた時計で、一五分、三〇分と数えている。

こんなのはやめて逃げ出せ、と胸につぶやく。おまえには必要ない。ケイトが、赤ん坊がいる。仕事も、家もある。おまえはもうタオスのなまけ者じゃない。奈落から這《は》い上がったのだ。おまえはテッド・マンディ、文化外交官であり未来の父親だ。バッグをつかんで、クリフを起こさず静かに階段をおり、さっさと空港に向かえ。

しかしみずからにこう助言しながら、思い出す――頭のどこかでずっと憶えていた――パスポートはニック・エイモリーが持っていると。たんなる手続きだ、エドワード、明日の朝返すよ。

エイモリーにパスポートを渡しながら、自分のしていることの重要性を痛いほど認識していたこともわかっている。エイモリーも同じだった。

おれは加わったのだ。生まれもってのわれわれの仲間が、本来の組織に加わった。服従したわけでも、強制徴募されたわけでもない。「入《はい》った」と言ったのだ。夕食の席でコミュニストの生活のおぞましさについて演説をぶったときに。彼はみずから志願して、エイモリーのチームの現役選手になった。成功に酔いしれながら見た自分の姿がそれだったから、そして、エイモリーも彼をそう見ていたから。

では教えてくれ。そもそもこのごたごたに巻きこまれることになったきっかけは何だ？　彼を招き入れたのはエイモリーではない、サーシャだ。秘密の詰まった袋をこちらの膝に置いて、「さあ、これを持っていってイギリス情報部に渡してくれ」と言ったのはエイモリーではない。

サーシャだ。

母国イギリスのためにこんなことをしているのだろうか。それとも、神から逃れようとする自虐的な反ルター派の男のためにやっているのか？

答え――まだ何もやっていない。船が沈没するまえに逃げ出すぞ。

たしかにサーシャは友だちだ。かならずしも好きではないが、友だちであることに変わりはない。忠実な友であり、昔からの友、守ってやらなければならない友だ。そう、神のみぞ知ることだが、実際に守ってやった。その友はたまたま混沌がないと生きていけない人間であり、世に存在するありとあらゆる秩序に対し、ひとりで取り憑かれたように戦いを挑む。

そしていままた、打ち壊さなければならない神殿を見つけた。がんばりたまえ。だがぼくまで巻きこんで打ち壊さないでくれ。

ケイトも。

赤ん坊も。

家も。仕事も。

あと数時間したら、エイモリーが提案したとおり彼を早朝の散歩に連れ出して言うのだ。「ニック、あんたは立派なプロフェッショナルだ。ぼくはロンドンを尊敬している。そしてそう、ソヴィエト型の共産主義は至当な敵だ。完全に同意する。やつらを挫折させようという努力があらゆる面で実ることを祈ってるよ。さて、そろそろパスポートを返してもらおうか。ついでに車で空港まで送ってもらえるとありがたい。サーシャとは好きに取り決めてもらって結構。ぼくたちはここで握手して、終わりとしよう」

しかし早朝の散歩はない。夜明けの薄暗い光のなかにニック・エイモリーがぼんやりと立って彼を見下ろし、い、ま、す、ぐ着替えろと言う。

「なぜ？　どこへ行く？」

「家だ。最短ルートで」

「どうして？」

「分析官がきみをアルファ・ダブルプラスと認めた」

「なんだ、それは?」

「一級品ということだ。国の安全保障にとって不可欠の存在だと。きみの友人はこれを長年、ハムスターのようにためこんでいたにちがいない。ヴィクトリア十字勲章と爵位のどちらがきみの気に入るだろうと彼らは言ってる」

ただ運ばれること。

何も決定しないこと。

椅子の背にゆったりともたれ、己の人生の傍観者になること。それもまた、紛れもなくスパイの仕事だ。

早朝のジープでまたしてもテンペルホフ空港に向かう。別の警護官がついている。

さよなら、クリフ。

そしてさよなら、テッド。幸運を祈る。

英国空軍の飛行機がプロペラを回して待っている。乗客はほかにエイモリーだけ。しっかりつかまって。もう離陸だ。パイロットはこちらを見ない。そういう訓練を受けている。ノーソルト空港に着陸し、横に長く伸びたドアミラーと、後部座席の両側にスモークガラスのついた緑のワゴン車にそのまま乗りこむ。

ケイトはいまごろ学校に向かって歩いているところだろう。ハムステッドの水泳プールと団地の中間ぐらいにいるだろう。大きな子供が彼女に話しかけ、小さな子供は彼女と手をつなぎ、そしてケイトは、おれがベルリンの英国文化振興会のダンスの催しにモリスを連れていくところだと思っているだろう。

＊　＊　＊

ワゴン車のうしろの窓越しに、マンディはオクスフォードへつながる道を走っていることに気づく。アルファ・ダブルプラスであるからには、学位まで授けるつもりなのか。イルゼが彼女の世捨て人の馬匹運搬車のなかで、あなたのセックスは完全に赤ん坊と言っている。ワゴン車は丘陵地帯に入り、砂岩のグリフィンの載った煉瓦の門柱のあいだを通過する。ブナの木立が左右に迫り、陽が照ったり翳《かげ》ったりする。車が停まるが、先に進めと運転手に手ぶりで合図が出されるだけだ。ブナの木はもうない。代わりに白い柵の放牧場とクリケット競技場、丸い池が現れる。車がまた停まり、うしろのドアがさっと開く。白いジャケットにスニーカーをはき、口を固く結んだ給仕がマンディのナップサックを引ったくるように奪い、駐車した車のあいだを抜けて、敷石の通路を案内し、使用人の廊下につながる裏手の階段に至る。

「私の客人はブライダル・スイートに入る」エイモリーが給仕に言う。

「かしこまりました。新婦さまは直接部屋にご案内します」

ブライダル・スイートには、狭いシングルベッド、洗面台、水差しと、蔦の絡まる壁に面したごく小さな窓がついている。生徒会長を務めた最後の年に、マンディはまさにこれと似たような部屋に住んでいた。車がさらに到着する。くぐもった話し声と敷石を踏む足音がする。彼の人生に最大の転機が訪れようとしている。閉じられたドアの向こうで、記録に残らない四日間にわたって、生まれもってのわれわれの仲間は家族と対面する。


彼らはマンディが想像していた家族ではなかったが、見当ちがいはいまに始まったことではない。

こそこそと眼を上げては彼を見定める、陰気な顔の男たちはいない。ツインセットを着て法廷さながらの詰問調で彼を混乱させる、超高学歴の女たちもいない。彼らはみな興奮してマンディを歓迎し、誇りに思い、そのことばに感心し、握手したがり、実際にそうする。第一印象は、品がよく、まっとうで、陽気な人たちだ。名前はないが、整った顔立ちで、趣味のよい靴をはき、公務にしか使わないような茶色のブリーフケースをすり減らしている。女はちょっとネジの飛んだタイプ——あたし、ハンドバッグをどこに置き忘れたかしら——から、夢見るように眼を潤ませて、わが子を甘やかすように何時間も話を聞き、ふと思い出したように、指摘されるまで彼がすっかり忘れていたようなことを質問する母親タイプまで。

男のほうはと言えば——まあ、これもあらゆる形と大きさがそろっているが、それでも同じ種ではある。いずれも中年の研究者といった風情だ。同じ発掘現場で嬉々として働きつづける考古学者。穏やかながら意図的な超然性——われわれは人ではなく病を扱うのだ——を身につけた医学者。安手のスーツを着て遠い眼をした、痩せこけた若者もいる。マンディは彼らを古典的なアラビア探検家の末裔だろうと想像する。レモネードひと壜とフルーツとナッツのバー、星だけを頼りに、ラクダで〝空白期間〟を渡ってきたのだ。

媚びへつらうほどテッド・マンディという人間に執着することのほかに、彼らに共通するものをひと筆で描き出すとしたらなんだろう？　ふいに放つ高笑い、活気、ともに分かち合う熱意、幾分速く動きすぎる舌と眼。そして、ふだんはうまく隠しているが、ごくまれに見せる手癖の悪さ。同じ仲間であるという感覚。

彼らはマンディの過去をさかのぼる。まずはエイモリーがベルリンであったことの報告をおこない、あとはてんでに好きな方向へと進む。自分の歴史がまるごと死体のように眼のまえに横たえられ、もっとも巧みなイギリスふうの手さばきで解剖に付される。だがマンディは気にしない。彼は仲間であり、イギリスの代表選手、アルファ・ダブルプラスなのだから。

自分の人生にこれまで考えてもみなかったつながりができる。それらが記憶の奥底から掘り出され、彼のまえに差し出されて、点検と発言を求められる――〈なんと、**たしかに、そのとおりだと思います。考えてみれば、まさにおっしゃるとおりだ**〉。エイモリーはつねに彼の味方で、転べばすぐに助け上げるし、われらがエドワードが機嫌を損ねないようにどんな小さな誤解をも見逃さず解決する。というのも、実際に気分を害することがあるからだ。質問のすべてが快適なものではないし、彼らも快適であるふりをするどころか、むしろ逆だ。世の家族とはそういうものだ。

「あなたみたいに重要なことを成し遂げながら、ひとつふたつ赤面せずにこういう大がかりな尋問を乗りきれる人はいないわ、テッド」と母親タイプがやさしく告げる。

「まったくです。それはもうまちがいなく。ご質問をどうぞ、マーム」

彼女は精神科医か？　わかるわけがない。もし知っていれば、フローラ、ベティ、ほかのなんであれ彼女の名前を呼びたいが、良識のなかで思いつくのは、女王に呼びかけるのと同じマームだけで、マホガニーの机のまわりに親しみのこもった笑いのさざ波が起こる。

それが一日目。会合が終わり、バーに最後の客がちらほら残るだけになるころには、彼らはのちに本人が〝マンディ一号〟と見なすバージョンのテッド・マンディ誕生を祝っている——ワイマールの英雄、少佐の忠実なひとり息子、パブリック・スクールのクリケットチームの元キャプテン、ラグビーの勇猛な二列目のフォワード。大学時代にちょっと赤く染まりかけたが——気のいい学生でそうならない者がいるだろうか——いまやラッパは鳴り響き、マンディは家族の連隊で何人《なんぴと》にも引けをとらぬ一員となった。

しかし不幸なことに、それはたんなるマンディ一号だ。スパイの世界には、かならず第二のバージョンがある。

精神の分裂は引き起こせるものだろうか。

たしかにできる、当の本人が共謀するなら。

ワイマールで、サーシャはマンディにこれから起こることの味見をさせた。ここオクスフォードでは、さまざまな秘密の容器で運ばれた、ミスター・アーノルドへのマイクロフィルム化された指示のおかげで、彼らがこれでもかとばかりに不快な饗宴を開いている。昨日のマンディ一号が、本人の望みうる最高のものすべてを体現しているとすれば、今日のマンディ二号は、数年前までなりたくないと思っていたものすべての風刺画だ。

元反体制派の学生、元オクスフォードの左翼転じてアナーキストの落ちこぼれ。ベルリンの乱暴者、とはいえ、受けて当然の暴行を受けると、夜明けとともに街からさっさと逃げ出す男。そして情事に耽るあまり追放された、私立学校の不適格教師。やがて地方紙でも問題を起こし、ニューメキシコで小説家を志すも失敗、ほうほうの体《てい》でイギリスに戻り、芸術官僚の底辺にもぐりこんでいる、どこまでも落ち目の人間。

不充分にゆがめられた鏡に映る自分の姿は、あまりにも見慣れたもので、わざと滑稽な表情を浮かべてごまかさないかぎりとても直視できない。髪を引っぱったり、耻じらったり、うめいたり、腕を振り回したりしてみる。この顔のどれだけがエイモリーへの告白から出てきたのか、どれだけがここ四八時間のロンドンの人員による調査から出てきたのか、彼には知る由もない。知ったところで詮ないことだ。夢見る眼をしたレディにいかに愛情こめて描かれようと、よどみなくしゃべる中年の研究者にいかに醜悪に描かれようと、マンディ二号はしょせんしみたれた男だ。

教会区の牧師めいた男が聖書の表紙のように黒いホンブルグ帽をかぶってヘリコプターで到着する。会議室の出窓から、マンディは彼が帽子を手で押さえ、ブリーフケースを持った手を伸ばしてバランスをとりながら、芝生を急ぎ足で渡ってくるのを見つめる。男が部屋に入ってくると一同は立ち上がり、しんと口をつぐむ。男は机の中央について坐る。敬意あふれる沈黙のなか、ブリーフケースからファイルをてきぱきと取り出し、しばらく中身を読んだあと、まずその場にいる者たちに、それからマンディに、ひねくれた笑みを向ける。

「テッド」と男は言う。午後になっていて、マンディは疲れ果てている。両肘を会議机に突き、長い手の指をもつれた髪に突っこんでいる。「ひとつ質問がある、親愛なるきみ《ディア・ボーイ》」

「なんでもどうぞ」とマンディは答える。

「きみの義父であるデズが、五六年までイギリス共産党員として給料をもらっていたことを、ケイトから聞いたことがあるかね？」まるでケイトは園芸が好きかねと訊くような口調で。

「いいえ、一度もありません」

「デズからは？」

「ありません」

「土曜の夜、バーでビリヤードをしていたときにさえ？」眼がまぶしいほど輝く。

「それはショックだ」

「バーでビリヤードをしたときだろうと、ほかのどんなときだろうと」おれだってショックだ。しかしマンディはデズに忠実なのでそんなことは言わない。

「あの年のソヴィエトのハンガリー侵攻で嫌気がさしたのだ、もちろん。多くの人間がそうだったがね」牧師がまたファイルを見ながら嘆かわしそうに言う。「それでも、完全に党を離れることなどありえない。ちがうかね？ それはつねに血のなかを流れている。人それぞれにちがったやり方でひそんでいる」とやや気を取り直してつけ加える。

「でしょうね」マンディは同意する。

しかしファイルには覚えめでたいことがたくさん書かれている。牧師がまた眼を落として浮かべた笑みがそう語っている。デズは始まりにすぎない。

「それからイルゼ。彼女の政治活動について何を知っている――言うなれば正式な活動だが？」

「彼女はあらゆる要素を少しずつ持っていました。アナーキストであり、トロツキストであり、平和主義者でもあった。全体像はわかったためしがない」

「だが本人にはわかっていたようだ。一九七二年、きみの後任の影響でスコットランド共産党リース支局の正式な党員となった」

「それはあっぱれ」

「きみは謙虚すぎるな。誓って言うが、すべてきみがやったことだ。きみが立派な仕事を始め、後任が完成させたのだ。彼女を光へと導いたのは、まずもってきみの功績だと私は思う」

　マンディはただ首を振るが、牧師は一向に動じない。

「きみのマンデルバウム博士、ファーストネームはフーゴー、きみと同じ追放者であり、寄宿学校の心の師だが」牧師は両手の指先でノルマン建築のアーチを作って続ける。「彼は正確なところ、きみに何を教えた？」

「ドイツ語を」

「うむ。だがどういうドイツ語かな？」

「文学と言語そのものを」

「ほかには何もなかった？」

「ほかに何があるんです？」

「たとえば哲学は？　ヘーゲル、ヘルダー、マルクス、エンゲルスといった」

「まさか《ゴッド・ノー》！」

「なぜまさかなのかな？」牧師の半円形の眉毛が心からの関心を示して持ち上がる。

「哲学なんて学んでなかったからです。あの歳でやるわけがない。それを言えば、何歳だろうと。ましてドイツ語で。理解できるわけないでしょう。いまだって同じだ。サーシャに訊いてみるといい」マンディはそう言うと、手の甲を口元に持っていき、よく聞き取れない悪態をつく。

「ではこういうふうに訊こうか、テッド。あえて反論するが、つき合ってくれたまえ。マンデルバウム博士がきみに哲学を教えることは可能だった、そう言ってもいいかね？　もし彼がそれを望み、もしきみが早熟だったら」

「まあ——はっ！——そういうことなら、なんだって教えられたと思いますよ。だが事実、教えなかった。さっきの質問に、ぼくはノーと答えた。今度は仮定法で同じ質問をしているから、イエスと答えるべきなんでしょう」

　牧師はこれは傑作だと思ったようだ。「すなわち、われわれが言っているのはこういうことだ。マンデルバウム博士は、マルクス、エンゲルス、ほかのなんであれ、好きな思想できみを洗脳することが可能だった。そしてきみが学友や学校のほかの職員にぺらぺらしゃべらないかぎり、それをもっとも巧みにやってのけることができた」

「でもそんなことは起きなかったと言ってるんです。彼がぼくのまえでしたのは、一教師として合法的に——それを越えるものは何ひとつない——どことなく、ごくごく間接的に、革命をにおわせる空気を吸っていたことだけだ」そこでことばが出なくなり、また頭のマッサージを始める。

「テッド、親愛なるきみ《ディア・チャップ》」

「何？」

「いまやきみのものとなったこの職業は、現実世界で生きるものではない。たまに現実世界を訪れるだけだ。だが今回の場合、現実はわれわれの味方だ。マンデルバウムの一族はみな筋金入りの左翼でね。見事なものだ。三人はスペイン内戦時にテールマン旅団に加わって戦った。フーゴーの兄はコミンテルンに所属し、尽力の甲斐なくスターリンに絞首刑にされた。きみのつきあったフーゴー自身も一九三四年、ライプツィヒで共産党に加わり、下積みの活動を続けたのち、バース総合病院で他界した」

「だから？」

「サーシャの上司もまぬけではないということだ。きみはすでにひとり会っている。例の人のいい教授だ。あれこれ妙なところはあるかもしれないが、決して愚か者ではない。自分が——あるいはサーシャが——本物の魚を釣り上げようとしているのか、いずれ知りたがるだろう。そこで最初にやるのは、きみを裏返しにすることだ。そうして彼と、彼の無数の同僚たちが発見するものは、フーゴー・マンデルバウム博士に始まり、イルゼ、オクスフォード、サーシャを経て現在に綿々と続く、急進派の太く赤い線というわけだ。もちろんきみは共産党に入ったことはない。なぜ入らなければならない？　きみはキャリアを危険にさらしたくなかった。だがきみの教師は赤、最初のガールフレンドは現役の赤、きみはよき左派であるセントパンクラスの労働党のメンバー、左翼の家系の女性と結婚し、義父は五六年に脱党するまで本格的な同志だった。きみは奇跡だよ、ディア・ボーイ！　もしわれわれがきみを創造しなければならないとしたら、いまの半分も説得力がないだろう。きみは彼らにとって天の賜《たまもの》だ。もちろん——これは言っておかなければならない——われわれにとってもだがね」

参加者の全員が同意し、陽気な笑い声が起きるが、マンディだけは笑わない。やおら背筋を伸ばし、髪をかき上げて整え、その手をまたそっと机に戻す。そして微笑む、幸せな若者のように。徐々に家族のゲームのこつがわかってくる。挫折したもの書きも結局、挫折したのではなかった。マンディも彼らと同じ創造者だ。彼らと同様、現実を踏まえ、それを芸術の域に高めている。

「あなたがたはアヤーを忘れている」彼は咎めるように言う。

彼らは自信なさげに互いの顔をうかがう。アイア？　アイラ［アイルランド共和国のゲール語名］？　アイヤーのファイルはどこにある？

「インドに育ての親がいた」とマンディは続け、一部訂正する。「パキスタンに」

ああ、そのアヤーか。一同の顔に安堵が広がる。そう、もちろん。子守のことだね。

「彼女がどうした、テッド？」牧師が先をうながすように尋ねる。

「彼女の家族は国の分断のときに全員虐殺された。ぼくの父は分断をイギリスの植民地政策の誤りだと非難していた。彼女はマリーの通りで物乞いをしながら生涯を終えた」

今度は牧師と彼のクルーが納得する番だ。じつにすばらしい、テッド、と同意する。連中はまさにそういう泣かせる話が大好きなのだ！　アヤーはスターの座にのぼりつめる。ほどなく彼らはめいめい知恵を絞り、仮に〝初期の影響〟と名づけた項目のもと、互いにアイディアをぶつけ合って話の筋を立てる――労働階級の母から生まれ、貴族の息子として育った幼いマンディが社会的欺瞞であったこと。現地の農婦が養ってくれたが――彼女は太っていた、テッド？　最高だ、では風船のように太っていたことにしよう！――噂される彼の出自については何も語らなかったこと。そしてこのアヤーと呼ばれる恐ろしく太った農婦自身が――実の母親と同じ子守だった？　文句なしだ！――帝国主義の圧政の犠牲者だったこと。しかし会合のあと、彼らは、テッドがいなければとてもここまでたどり着けなかっただろうと口をそろえて言う。こうした繊細な味つけが、実際に感じられることと、ありきたりの作り話との大きな差を作り出すのだ。

「われわれはカルメル会の修道士だ」ディナーのあと、ふたりで敷地内を散歩しながら、エイモリーはこともなげにマンディに言う。「仕事の話をすることはできない。眼に見える昇進もない。ふつうの生活は二度と戻ってこない。妻たちはだめな男と結婚しているふりをしなければならず、実際にそう思っている場合もある。だが、軍師だのいかさま師だのがいなくなったあとで、ちがいを生みだすのがわれわれだ。そして、これまでの様子から見て、きみもまたその一員になる」

だが、マンディ一号と二号が寝室に引き上げたときに現れるマンディ三号は何者だろう？　ほかのふたりのどちらともちがう第三の人物、彼らが眠っているあいだもずっと眼覚めて横たわり、聞こえないはずの田舎の鐘の音を聞いている男は誰だろう？　彼はもの言わぬ傍観者だ。ふたりの顔なじみの活躍にも拍手を送らない聴衆のひとりだ。その男は、マンディが与えうるものをすべて与えてしまったあとに残った、彼の人生のありとあらゆる奇妙な断片でできている。

＊　＊　＊

若い夫の一日でこれほどの忙しさが続いたことがあっただろうか。トラファルガー・スクウェアにある英国文化振興会の本部に囚われて、スウィート・ドール・カンパニーの輝かしいツアーの報告書を書いていようが、あと四週間に迫ったプラハの国際ダンスフェスティバルの準備を進めていようが、サウス・エンド・グリーン・マタニティ・クリニックの父親教室に出るため家路を急いでいようが、学生の演出による『ペンザンスの海賊』の手伝いをしていようが、マンディはこれまでの人生でこれほど仕事に追いまわされ、かつ――こう言っていいものか――人の役に立ったことは断じてないと思う。

そして空いた時間ができようものなら、デズとそそくさと薪小屋に入り、ケイトを驚かそうと大急ぎで作っている赤ん坊の揺りかごに取りかかる。ケイトの母親のベスが、その上がけをかぎ針で編んでいる。デズは木目も色も信じられないほど美しいリンゴの木を見つけてきた。揺りかごはマンディの物的世界において、お守りと人生の目標の入り混じった神秘の品となった――ケイトのため、赤ん坊のため、すべてを正しい道に進ませるための。デズはいつもながら高邁な政治について語るのが好きだ。

「なあテッド、もしどうにかできるとして――あまりにも明らかなことは別にしてだ――あのマーガレット・サッチャーをどうしてやりたい？」

答えるべきでないのがマンディにはわかっている。答えるのはデズの仕事だ。

「わしがどうするかわかるか？」デズが訊く。

「教えてください」

「無人島にアーサー・スカーギルといっしょに送りこんで、仲よくなるまで放っておく」憎々しい炭鉱労働組合委員長との強制結婚に耐えるマーガレット・サッチャーを思い浮かべて、デズは笑いが止まらなくなり、揺りかごの製作が数分遅れる。

マンディはずっとデズが好きだった。が、先ごろのオクスフォード訪問から、ふたりの関係には新たなスパイスが加わっている。義理の息子が母なるロシアのもっとも従順な家臣に対してスパイ活動をおこなっていると知ったら、老いた元共産党員はどう反応するだろう。もしマンディに義父のことが少しでもわかっているとすれば、デズは儀式ばって帽子を脱ぎ、静かにマンディと握手するはずだ。

地平線に現れてきた興奮は赤ん坊だけではない。ほんの数日前、労働党は総選挙で大敗を喫し、ケイトはそれを組織内にもぐりこんだ戦闘派や過激派のせいだと考えている。愛する党を救うため、彼女は来る市議会選挙に公認候補として立ち、セントパンクラスの疫病であるトロツキスト、コミュニスト、隠れアナーキストと直接対決するつもりでいる。彼女がそれをマンディに打ち明けるのに三日かかる。マンディが不安にならないかと、彼女も不安なのだ。しかしケイトは彼の善意を見くびっていた。一週間とたたないうちに、マンディはセントパンクラスの公会堂の舞台にいちばん近い特別席に坐り、穏やかに立候補を宣言する彼女を応援している。簡潔で説得力のある彼女のことばは、マンディにサーシャを思い出させる。

英国文化振興会の人事部にいるマンディのやさしい理解者が、時間があるときに話があると言う。職員が帰宅しはじめる終業時はどうだろうと提案する。癇癪《かんしゃく》を起こさないと誓った人間のように両手で机を押さえつけ、彼女は慎重にはっきりと話す。明らかにリハーサルずみだ。

「執筆活動のほうはどう？」

「まあ、その、ぼつぼつといったところかな」

「小説を書いてるんでしょう？」

「そう、まあ、まだ途中だけれど」

雑談は終わり。彼女は息を吸う。

「このまえのツアーに係わる保安上の問題を解決するために、あなたがベルリンに残らなければならないと上司から言われたとき、わたしはさほど驚かなかった」――息継ぎ――「似たようなことはまえにもあったの。経験上、興味を抱かずにただやりすごすべきなのはわかっていた。でも――」

こういう議論に巻きこまれると思っていなかったマンディは〝でも〟を待つ。

「同じ上司から、あなたをプラハにやると知らされたとき、わたしは裏であなたが糸を引いているという結論に達した――いまではそれが事実でないとわかっているけれど。だから、わたしは協力しないことにした」――息継ぎ――「するとさらに上の人間から、言われたとおりにしろと指示された。そればかりか、今後あなたに関する指示には事実上すべて、質問などせずにしたがえと言われた。その指示があからさまに人事方針と矛盾し、過度に外部から注目されるものでないかぎりね」長い間《ま》。「よほど退職しようかと思ったけど、明らかにあなたは公共の利益にとって不可欠な仕事をしているわけだから、わたしとしては、この文化振興会の業務に対する、言わせてもらえば許しがたく耐えがたい干渉に律儀に協力するしかなかった」なるほど。それが言いたかったわけだ。「ひとつ質問していい？」

「もちろん」マンディはいつもの活力をすっかり失って言う。「なんでもどうぞ」

**〈すっとぼけろ〉**、とエイモリーからは強く言われていた。**〈彼女はざるのように情報をもらす。何ひとつ知る権限は与えられていない〉**。

「当然ながら、あなたは答えなくてもいい。同じくらい当然ながら、わたしもこんなことを訊くべきではない。あなたはトロイの木馬なの？」

「は？」

「わたしたちの組織に入ってきたときに、もう――どんなことばを使うのかもわからないわ――もし知っていたとしても使ってはいけないんでしょうけど――まあ、こういうふうに言えばいいかしら、彼らのためにあれこれ便宜を図っていたの？」

「いや、誰のためだろうと、そんなことはしていなかった」

「それで、そのあと起こったこと——明らかにわたしには知りようがないし、知りたくもない——は、偶然に起こったの？　それともあらかじめ計画して？」

「まったくの偶然だった」とマンディは口走る。頭を垂れて自分の両手を見つめている。「人生の珍事。万に一度の偶然。心の底から残念だ」

「起きなければよかったと——つらいならどうか答えないで——ひそかに思ってる？」

「ときどき思うよ」

「だったらわたしも残念よ、テッド。あなたに学位がないことを見て見ぬふりをして、手を貸したつもりでいたけど、かえってあなたを厄介ごとに巻きこんでしまったみたい。それでも、わたしたちはみんな同じ女王のために働いているのよね。ただあなたの場合には、彼女が知ることはない。でしょう？」

「だろうね」

「軒先だけを貸してるみたいで、わたしも嫌な気分。ただの無駄に思えるのよね。あなたは——もちろんわたしに話せないのはよくわかってる——どこか別のところで昇進することになるの？」

考えうるかぎりいちばん時間のかかるルートで帰宅しながら、マンディは国のために二重生活を送ることの代償が思いのほか高いことについて考える。人事部には好感を抱いている。彼女の善意も信じている。が、これからはそれなしでやっていかなければならないようだ。ふつうの生活は二度と戻ってこないと言ったエイモリーのことばの意味が、ようやくわかりはじめる。が、家に着くころには元気を取り戻している。

そもそもふつうの生活など誰が望む？

英国文化振興会人事部長からＥ・Ａ・マンディへの通知。〝親展、厳に本人のみ〟

プラハ国際ダンスフェスティバルへの参加準備として、五月九日より一六日まで、エディンバラ、マッカラ・ホールにおける芸術祭主催者会議への貴殿の参加が求められる由、連絡を受けた。旅費、宿泊費、食費等手当は主催者側が負担するとのこと。出張時の給与および有給休暇の扱いについては別途検討する。

「われわれは〝行状訓練〟と呼んでいる」とエイモリーが説明する。警備官のクリフが運転する黒いタクシーでハイドパークのまわりを走りながら、彼らはスモークサーモンのサンドイッチをもぐもぐやっている。「雨の日にプラハでお勧めする一〇のことだの、ひとりで道を渡るときに注意すべきことだのを教えてくれるわけだ」

「あんたも来るのか？」

「ダーリン、こんなときにきみを見放すと思うかね？」

ケイトはそれほど歓迎しない。「一週間もお祭りについて話すの？」と〝わたしが支持者の皆様に約束すること〟を作文する手を止めて驚く。「あなたたち芸術官僚は国連より性質《たち》が悪いわね！」

週なかばの午後、すがすがしい春の日、マンディがスコットランドに発つ前日のことだ。ケイトの正式な立候補通知が郵便受けに届く。彼女は文化振興会のマンディを呼び出す。声は完全に落ち着いているが、すぐに帰ってきてほしいと言う。マンディが打ち合わせを中座して急いで帰宅すると、玄関前の小径に彼女が顔色を失って、しかしとり乱さず立っている。その腕を取ってなだめながらポーチまで行くが、そこで彼女は柵を越えようとしない馬のようにぴたりと足を止める。右手の人差し指に歯のあとがつくほど、拳を口に押し当てている。

「彼らの邪魔をしたみたい。わたしが帰ってくるとは思ってなかったのよ。ほんとうなら一日じゅう授業があったはずだから」と抑揚のない声で言う。「女子生徒のひとりがリーズの奨学金取得試験で一位になったの。だから校長が六年生は午後お休みにすると言ってね」

マンディは彼女の体に腕をまわし、もっとしっかり抱き寄せる。「家に歩いて帰ってきた。門を開けたら、窓の奥に人影が見えた。リビングルームに」

「レースのカーテン越しに？」

「台所に入るドアを開け放して、そこを往ったり来たりしてた」

「ひとりじゃなかったのか」

「ふたり。もしかすると三人。軽かった」

「軽い人影？」

「軽々と歩いてた。彼女はわたしを見たわ。女よ。まだ若かった。ジャンプスーツみたいなのを着てた。そこでたぶん床に伏せて、台所に這《は》っていったのよ。裏庭に出るドアが開いてた」ケイトの描写はきわめて正確で、法廷での証言のようだ。「まだいるかと思って、家の裏に急いでまわったの。ワゴン車が走り去るところだった。もうかなり遠ざかっていて、ナンバーは読み取れなかった」

「どんなワゴン車だった？」

「緑色。うしろの窓は黒だった」

「ミラーは？」

「見なかった。ミラーがどうしたっていうの？　ちらっと見ただけなのよ、まったく。ミラーがどうだろうとワゴン車には変わりないわ」

「車体は古かった、それとも新しかった？」

「テッド、わたしを尋問するのはやめてくれる？　古いか新しいかはっきりわかってたら、そう言ってるわ。どちらでもなかった」

「警察はなんと言った？」

「ロンドン警視庁の捜査課につないでくれた。巡査部長が出てきて、何か盗まれたものはないかと訊くから、ないと答えた。来られるときにこちらに来るそうよ」

ふたりはリビングルームに入る。机はカムデン・タウンのペテン師からただ同然で買ったアンティークの両袖机だ。デズに言わせるとそうとうホットな品で、燃えださないのがおかしいくらいだ。平らな天板に模造革が張られ、両袖に抽斗がついている。左はマンディのもの、右はケイトのもの。マンディは自分の三段の抽斗を次々と開けていく。バン、バン、バン。

古いタイプ原稿。いくつかにはまだ出版社の断り状がついている。

いま考えている新しい劇に関するメモ。

〝ファイル〟と書かれたフォルダー。なかに入っているのは、彼の母親が少佐に宛てた手紙、少佐の軍法会議の議事録、勝利を祝うスタンホープ家の集合写真。

すべて動かされている。

動かされているが、乱されてはいない。ほとんど。

ほ、と、ん、ど、もとどおりの順序で、誰かが抽斗のなかに戻している。まるで最初から手を触れていないと見せかけるように。

ケイトが見ている。彼が何か言うのを待っている。

「見るとまずい？」

彼女は黙って首を振る。マンディは彼女のいちばん上の抽斗を開ける。ケイトの呼吸は荒い。気を失って倒れるのではないかとマンディは思う。だがちがう。彼女はそんな人間ではない。怒っているのだ。

「あの連中、上下を逆さに戻してるわ」と彼女は言う。

六年生の練習帳はいちばん下の抽斗、底がいちばん深いから、と切りつめた文で説明する。水曜までに直す宿題は、金曜までに直す宿題の上。だから生徒に色分けした練習帳を配ってるの。黄色なら水曜の生徒、赤なら金曜というふうに。あのこそ泥たち、それを全部逆にしていった。

「でもどうしてトロツキストの一味がきみの生徒の宿題に興味を示す？」マンディはもっともらしく指摘する。

「宿題なんて関係ない。労働党の資料を探してたのよ」

同じ日の夜一〇時に警察が来るが、あまり役に立たない。

「うちの家内が妊娠してるときに何をするか知ってます？」マンディが出した紅茶を飲みながら、巡査部長が尋ねる。ケイトは寝室で休んでいる。

「わかりません」

「トイレの石鹸を食うんですよ。隠しておかないと、ひと晩じゅう泡を吹いてる。それはさておき、黒いウィンドウつきの緑のワゴン車に乗ってる人間を片っ端から逮捕してもいいかもしれませんな、手始めに」

警官が車で去っていくのを見つめながら、マンディはひそかに、エイモリーから与えられた緊急用の電話番号にかけるべきだろうかと考える。しかしそれで何になる？あの巡査部長は鼻持ちならないやつだが、まちがってはいない。緑のワゴン車を持っている人間など掃いて捨てるほどいる。

ケイトは正しい。やったのはトロツキストだ。

あるいは、盗っ人の若者たちだ。ケイトに邪魔されたので、何も持ち去ることができなかった。

ふつうの生活で起こるふつうの事件だ。ふつうでないのは、おれだけだ。

# 第8章

「疲れてるのかい、テディ?」巨体で生姜色の頭をしたロウターがピルスナーのお代わりを注文しながら言う。

「いや、ちょっとくたびれただけだ、ロウター。末期的じゃない」マンディは打ち明ける。「今日はずいぶん踊ったから」とつけ加え、愛想笑いを振りまく。

「疲れてるけど、幸せなのよね」フラウ・ドクトル・バールがテーブルの上座からとりすまして言う。その隣にいる若く知的なホルストが同意する。

サーシャは何も言わない。ただ坐って顎に手を当て、中間距離を見つめて眉をひそめている。皮肉をこめてか、ベレー帽を目深にかぶっている。二度目の夜なので、マンディはテーブルの序列を心得ている。ロウターがサーシャの上。ブロンドの知識人ホルストがロウターの上。東ドイツ大使館からここプラハに来た、厳めしいフラウ・

ドクトル・バールが三人全員の上。そして彼ら四人がテッド・マンディの上に立つ。

プラハ国際ダンスフェスティバルの三日目が終わったところだ。一同は会議場である街はずれのホテルの地下のバーに坐っている。ソヴィエト式のガラスと鉄の怪物のような建物だが、地下はハプスブルク時代の再現をめざして、太い石柱と、騎士や乙女のフレスコ画で飾られている。なかなか立ち去らない客がほかのテーブルにもちらほらいて、数人の若い娘がストローでコーラを飲みながら、外国人の話し相手を捕まえようとしている。奥のほうでは中年のカップルが、変わらぬ穏やかな様子で、同じ紅茶をかれこれ三〇分かけて飲んでいる。

〈きみは尾行される。当然のことだ、エドワード。プロによる監視だから、重要なのは気づかないふりをすることだ。彼らはきみの部屋も調べる。よってあまりきれいにしておかないこと。でないと、相手に合わせてゲームをしていると思われてしまう。彼らのミスで眼が合ってしまったときには、あいまいな笑みを浮かべて、どこかのパーティで出くわしたのだと自分に言い聞かせるのがいちばんだ。もっとも説得力があるきみの武器は、何も知らないことだ。わかるかね？〉

わかるよ、ニック。

この七二時間、マンディは心底疲れきるまで坐って、剣舞、フォークダンス、民族舞踊、カントリーダンス、モリスダンスを見てきた。換気のない満員のバロック様式の劇場で、コサック人、グルジア人、ダブケを披露するパレスチナ人に手拍子を送り、白鳥の湖、コッペリア、くるみ割り人形の場面の数知れぬ上演に拍手してきた。半ダースほどの国別のテントを訪れて、生ぬるい白ワインを飲み、イギリスのテントでは、いつもの気のいい男たちや従順な妻たちと愉しく語らった。なかに丸眼鏡をかけた小太りの一等書記官がいて、かつてハロウ校で最初のバッツマン［クリケットの打者］だったがマンディに初球でアウトにされたことがあると言って、マンディの身元を確かめようとした。マンディはずっと、うまく鳴らないスピーカーシステムや、まちがった劇場に送られる背景幕や、ホテルで湯が出ないからと演技を拒否するスターたちに悩まされてきた。そしてその合間に、サーシャやその護衛たちに言い寄られ、不承不承つき合ってきた。昨晩は、街で開かれる内輪のパーティに誘われた。マンディが、面倒を見なければならない集団がいるのでと断ると、ロウターは、ナイトクラブはどうだと提案した。これもマンディは断った。

〈連中に冷や汗をかかせることだ、エドワード。彼らがプラハに来た唯一の目的は、きみのズボンに手を入れることだ。だがきみはそれを知らない。サーシャの旧友であること以外、きみは何も知らない。きみは混乱していて、不機嫌で、少々飲んで、孤独が好きだ。ある瞬間にはなれなれしく、次の瞬間には用心深い。サーシャが彼らに売りこんでいるきみはそういう男だ。そうあってほしいとサーシャは望んでいる〉。

エディンバラの行状訓練で、テッド・マンディの演技指導係であるニック・エイモリーが、演出家サーシャの指示をそう伝える。

ロウターはマンディを外に連れ出そうとする。フラウ・ドクトル・バールもそれを支援する。昨晩もそうだった。同じ時間に、同じテーブルについて、うんざりしながら気を遣い合う、同じぎこちない雰囲気に包まれた。飲みながら気分が沈んだときには、マンディはそっけなく応じる。気分が昂揚すると、半植民地主義の過去を大げさに語って一同を愉しませる。ひとりひそかに恥じるが、みんなに大受けするのは、アヤーの巨大な尻の話だ。マンディはイギリスのブルジョワ教育の恐怖を語り、彼に初めてものを考えさせたフーゴー・マンデルバウム博士の魔法の名前をうっかりもらすが、聞き手が追及することはない。もちろん追及するわけがない。彼らはスパイだ。

「ところで、イギリスの急速な右傾化についてどう思う、テッド？　ミセス・サッチャー印の好戦的な資本主義を多少なりとも警戒している？　それとも自由市場経済にごく自然に親しみを覚えるほうかな？」

あまりにも煩わしい質問であり、ロウターのおもねるような態度があまりにも鼻につくので、マンディはまっとうな答えを返したくない。

「右傾化なんて生やさしいものじゃないよ、きみ《オールド・ボーイ》。急な移行ですらない。店の看板を取り替えたのさ。起きたことはそれだ」

フラウ・ドクトル・バールのほうが陳腐な質問の扱いに長けている。「でももしアメリカが右寄りになり、イギリスもならい、西ヨーロッパじゅうで右派が勢力を伸ばしているのだとしたら、世界平和を考えるとちょっとぞっとしない？」

イギリス的なるものすべての専門家という幻想を抱いているホルストは、己の知識を開陳せずにはいられない。

「炭鉱の閉鎖は本物の革命につながるのかな、テディ？　三〇年代の饑餓《きが》行進が手のつけられない状況になったのと似たような流れで。いまのところイギリスの市井《しせい》の人々がどんな反応を見せているか、少し教えてくれないか?」

議論したところでどこにも行き着かない。みなそれは承知のうえだ。マンディがあくびをし、ロウターがもう一杯ずつ飲み物を頼もうとしているときに、びっくり箱のように、サーシャが知覚麻痺の状態から飛び出す。

「テディ」

「え?」

「こんなのはくだらない」

「何が?」

「自転車は持ってきたか?」

「持ってくるわけないだろう」

突然サーシャが立ち上がり、両手を広げて一同に訴える。「彼は自転車乗りなんです。知らなかった? 頭がおかしいやつで。この男が西ベルリンで何をしてたか知ってます? 街じゅう自転車で走りまわって、昔のナチスの建物にスプレーで落書きをして、豚どもから必死で逃げていた。こいつの面倒を見るために、ぼくもいっしょに行かざるをえなかった——この脚で自転車ですよ! 計画を立てたのはみんなテディです。こいつは天才だから。だろう、テディ？　忘れたふりをするつもりか？」

マンディは手を上げて苦笑を隠す。「忘れるもんか。馬鹿なことは言わないでくれ。あれがいちばん愉しい思い出だ」と請け合い、意図的な歴史の歪曲にあくまでつき合う。

〈サーシャにとっていちばんむずかしいのは、きみをひとりにすることだ〉、とエイモリーが言っている。〈彼も努力するが、きみも協力しなければならない。きみは落ち着きのない男だ、憶えているね？　つねに散歩し、公園を走りまわり、自転車に飛び乗りたいと思っている〉。

「テディ、明日ぼくとデートしよう」サーシャが興奮して告げる。「ホテルの外に三時。ベルリンでは夜走ったが、ここでは昼間だ」

「サーシャ。まったく。正直に言うが、ぼくは神経過敏な六人のイギリス人アーティストの面倒を見なきゃならないんだ。三時だろうと何時だろうと出られるわけがない。わかってるだろう？」

「アーティストは放っておいても死なないさ。われわれはちがう。街を出るんだ、ふたりきりで。ぼくは自転車を盗んでくるから、きみはウィスキーを持ってきてくれ。

神と世界について話そう、昔を思い出して。行けるとも」

「サーシャ――頼むから」

「なんだ?」

マンディはもはや懇願している。テーブルで笑っていないのは彼だけだ。「午後はずっとモダンバレエがある。夕方はイギリス大使館のパーティ。いかれたダンサーは四六時中。ぜったいに――」

「きみは例によってろくでなし《アースホール》だ。モダンバレエなどお高くとまったくそだ。放っておけ。女王の仕事には間に合うように連れ帰ってやるから。議論はなし」

サーシャは一同を味方に引き入れている。フラウ・ドクトル・バールは大きな祝福の笑みを浮かべ、ロウターはくすくす笑い、ホルストはいっしょに行きたいと言うが、ロウターがやさしいおじのように指を振って、いろいろ苦労したんだからふたりで行かせてやろうと言う。

〈そして自転車のすばらしいところは、エドワード、尾行するのが恐ろしくむずかしいことだ。

ホテルの部屋は聖域ではない、エドワード。ガラスの箱だ。彼らがきみを監視し、きみのものを探り、声を聞き、においを嗅ぐ場所だ〉。

結婚も聖域ではない。少なくとも、英国文化振興会の過去の人、隠れた急進派、芸術官僚の底辺にうごめく恨みがましい作家崩れにとっては。ケイトにかける電話にもおのずとそれが反映する。朝いちばんで彼はホテルのフロントに出向いて、たいそうな申込書に記入した——外国の相手先番号、相手の名前、国際通話の目的、通話希望時間。事実上、国際通話の内容をすべて知らせるようなものだ。馬鹿げているにもほどがあるとマンディは思う。どうせすべて盗聴していて、話が妙な方向に進んだら切断するつもりなのだから。ベッドに坐って背を丸め、傍らの電話が鳴るのを待っていると、いつしか体が震えている。ついに鳴った電話はあまりにけたたましく、こいつはベッドから飛びおりて自殺するつもりではないかとマンディは想像する。受話器を耳に当てて話しながら、自分の声がいつもより高くゆっくりであることに気づく。ケイトもやはり気づいて、具合が悪いのではないかと尋ねる。

「いや、大丈夫、ほんとうに。ちょっと踊りすぎただけだ。ミランダが相変わらずひどい女でね」

ミランダは彼の上司、地域統括者だ。マンディは赤ん坊はどうだと訊く。お腹を蹴ってるわと彼女は言う。すごく勢いよく。いつか彼はドンカスターのサッカー代表選手になるんじゃないかしら。いつか彼女は、とマンディは覇気のない声で言うが、本人同様、ジョークも生彩を欠く。セントパンクラス劇場の王や女王はどうしてる？　と彼は尋ねる。みんな元気よ、ありがとう、とケイトはマンディの沈んだ雰囲気に苛立ちながら答える。そちらで誰かすてきな人に出会った？　と棘《とげ》のある質問をする。何かおもしろいことをした？

　いや、別に。

**〈何があっても彼女にサーシャのことを言ってはならない〉**、とエイモリーが言う。**〈サーシャはきみだけの胸にしまっておくこと。恋い焦がれているかのように。ひとりじめしたいかのように。あるいは、すでに彼らの願いどおりのことを考えているかのように——壁を飛び越えて、彼らの仲間に加わりたいと〉**。

　マンディは電話を切り、机について両手で頭を抱える。彼は〝ああ、人生はひどすぎる〟を演じている——が、実際にそのとおりだ。彼はケイトを愛している。形をなしつつある家族を愛している。

こんなことをしているのは、まだ生まれぬわが子、まだ生まれぬほかの子供たちが夜安らかに眠れるようにするためだ、と心のなかの声がいっせいに言う。

ベッドに横になるが、眠れない。眠れるとも思っていない。

朝五時。元気を出せ。すぐそこの角を曲がれば希望がある。あと数時間もすれば、本日最初のバレリーナが、ドライヤーが動かないからといってチュチュを部屋から放り投げはじめる。

＊　＊　＊

マンディのために、サーシャはイギリスの警官が乗る特大級の黒い自転車――まっすぐに立つハンドルのまえに籠つき――を、自分のために同じ型の子供用を調達してきた。ふたりは並んで路面電車の線路のあいだを走り、街はずれの鉄道の駅まで来る。サーシャはベレー帽をかぶり、マンディは一張羅の上等のスーツの上にアノラックをはおって、ズボンの裾を靴下のなかに押しこんでいる。すばらしい日和《ひより》で、街は雄々しく、悩み疲れ、ハプスブルク家の栄華は陽光のなかで滅びつつある。車はほとんど走っていない。人々は用心深く歩き、互いに眼を合わさない。駅でふたりの友人は客車三輛のローカル線に乗る。自転車ごと車掌車に乗るとサーシャが言い張る。藁《わら》が牛の糞のにおいを放つ。サーシャは相変わらずベレー帽をかぶっている。上着のボタンをはずして、マンディに内ポケットに入ったテープレコーダーを見せる。マンディはわかったとうなずく。サーシャは他愛もないことをしゃべる。マンディもつき合う。ベルリン、女たち、昔のこと、昔の友人たち。列車は小さな駅が来るたびに停まる。あたりはすっかり田舎めいてくる。レコーダーは人の声に反応し、まわりが静かなときには録音表示のランプが消える。

名前を発音できない村で、ふたりは自転車をプラットフォームにおろす。マンディはほとんど惰性で走り、一方サーシャは力のかぎりペダルを漕いで、土の道をガタガタと進み、馬に牽かれた荷車や、赤い屋根の納屋が点在する平らな畑を通りすぎる。エンジンつきの三輪車かトラックだけがときおりふたりを追い越していく。道端に自転車を停め、サーシャが地図を確認する。高いモミの木の林をまっすぐに抜ける黄色い細道が、めざす経路だ。ふたりは一列になって走る。先を行くのはベレー帽のサーシャ。やがて彼らは開けた場所に出る。一面苔に覆われた採掘用の洞穴があばたのように並び、伐採された木と煉瓦家の残骸が散らばっている。ヒゲアヤメの大きな花が微風に揺れる。サーシャは自転車からおり、まわりにある土の山をのぼったりおりたりして、ちょうどいい場所を見つけると、草のなかに自転車を横たえ、マンディも同じことをするのを待つ。上着のなかに手を入れ、テープレコーダーを取り出してそのまま持っている。彼の無駄話に冷笑と苛立ちの刺々しさが加わる。

「つまりいまの境遇に満足してるんだな、テディ」とサーシャは言い、録音ランプがつくのを見つめる。「おめでとうと言うべきなんだろう。ローンで家を買い、妻がいて、間もなくプチブルがひとり生まれる。革命は残りのわれわれにまかす、闘ってくれというわけだ。そういう人間をみんなで軽蔑した時期もあった。だがいまやきみは彼らの仲間入りだ」

大根役者のマンディは合図を見逃さない。「それはフェアな言い方じゃない、サーシャ。わかってるだろう！」と憤って抗議する。

「だったらきみはどういう人間なんだ？」とサーシャは怯まずに問う。「一度でいいから、どういう人間でないかではなく、どういう人間なのかを説明してくれ」

「ぼくは昔からちっとも変わっていない」マンディは勢いこんで反論する。レコーダーの窓でテープが回っている。「あれから何か足されても引かれてもいない。見たままのものがいつも手に入るとはかぎらないさ。きみにしても、ぼくにしても、もっと言えば、きみのくそ共産党にしてもだ」

これはラジオ劇だ。マンディの台詞は下手な即興のようにしか聞こえないと本人は思うが、サーシャは満足しているように見える。録音ランプが消え、テープが止まる。が、念のためサーシャはそれを取り出してポケットに入れ、レコーダーはまた別のポケットに入れる。そこで初めてベレー帽を脱ぎ、思いの丈を吐き出すように大声で「テ、テ、テディ！」と叫び、両手を広げて段ちがいの抱擁を交わす。

エディンバラの行状訓練の規律にしたがうなら、マンディはこの日の話題に入るまえに、現場エージェントにいくつものお定まりの質問をしなければならない。生来素養のあるマンディの頭にはそれらが次々と浮かぶ。

〈この会合の名目は？

邪魔が入ったときの撤退方法は？

差し迫った心配ごとがあるのか？

次に会うのはいつだ？

いまは安全なのか、それともまわりに知った顔がいるか、彼らはここまで尾《つ》けてきたのか？〉

だが、〈行状訓練などどうともなれだ。検閲なしのサーシャの独白は、そうした俗世の気配りなど脇へ追いやってしまう。サーシャはこぶだらけの空き地の先を睨みつけるが、何も見ていない。告白と暴露が、怒りと絶望の奔流となって彼からあふれ出す。

「きみが西ベルリンから追放されたあと、ぼくは完全な暗闇のなかに入った。少々車を燃やし、窓を割ったからといって何になる？　われわれの運動の原動力は、抑圧された階級の意思ではなく、富める者のリベラルな罪悪感だった。自分ひとりの混乱のなかで、残されたみじめな選択肢について考えた。アナーキストの著作家によれば、世界の闘争は創造的な混沌へとつながらなければならない。その混沌を知的に活用すれば、自由社会が生まれる。だが自分自身について考えたとき、創造的混沌の前提条件は備わっていないと認めざるをえなかった。そこには知的活用者もいなかった。混沌は前段階に力の真空を必要とするが、あらゆるところでブルジョワの力が増していて、同じことがアメリカの軍事力にも言えた。西ドイツは、避けられそうにない世界戦争におけるアメリカの武器庫であり、卑屈な同盟者だった。知的活用者について言えば、彼らは金を儲け、メルセデス車を運転するのに忙しすぎて、せっかくわれわれが作り出した機会を活用するどころではなかった。同じころ、ヘル・パストルがシュレスヴィヒ・ホルシュタインのファシスト的エリート集団で出世し、影響力を発揮するようになった。説教壇での政治から、似非リベラルの選挙政治へと移行していたんだ。地下の右派社会に加わり、きわめて選別の厳しいフリーメイソン的な会の一員として受け入れられた。彼をボンの議会に送りこもうという話まであった。その成功がぼくのファシスト嫌いに火をつけた。あのアメリカに吹きこまれた〝富の神〟崇拝を思うと、まともな判断ができなくなるほど腹が立った。もしアメリカに牛耳られた西ドイツに残ったとしたら、自分の未来は妥協と欲求不満の砂漠になると思った。

よりよい世界を築くのであれば、どこに眼を向けるべきかと自問した。誰の行動を支持すべきか。果てしなく続く資本主義的帝国主義者の暴力的な行進に、どう歯止めをかけるべきか。ぼくにルター派の呪いがかかっているのは知ってるだろう。ぼくにとって行動なき信念はなんの意味も持たない。だがその信念とは？　どうやってそれを見出す？　その信念にしたがうべきだということがどうしてわかる？　そもそもれを心のなかに見出すべきなのか、論理のなかに見出すべきなのか。かならずどちらか一方に信念があり、他方にないとしたら？　そうしてぼくは、よき友マンディの例について考えるのに長い時間を費やした。きみはぼくにとって美徳の象徴となった。想像してみてくれ。きみ同様、ぼくも意識的に何かを信じてはいない。だが行動すれば、信念はかならずあとからついてくる。そうなれば、行動したがゆえに信じることができる。信念とはそうして生まれるものだと思った。熟考によってではなく、行動によってね。やってみる価値はあった。どんなことでも停滞よりはましだ。きみは報いられることなどこれっぽっちも考えずに、ぼくのために身を投げ出した。ぼくの誘惑者たちは――きみもひとりに会っている――じつに賢明で、あのときと同じ条件で心に訴えてきた。ありきたりの勧誘ではこちらは説得されない。だが、彼らは長く険しい道を示し、その先にたったひとつ輝く光を見せた。そしてヘル・パストルの偽善を暴く機会を投げ与えた。つまるところ、ぼくもきみの話を聞くべきなんだろうな」

サーシャはこぶの上からおり、ふぞろいの奇妙な足どりでまわりを苛立たしげに歩いている。自転車をまたぎ、話しながら空いた両手を振り、まるで離れなくなったかのように両肘を体の脇にぴたりとつけている。そうして西ベルリンのアパートメントでの秘密会合、東側の隠れ家をめざしたひそかな国境越え、大決断に至らんともがきながら、孤独に失われていったクロイツベルクの屋根裏での週末、いつしかいなくなり、物質主義の開かれた牢獄に永遠に閉じこめられた昔の同志たちを描写する。

「幾日ものあいだ、昼も夜も考え抜き、疲れ知らずで愚鈍からほど遠い誘惑者たちの助けを得て――もちろん上等のウォッカ数本もついてきた――ぼくは自分のジレンマをふたつの単純な質問に集約した。きみ宛ての手紙に書いただろう。質問一、われわれの階級の究極の敵は誰か？　答え、ためらうことなく、アメリカの軍事および企業帝国主義だ。質問二、現実問題としてこの敵にどう対抗するか？　敵を滅ぼすために敵自体に頼るべきか？　だがそれでは敵が先に世界を滅ぼしてしまう。あるいは、国際的共産主義のよからぬ傾向にあえて眼をつぶり、欠点こそあれ、勝利をもたらすことができる唯一の偉大なる社会主義運動に与《くみ》すべきか？」長い沈黙ができる。マンディはそれを破りたいとは思わない。サーシャが指摘するように、理論は彼の得意とするところではない。「どうしてぼくの名前がサーシャなのか知ってるか？」

「知らない」

「ロシア語のアレクサンドルの略称だからだ。ヘル・パストルは、ぼくを西に連れてきたとき、世間体を気にして改めてアレキサンダーと名づけようとした。ぼくは拒否した。サーシャという名を保つことによって、心はまだ東にあるとみずからに示すことができた。そしてある夜、誘惑者たちと何時間も議論したあとで、今度は自分の足で同じことを示すことに同意した」

「教授のことか?」

「彼もそのひとりだ」とサーシャは認める。

「彼は何の教授なんだ?」

「腐敗の」サーシャはすぐに答える。

「どうして彼らはきみに執着した?」訊いているのはエイモリーではない。自分たちがどうしてここにいるのかを知りたいマンディだ。「どうしてきみがそんなに重要だったんだ? サーシャのためになぜそこまでした?」

「ぼくが彼らに訊かなかったと思うか?」また態度が暗転する。「つまらない国境をひとつ越えれば、世界のすべてを引き受けることになる。そんなことを信じるほどうぬぼれた人間だと思っているのか? 最初、彼らはぼくをおだてた。きみほど優秀な知識人を獲得するのは、進歩をもたらす勢力の精神的勝利であると。ぼくは、くだらないと言ってやった。自分は西ドイツの主要大学に受け入れられるはずもなかった、左翼のしがない学生だ。誰にとっても勝利にはなりえないと。すると彼らは顔を赤らめて、小さな秘密を打ち明けた。ぼくの亡命は、シュレスヴィヒ・ホルシュタインで影響力を強めつつあるヘル・パストルと、彼の仲間であるファシストの陰謀者たちによる反革命的活動に、一撃を加えることになるというのだ。教会をつうじて何百万米ドルという金がドイツ北部の反共産主義活動家に流れている。地元の新聞、ラジオ、テレビには、資本主義的破壊分子やスパイが浸透しつつある。ヘル・パストルのひとり息子が自由意思で、公然と民主主義の母国へ戻るなら、帝国主義的破壊分子は打撃を受け、ヘル・パストルの立場は弱まる。CIAが秘密裡《り》におこなっている、西ドイツの反革命陣営への資金援助すら中止になるかもしれない。きみには正直に認めるが、この議論にいちばん心を動かされたよ」サーシャはふいに立ち止まり、懇願するような眼をマンディにひたと向ける。「この地上でぼくがこんな話を打ち明けることのできる相手は、きみ以外にいない。わかってるね？　残りの人間はみな、ひとりの例外もなく、嘘つきで、詐欺師で、密告者で、永遠の二枚舌だ。このぼくのように」

「ああ、わかってると思う」

「GDR［ドイツ民主共和国］で温かい歓迎を期待するほど、ぼくも愚かではなかった。われわれ家族は一度国から逃げ出す罪を犯していたわけだし。誘惑者たちはぼくが確信を欠くコミュニストであることを知っていた。だからみじめな再教育期間があるだろうことは覚悟していた――心の準備をさせられた。そのあとどんな未来が開けるかは、時間のみが解決しうる問題だった。もっともうまくいけば、偉大なる反資本主義闘争で名誉ある地位を占める。もっともひどければ、おそらく集団農場でルソー的生活を送る。なぜ笑ってる？」

マンディは笑っていない。が、サーシャにまつわる冗談は悪趣味であることをしばし忘れて、わずかならばと笑みをもらす。「きみが牛の乳搾りをしているところを想像できないだけさ。たとえ集団農場だろうと」

「それは重要ではない。重要なのはただひとつ、残る生涯悔やむほどの不埒《ふらち》な狂気に駆られ、フリードリヒ通り駅まで列車に乗って、誘惑者たちの助言どおり、東ドイツの国境警備官にこの身をあずけたことだけだ」

サーシャは話をやめる。祈りの時間。繊細な両手が互いに相手を見つけ、顎の下でぴたりと合わされる。敬虔な視線は空き地を離れ、あてどなく上方に向けられる。

「淫売だ」彼はつぶやく。

「国境警備官が?」

「亡命者がだ。われわれみんなだ。われわれは肉体を持っているが、手から手へと渡され、使われる。手口が知られ、盛りをすぎると、ゴミの山に放り投げられる。到着して最初の数週間は、ポツダム郊外の快適なアパートメントをあてがわれ、それまでの人生、東ドイツですごした子供時代の記憶、ヘル・パストルがソヴィエト連邦の収容所から帰還したときのことなど、立ち入ってはいるが穏やかな質問をされた」

「教授にか?」

「部下たちもいた。彼らに求められて、ヘル・パストルの取り巻きのファシストと陰謀者に最大限の衝撃を与える、情熱的な声明文を書き上げた。これには大きな満足を覚えたよ。現代の真実に直面したアナーキズムの不毛と、GDRの懐へと戻ってきたかぎりない喜びを高らかに宣言した。〝アナーキズムは破壊するが、コミュニズムは建設する〟と書いた。確信には至らないが、希望だった。だがとにかく行動は起こした。信念はあとからついてくる。キリストの使者のふりをしてアメリカのスパイ組織のリーダーたちからユダの金を受け取っている、西ドイツのルター派の活動家を軽蔑するとも書いた。ぼくの声明文は西側のメディアに広く取り上げられたと彼らは請け合った。ウォルフガンク教授に至っては、世界的なセンセーションを巻き起こしたとまで言ったが、そのことを証明するものは見せられなかった。

こちらに来るまえ、ぼくは東ドイツに入るなり国際記者会見を開く機会を与えられると説得された。やはり彼らの要求にしたがい、その状況においてもっとも幸せで満ち足りた表情を作って写真に収まった。過ちを犯した息子が社会主義者のルーツに立ち戻った、眼に見える証拠として、ぼくが育ったライプツィヒのアパートメント・ハウスの階段で写真が撮られた。だがいつまで待っても記者会見は開かれず、めったにアパートメントにやってこない教授にいつになると尋ねたところ、ことばを濁した。記者会見にはタイミングがある、と彼は言った。おそらく絶好のタイミングはすぎてしまい、声明文と写真で用が足りたのだろう。ぼくは再度尋ねた。声明文はどこに載ったんです？　教えてください。《シュピーゲル》に？　それとも《シュテルン》？《ヴェルト》？　《ターゲスシュピーゲル》？　《ベルリナー・モルゲンポスト》？

彼は、私は反革命的情報操作の研究家ではない、少しことばを慎みたまえ、とぶっきらぼうに答えた。そこでぼくは言った。西ドイツと西ベルリンのラジオのニュースを毎日聞いているが――それは事実だった――自分の亡命についてたったひと言でも流れたことがないと。教授は、きみがあえてファシスト的プロパガンダに没頭するつもりなら、マルクス・レーニン主義を正しく理解することなどなさそうだと応じた。

一週間後、ぼくはポーランドとの国境に近い片田舎の警備厳重な収容所に移された。そこは地獄の辺土だった。政治的に行き場のない人間の避難所でもあり、刑務所、取調所でもあった。しかし何より、人が忘れ去られるために送られる場所だった。われわれはそこを〝白いホテル《ヴァイセス・ホテル》〟と呼んだ。快適さを評価する星はあまりやれないな。Uボートと呼ばれる東ドイツの刑務所について聞いたことがあるか、テディ？」

「たぶんない」マンディはとうの昔に、サーシャの気分の変化で驚くことをやめていた。

「Uボートはわれらが東ドイツで崇敬される自慢の収容所だ。白いホテルにいた三人の客がそこの設備について熱心に語ってくれた。正式名称は、東ベルリン・ホーヘンシェーンハウゼン刑務所。一九四五年に気配りこまやかなソヴィエト秘密警察が建てたものだ。収容者の気を引き締めるために、房のなかでは横になれず、立つしかない構造になっている。清潔を保つために、房内は収容者の胸の位置まで冷たい水で満たされ、彼らを愉しませるために、頭にしみ入る音がスピーカーからさまざまな音量で流される。

マンディは赤い牛《ローテス・リント》についても聞いたことがない。

「赤い牛は古の街ハレにある。Uボートの姉妹施設だ。そこの使命は、政治不満分子に建設的な治療をおこない、党に対する意識をふたたび高めること。東プロイセンのわれらが白いホテルにも、誇らしいことに、そこの卒業者が数名いた。記憶に残っているひとりは音楽家だった。彼はあまりにも意識を高められて、スプーンで食べ物を口に持っていくことすらできなかった。白いホテルで数か月すごしたあと、ドイツ民主主義の楽園の本質についてぼくが最後まで抱いていた見当ちがいの幻想は、一点の曇りもなく、強制的に消し去られたと考えてもらっていい。ぼくはあの化け物みたいな官僚組織、ろくに隠そうともしていないファシズムを、ひそかな情熱をもって忌み嫌うようになった。と、ある日、なんの説明もなく、身のまわりのものをまとめて衛兵所に顔を出せと命じられた。かならずしも模範的な客でなかったことは認める。説明のつかない孤独、己の終わりなき存在、ほかの抑留者から聞いた恐ろしい話——それらは自分の態度にいい影響を及ぼしていなかった。政治だの、哲学だの、性だのといった脈絡のない話題のすべてについて、こちらの意見を求める退屈な尋問もだ。お偉いホテルの支配人に、これからどこへ連れていくのだと尋ねると、〝おまえにその汚い口を閉じることを教える場所だ〟と言われた。建築業者のワゴン車に据えつけられた檻に入れられ、五時間車で走っても、先のことに対する心の準備はできなかった」

サーシャはまっすぐ前方を見すえ、急に糸をゆるめられた操り人形のように、マンディの隣の草の斜面にどさっと腰をおろした。

「テディ、このまぬけ」と囁いた。「さっさとウィスキーを飲もうじゃないか！」

マンディはウィスキーのことなどすっかり忘れていた。アノラックの奥のポケットから父親の白鑞のフラスクを見つけ出し、まずサーシャに渡し、それからまた受け取って、一気にあおる。サーシャはまた語りはじめる。怯えているような表情だ。友人の尊敬を失うことを怖れているように見える。

「ウォルフガンク教授の家にはきれいな庭がある」とサーシャはいきなり言う。ひょろっとした両膝を引き寄せ、両腕で抱える。「ポツダムは美しい街だ。ホーエンツォレルン家が役人を住まわせるのに使った、古いプロイセン建築の家々を見たことがあるか?」

あるかもしれないが、ワイマールから来たバスのなかから眺めただけだ。そのときマンディは、一九世紀の建築に関心を示すどころではなかった。

「あたり一面のバラだ。われわれは彼の庭に出て坐った。紅茶とケーキ、最高級のオプストラー[果実酒]が出てきた。彼はぼくを見捨てたことを謝り、ぼくが緊張を強いられる状況で立派にふるまったことを褒めた。尋問官のまえで見事に己の無実を証明して見せたと言った。彼らはぼくの誠実さを高く評価していたと。尋問官にくそくらえと言ってやったことが一度ならずあったから、いったいこの話はどこへ行き着くのだろうと思った。想像できるだろう? 彼は、長旅のあとで風呂に浸かりたいのではないかなと訊いた。ぼくは、これまで犬のような扱いを受けていたから、川に飛びこんだほうがいいかもしれないと答えた。ユーモアのセンスは父親譲りなのだなと彼は言った。だからぼくは、それでは褒めることにならない、ヘル・パストルはろくでなしで、これまで彼が笑うところなど見たことがないと答えた。

〝彼を誤解しているよ、サーシャ。きみの父上にユーモアのセンスがあることは有名だ〟と彼は言った。〝ただ、外には出さない。人生における最上のジョークは、ひとりでいるときに笑えるものだ。そう思わないかね？〟

思わなかった。何の話をしているのかわからなかったので、そう言った。すると彼は、これまで母のためにというだけでも、父といがみ合うのをやめようと思ったことはなかったかと尋ねた。ぼくはこれまでの人生でそんな考えが浮かんだことは一度もなかったと答えた。ヘル・パストルにわが子に愛される資格などないと確信していた。むしろあの男は——とぼくは言った——社会の日和見主義、反動主義、政治的無道徳性のすべてを体現している。そのころには、すでに教授は、ぼくを知的議論で感心させようとするのをやめていた。マルキストとしての信念に照らして、いつ東ドイツが衰退して、真の社会主義国家が生まれると思うかとこちらが尋ねると、モスクワの模範解答を返してきた。社会主義革命が反動勢力の脅威にさらされているうちは、そういった可能性はまだ遠いとね」サーシャは短く刈った黒髪に手を当てる。そこにベレー帽がないことを確認するかのように。「だがぼくの興味を惹いたのは、もはやそういった話題ではなく、彼の態度だった。そこで仄めかされるもの——端的には、オプストラーや、庭や、礼儀正しい会話で惜しみなく示される好意——によって、自分は正式に彼の部下になったことを、こうと定義できないまでもさまざまな方法で感じた。ふたりのあいだには絆《きずな》があった。ぼくにはわからないが、彼にはわかっている、家族の絆のようなものが。頭が混乱し、この主人はホモであり、自分に言い寄ってくるのではないかとまで考えた。ヘル・パストルに対する謎めいた寛容も、その線で解釈した。子としての感情に踏み入ることで、暗に父親代わりになろうと申し出ているのだ、最終的には保護者に、愛人になろうと言っているのだと。その疑惑は的はずれだった。教授の親密さの真の意図は、それよりはるかに恐ろしいものだった」

話が止まる。息が切れたのか――それとも勇気が？　マンディはひと言も差しはさむことができない。しかし沈黙には慰めがあったにちがいなく、サーシャは徐々に立ち直る。

「やがて庭のなかでの会話で唯一重要な話題は、ヘル・パストルだったことが明らかになる。白いホテルでは、アルコールには手を出さなかった。一度だけシャトー・ムーンシャイン［密造酒］を飲んだことがあるが、危うく死にかけた。ところが教授は上等のオプストラーをしきりに勧め、同時にヘル・パストルについて曰《いわ》くありげな質問をする。尊敬しているような口調ですらあった。ぼくの父のこまかい習慣まで訊いてきた。彼は酒を飲んだかね？　どうしてぼくにわかります？　もう二〇年近く会っていないのに。家で政治について語ることがあったかね？　たとえば、あちらに逃げるまえ、ここGDRにいたときに。あるいはそのあと、アメリカで教化されて西ドイツに帰ってきてから。彼と気の毒なお母さんが言い争うことはあったかね？　同僚の細君と寝るとか、ほかに女はいなかった？　ドラッグをやったり、娼館にかよったり、馬に賭けたりした？　知りもしない父親のことで、どうして教授の尋問を受けなければならなかったのか」

もうヘル・パストルではない、とマンディは気づく。ぼくの父だ。サーシャは完全に無防備になった。概念ではなく、人としての父親と向き合わなくてはならない。

「夕暮れになり、われわれは家のなかに入った。調度はかならずしもプロレタリアふうではなかった――帝国ふうの家具、上品な絵画、すべてが最高級だった。〝愚か者は不愉快を忍べばいい〟と彼は言った。〝それ相応の仕事をした者が小さな贅沢を味わうことを『共産党宣言』はなんら禁じていない。どうして悪魔だけが最高のスーツをひとり占めしなければならない？〟華麗な天井のダイニングルームで、われわれは従順な使用人が運んでくるローストチキンを食べ、西洋のワインを飲んだ。使用人が下がると、教授はぼくを応接間に案内し、ソファの彼の隣に坐るようながした。即座に彼の性的嗜好に関する恐怖が甦った。彼は、これからぼくに打ち明けなければならないことは極秘中の極秘であり、家のなかに盗聴マイクが仕掛けられていないか定期的に調べてはいるが、会話を一語たりとも家の者に聞かれるわけにはいかないと言った。そして、話し終えるまで完全に黙って聞くこと、どんなコメントがあろうと口にしないでほしいとつけ加えた。ぼくは彼の言ったことばをそのまま伝えることができる。記憶に刻みこまれているからだ。

〝すでにきみ自身も結論に至っているだろうが、国家保安部門にいる私の同僚のあいだでは、きみに対する見解が分かれている。だからきみの扱いには残念な齟齬《そご》が生じた。ふたつのチームが蹴り合うサッカーボールになってしまったことについては、私個人として謝罪する。だが安心してほしい。今後きみの身に危害が及ぶことはない。これからひとつ質問をするが、答えてもらうまでもないものだ。きみはどちらの父親を選ぶ？　反革命的活動家に迎合する政治的変節者《ヴェンデハルス》、聖職者もどき、腐った偽善者か、それとも、理想に身を捧げ、革命の大義とレーニン主義の高邁な精神に傾倒するあまり、ひとり息子の軽蔑を買うことすら覚悟している男か？　答えは明白だ、サーシャ、だから言ってもらう必要はない。さて、第二の質問をしよう。もしそのような男が、神意によりソヴィエト連邦で収監された日から、党機関に選び出されて崇高な自己犠牲の人生を送ることとなり、敵の前線からはるか離れた地で死の床についているとしたら、きみは彼のたったひとりの愛息として、今際の際に慰めを与えたいと思うかね、それとも、彼が人生を賭《と》してその陰謀を粉砕しようとしてきた敵の手にあずけたままにしておくかね？〟教授はぼくに沈黙を命じるまでもなかった。話そうにも話せなかったからだ。ぼくはただ坐って、彼を見つめた。忘我の境地で、彼がぼくの父を四〇年来知っていて、親友でもあるという話を聞いた。父の手から剣が落ちたとき、ぼくがＧＤＲに戻ってそれを拾うことが、昔から父の何よりの願いだったと教授は言った」

　サーシャはことばを切った。懇願するように眼が見開かれた。「四〇年だぞ」と信じられないようにくり返した。「その意味がわかるか、テディ？　彼らはふたりいっしょにナチスにいたときからの知り合いだったんだ」声に力が戻った。「父を滅ぼせるのではないかと期待してＧＤＲに来たこと、よっていまさら彼に媚びろと言われたのが驚きだったことは教授には言わなかった。白いホテルで妥協しなかった経験から、自分の感情を隠すことを学びつつあったのかもしれない。父は長いことGDRで死にたいと望んでいたが、使命の重大さゆえに最後まであちらに残らざるをえなかったと教授が説明したときにも、ぼくは何も言わなかった」そしてまた教授の声で話しはじめた。「〝最愛の父上の人生でもっとも喜ばしかったことは、きみがアナーキズムを放棄し、社会の革新と正義を押し進める党を受け入れたというあの声明文だ〟」サーシャは束の間眠ったかに見えるが、はっと眼を見開き、また教授になる。「〝愛する息子が自分の昔のアパートメントの階段に立っている写真を見て、どれほど喜んだことか。信頼できる仲介者がそれを見せると、彼は心から感動していた。きみをこっそりあちらに連れ出し、枕元で父上の手を握ってもらうというのが、本人の、そして私の望みだったのだが、保安上の観点から首脳部はためらいながらもこれを認めなかった。妥協案として、父上の人生が終わるまえに、その真実の姿をきみに伝えること、きみから彼宛てに心のこもった適切な内容の手紙を書くことが合意された。下手《したて》に出てなだめる調子で父上の赦しを乞い、彼の揺るぎなきイデオロギーに敬意と称賛を捧げてくれたまえ。そのくらいしてやらなければ、逝くのもつらかろう〟

応接間から書斎の机のまえまでどう歩いていったのか憶えていない。そこで便箋とペンを渡された。吐き気をもよおしそうな秘密を同時にいくつも暴露され、頭がふらふらした。ソヴィエト連邦で収監された日から——これがぼくにとってどんな意味を持ったかわかるか？　要するに、ロシアの収容所に到着したその日から、ぼくの父は裏切り者になり、共産党の政治委員の庇護下に入ったということだ。彼らは将来、東ドイツの国家保安省《シュタージ》で使うために父をスパイとして雇い、訓練した。父がＧＤＲに戻り、ライプツィヒで聖職者として名を成すと、グループ内で反動傾向のあるメンバーは、みな彼がプロの密告者だとはつゆ知らず、胸の内を打ち明けたいという誘惑に屈しただろう。このときまで、ぼくは父の基礎を形作った深淵《しんえん》にみずから飛びこんだと信じていた。なのに、ただ幻の幸福感に浸っていたことがわかったのだ。共産主義の大義に己の運命を賭けた決定のばかばかしさと正面切って向かい合う瞬間があったとすれば、まさにこのときだった。報復したいという願望が生まれた瞬間があったとすれば、このときがそれだった。怒りと憎悪で心中ひそかに涙を流しながら、どんなへつらいと敬愛のことばを書き連ねたか憶えていない。教授が慰めるようにぼくの肩に手を置き、これでぼくは重要な国家機密を知る者になった、と言ったのは憶えている。よって党としては、ぼくを無期限で白いホテルに戻すか、平職員として国家保安省に迎え入れ、行動を常時監視するかの選択を迫られていた。短期的には、西ベルリンの崩壊しつつあるアナーキストや毛沢東主義者のグループにくわしい人間として、一時的な価値が認められる。より長期的には、ぼくが献身的な国家保安機関員《チェキスト》になろうと決意し、陰謀に秀でた父の才能を受け継いで、父の足跡をたどることを、教授は願っていた。それがぼくに対する教授の野望だった。父のもっとも忠実な友であり、工作指揮官《コントローラー》として、教授みずから錚々《そうそう》たる同志たちに力説した行動計画がそれだった。

〝私が正しかったと彼らに示せるかどうか、あとはきみ次第だ、サーシャ〟と彼は言った。国家保安省での将来の道は長く厳しい。それがどの程度のものになるかは、ぼくがいかにこの気分屋の性格を抑え、党の意向にしたがうかによる。彼の最後のことばは何より唾棄《だき》すべきものだった。〝つねに憶えておきなさい、サーシャ。いまからきみは同志教授の最愛の息子だ〟」

これで話は終わりだろうか？　当面、そのようだ。いつもながら気紛れなサーシャが腕時計を見て、驚きの声とともに飛び上がっているから。「テディ、急がないと。彼らは時間を無駄にしない」「なんのことだ？」今度はマンディが途方に暮れる。

「ぼくはきみを誘惑しなければならない。平和と進歩という大義のためにきみを確保しなければならない。いますぐにということではないが。ぼくはきみに拒否できない申し出をおこない、きみはその申し出を断るが、明らかにためらっている。そして今晩、きみは機嫌が悪い。そういう段取りでいいね？」

　そう、今晩、おれは機嫌が悪いという段取りだ。

「少々酔っ払いもする」

　少々酔っ払う。しかし、見た目ほど酔いはしない。

　サーシャはポケットからテープレコーダーを取り出す。新しいカセットも出して、警告するためにマンディの顔のまえで振ってみせる。レコーダーにカセットを入れ、スタートボタンを押し、上着の内ポケットにまた戻す。ベレー帽をかぶり、気分屋の性格を抑えて党の意向にしたがう政治局員の無表情な渋面を作る。声が硬くなり、居丈高な調子を帯びる。

「テディ、ひとつ率直に訊きたい。つまりきみは、かつてベルリンでわれわれがともに闘って守ろうとしたものすべてに背を向けたのか？　革命はなりゆきにまかせ、それどころかむしろ頓挫させようとしているのか？　銀行口座や心地よい小さなわが家を愛し、社会意識は眠らせてしまったのか？　たしかにあのとき、われわれは世界を変えはしなかった。みな子供で、革命の兵士のおもちゃで遊んでいた。だが本物の革命に加わったらどうだ？　きみの国はファシストの戦争屋にまんまと牛耳られている。なのにきみはまったく気にしない。反民主主義的プロパガンダの製造工場に雇われた走狗《そうく》でありながら、くそほども気にしない。きみのプチブルが成長したら、そう言ってやるつもりか？　父さんはまったく気にしないと？　われわれにはきみが必要だ、テディ！　きみを観察してもうふた晩めになるが、胸が悪くなりそうだ。われわれに媚びを売り、片方の乳首を見せてはシャツにしまい、もう片方の乳首を見せる！　じっと坐って動こうともせず、にたにたと作り笑いを浮かべる！」そこで声を落とす。「もうひとつ教えようか、テディ？　きみとぼくと野ウサギだけが聞く秘密を明かそうか？　われわれも誇らしいとは思っていないが、人の本性はわかっている。必要とあらば、人に彼ら自身の政治的良心の声を聞かせるために、金を払うことも厭わないのだよ」

警官の自転車に乗ってイギリス大使館の門に現れた、ダークスーツにネクタイ、サイクルクリップ姿のひょろ長いイギリス人に、誰もが魅了される。そしてマンディは、ここぞというときにいつもそうするように、期待に最大限応えた演技を見せる。ハンドルの銀色のベルを鳴らしながら、停まったり出たりしている車のあいだをふらふらと走り、歩いている外交官夫妻に「失礼、マダム」と叫ぶ。彼らをなぎ倒しそうになるのをかろうじてよけ、ブレーキをさらに利かせるつもりで片手を振り上げ、馬を止める荷車引きさながら「そら、ここだ、よおし!」とやって、招待客のばらばらの列――チェコの役人、イギリスの文化担当官、ダンスの教師、主催者、演技者たち――のうしろにつく。守衛小屋に向かって自転車を押しながら、たまたま横に来た人間に誰彼かまわず明るく話しかける。やがて自分のパスポートと招待状を見せる番が来て、自転車は大使館の敷地内ではなく通りに残しておくようにと言われると、大げさに不快を示す。

「考えてみたことがないのかね、きみ? 通りに置いたりしたら、きっかり五分でこの勇気ある市民が持ち去ってしまう。自転車置き場はないのかな。自転車のスタンドは? 屋根以外どんな場所でもかまわないんだが。あそこの隅はどうかな?」

彼は運に恵まれる。正面玄関につながる、頭上にテントの張られた通路の入口あたりにいた大使館の職員が抗議の声を聞きつける。

「何か問題でも？」と彼は尋ね、マンディのパスポートをぱらぱらめくる。クリケットの初球でマンディにアウトにされたと文句を言った、例の丸眼鏡の太っちょだ。

「いや、大したことじゃないんですよ」マンディはわざとふざけた調子で言う。「自転車を停める場所を探しているだけで」

「なるほど。では私が預かろう。この裏に置いてくるよ。これで家に帰るんだろうね？」

「もちろん、酔っていなければですが。あとで返してもらわなければなりません」

「じゃあ、帰るときにひと声かけてくれたまえ。もし私が無断で離脱《AWOL》していたら、ジャイルズに言ってくれ。道中、問題はなかった？」

「まったくありませんでした」

＊　＊　＊

彼は歩く。商売女はこんな感じなのだろう。あなたは誰？　何がしたいの？　いくら払ってくれるの？　申し分のない月明かりの夜、彼はプラハにいて、敷石の路地を歩いている。酔っているが、注文されたからこそ酔っている。この二倍飲んで素面でいることもできる。頭がくらくらするが、それはアルコールのせいではなく、サーシャの話のせいだ。この浮遊感は、サーシャが初めてヘル・パストルのことを話したベルリンのクリスマスイブの夜と同じだ。ただ想像するだけで、分かち合うことのできない苦痛に触れたときに生じる、羞恥の念を覚える。彼はサーシャふうに歩いている。片足を大きくまえに出し、残りの体をぎこちなくしたがわせて歩く。思考はあらゆる場所に飛ぶ。家にいるケイトに、白いホテルにいるサーシャに。通りは錬鉄製のランタンに照らされている。黒い屍衣《しい》のような洗濯物が干されている。華やかな装飾の家並みはだらしない女のようで、戸口には閂《かんぬき》がかかり、窓には鎧戸《よろいど》がおろされている。街の雄弁な沈黙が彼を責め立てる。抑えこまれた暴動の気配が肌で感じられる。われわれ勇敢な学生たちがベルリンの屋根という屋根に赤い旗を立てていたころ、可哀相にきみたちは旗をおろし、起こした騒ぎの代償でソヴィエトの戦車に踏みつぶされていたのだな。

尾《つ》けられているだろうか？　〈まずそう想定し、確認し、安心せよ〉。自分は充分不機嫌で、心乱れているだろうか？　偉大なる決断に煩悶《はんもん》し、自分をこんな状況に追いこんだサーシャに腹を立てているだろうか？　すでに自分のどの部分が演技なのかわからなくなっている。おそらくすべてなのだ。これまで演技しかしてこなかったのだ。天与の才能の持ち主。生まれもっての演技者。

大使館のパーティでも彼は天与の才能を発揮し、機知縦横だった。文化振興会も誇りに思うべきだが、思わないのはわかっている。わたしもあなたが気の毒、とついぞいなかった母に代わって人事部の理解者が言う。

大使館から警官の自転車に乗って意気揚々とホテルに戻り、〝サーシャが回収できるよう前庭に残しておいた。ジャイルズが中身を取り除いたあと、乗った感じが変わったか？　軽くなったか？　いや、だがおれの心は軽くなった。マンディはホテルの部屋からまたケイトに電話をかけ、今度はまえよりうまく話をした。振り返ってみると、彼の会話は学校から書き送る手紙のような内容だったたが。

〈この街はきみが想像するよりずっときれいだ、ダーリン……きみもいっしょにいればと思うよ、ダーリン……ダンスを見るのがこれほど愉しいとは思わなかった、ダーリン……なあ、ひとつすばらしい考えがあるんだ――話しながら思いついたことだ。

それまで考えてもみなかった——家に帰ったら、ロイヤルバレエのシーズンチケットを二枚買おう。費用は文化振興会が持ってくれるかもしれない。ぼくがダンス中毒になったのは、いわば彼らの責任だから。ああ、それともうひとつ、チェコ人はほんとうにすばらしいよ。わずかな収入でつましく暮らしてる人たちはみなそうだけど。そう思わない?……きみもだ、ダーリン。心から愛してる……ぼくたちの赤ん坊も。おやすみ、じゃあ《チュス》〉。

彼はほんとうに尾けられている。想定し、確認したが、安心できない。道の向かい側に落ち着いたカップルがいる。昨晩はバーの片隅に坐っていた。後方にはぶかぶかの帽子とレインコート姿のずんぐりした男がふたりいて、三〇ヤードの距離を置いてついてくるゲームに興じている。マンディはエディンバラの行状訓練の教えに背いて立ち止まり、肩を怒らせ振り返り、両手を口のまわりに当てて追跡者に大声で叫ぶ。

「ついてくるな! おまえらみんな、どこかへ行きやがれ!」声が跳弾のように通りの前後にこだまする。あちこちの窓が勢いよく開き、カーテンが慎重にめくられる。

「さあ、失せろ! このくそったれの滑稽なちびどもめ! いますぐだ!」具合よくあったハプスブルクのベンチにどさりと腰をおろし、これ見よがしに腕を組む。「おまえらのやるべきことは言ったぞ。だからどうするか、ここで見ている！」

後方の足音は止まった。通りの向かいの落ち着いたカップルは脇道に姿を消した。どうせ三〇秒ほどで別の誰かのふりをしてまた現れるのだろう。結構。ではみんなで別の誰かのふりをしよう。それでお互い相手がわかるというものだ。大型車が広場にゆっくりと入ってくるが、マンディは断じて興味を示さない。車は彼のまえをすぎ、停まり、バックしてくる。好きにしろ。彼はまだ腕を組んでいる。顎を引き、眼を落としている。生まれくる赤ん坊、新しい小説、明日のダンス競技のことを考えている。自分がほんとうに考えていること以外のあらゆることを考えている。

車が停まる。ドアが開く音がする。開いたままでいる。こちらに歩いてくる足音がする。広場には傾斜がついていて、彼はそのいちばん上にいる。だから足音は少し坂をのぼり、敷石の平らになったところを横切ってきて、一ヤードほど先で止まる。しかしマンディはうんざりし、混乱し、割を食ったと思うあまり顔を上げる気がしない。しゃれたドイツ製の靴。マッシュルーム色の革のウィングチップ。裾を折り返した茶色のズボン。手が彼の肩におりてきて、ゆっくりと揺する。誰のものか認めたくない声が香《かぐわ》しいドイツ訛の英語で語りかける。

「テッド？　きみだね、テッド？」

そうとう長い沈黙ができたあと、マンディはようやく同意して眼を上げる。縁石寄りに高級セダンが停まっているのが見える。運転席についているのはロウターで、ベレー帽をかぶったサーシャが後部座席からこちらをうかがっている。さらに眼を上げると、柔らかく艶のある髪をした教授の上品な顔が、父親のような懸念の表情で彼を見下ろしている。

「テッド、わが親愛なる仲間。私を憶えているだろう。ウォルフガンクだ。きみが見つかってよかった。あらゆる場所を探したのだ。今日の午後、サーシャとじつに興味深い会話を交わしたと聞いている。われわれもあの偉大な故マンデルバウム博士の門弟がこんな行動をとるとは思わなかった。どこか静かなところへ行って、神と世界について語らないか？」

マンディはしばし当惑して相手を見つめる。が、徐々に納得した表情を浮かべる。

「ならさっさとあんたの分身を動かしたらどうだ？」と答え、両手に顔をうずめて坐ったままでいる。教授はサーシャの助けを借りてゆっくりと彼を立たせ、車へと案内する。

〈裏切り者はオペラのスターだ、エドワード。神経衰弱になり、良心の危機にみまわれ、法外な要求をする。この世界のウォルフガンクたちはそれを知っている。もしこちらから困難を作り出してやらなければ、きみは買う価値のある人間だと彼らに思いこませることはできない〉。

冷戦期の典型的な二重スパイ活動が、完成に向けておずおずと前進しはじめる。籠《ろう》絡《らく》が苦痛を感じさせるほど遅かったとすれば、それは多様な面からなるマンディが言い逃れの名人だったからにほかならない。

ブカレストで開かれたエジプト学者の国際会議で、マンディは今後提供できると考える、食指を動かさずにはいられない情報の見本——来るワルシャワでの世界労働組合連盟の会合を分裂させる最高機密の計画——を示す。しかし同僚を裏切ることに耐えられるだろうか？　誘惑者たちは即座に大丈夫だと請け合う。真の民主主義に仕えるつもりなら、そのような良心の咎めは的はずれだと。

ブダペストの図書見本市では、第三世界の報道機関向けにおこなわれている反共産主義的情報操作について、あとで思い返せばじつに興味をそそる概要説明をおこなう。

しかしやはり危険は怖い。もう少し考えなければならない。誘惑者たちは、資本主義者の五万ドルがその思考過程に役立つだろうかと、考えを口にする。レニングラードの平和と歌の祭りで――教授と部下たちは大胆にも、これで魚を釣り上げたと信じこんだ――マンディは提案された報酬条件について、説得力抜群の五つ星級の癇癪を破裂させる。五年後、ジュネーヴのユリウス・ベア銀行に出向いて魔法のパスワードを告げたときに、出納係が現金を渡してくれて警察には連絡しないという保証がいったいどこにある？　最終合意の詳細を詰めるのには、ソフィアで開かれた国際ガン専門医会合の五日間を必要とする。イスクル湖を眺望する高級ホテルの上層階の部屋で、人目をはばかる贅沢なディナーの席が設けられ、局面の打開が祝われる。

ケイトと文化振興会の名目上の雇用主に病気になったと偽り、マンディは思いきってソフィアから東ベルリンへと姿をくらます。ポツダムの教授の別荘――サーシャが父親のヘル・パストルは国家保安省《シュタージ》のスパイだったと初めて告げられた場所――で、イギリスの破壊的プロパガンダ製造工場の中核にもぐりこんだ優秀な新しいエージェントと、彼を引き入れたサーシャのために、グラスが掲げられる。キャンドルに照らされたテーブルの中央に、ふたりは肩を並べて坐り、教授が声高らかに読み上げるモスクワの主人からの祝電に誇らしげに耳を傾ける。

一方の勝利に、もう一方の勝利が呼応する。ロンドンのベッドフォード・スクウェアに防諜用邸《セイフハウス》が設けられ、サーシャのアルファ・ダブルプラスの情報を処理すると同時に、マンディの主人たちのために偽情報をでっち上げる、二重の職務につくチームの要員が集められる。偽情報は独創的で、現実味があり、そこそこ警戒を要し、少なくともこの先百年、敵の飽くなき食欲を満足させなければならない。というのも、両方の側にいる誰もが、冷戦はそれだけ続くと信じているからだ。

マンディも含め、関係者はその場所を〝毛糸工場〟と呼ぶようになる。毛糸はすなわち、シュタージの眼を惹くための商品だ。

マンディ本人にとって、二重の勝利は功罪相なかばする。三二歳にして、似非芸術家、似非急進派、似非脱落者、その他自責の念に駆られる似非なるものすべてから解放され、ついに才能を発揮できる分野を見出した。一方、ほつれも生じた。一度の結婚でふたつのキャリアを成功させ、維持していくことの困難はよく知られている。それが三つとなればなおさらだ――ましてそのうちのひとつが、国の安全保障を左右する極秘の重要な使命を帯び、アルファ・ダブルプラスに位置づけられ、その内容をパートナーと議論してはならない場合には。

（下巻へ）

［訳者略歴］1962年生まれ。1998年に『ヒーロー・インタヴューズ』（朝日新聞社）で翻訳家デビュー。『ミスティック・リバー』（ハヤカワ・ミステリ文庫）や『ナイロビの蜂』（集英社文庫）、『運命の日』（早川書房）など、話題作を次々に手がけている。

光文社文庫

サラマンダーは炎《ほのお》のなかに（上）

著　者　ジョン・ル・カレ

訳　者　加《か》賀《が》山《やま》卓《たく》朗《ろう》

2008年11月20日　初版１刷発行

発行者　駒井　稔

印　刷　堀内印刷

製　本　ナショナル製本

発行所　株式会社 光文社

〒112-8011　東京都文京区音羽1-16-6

電話（03）5395-8149　編集部

8114　販売部

8125　業務部



ISBN978-4-334-76187-5　Printed in Japan



組版　萩原印刷

**お願い**　光文社文庫をお読みになって、いかがでございましたか。「読後の感想」を編集部あてに、ぜひお送りください。
　このほか光文社文庫では、どんな本をお読みになりましたか。これから、どういう本をご希望ですか。どの本も、誤植がないようつとめていますが、もしお気づきの点がございましたら、お教えください。ご職業、ご年齢などもお書きそえいただければ幸いです。当社の規定により本来の目的以外に使用せず、大切に扱わせていただきます。

光文社文庫編集部

不滅の名探偵、完全新訳で甦る！

新訳 アーサー・コナン・ドイル

# シャーロック・ホームズ全集〈全9巻〉

THE COMPLETE SHERLOCK HOLMES
Sir Arthur Conan Doyle

シャーロック・ホームズの冒険

シャーロック・ホームズの回想

緋色の研究

シャーロック・ホームズの生還

四つの署名

シャーロック・ホームズ最後の挨拶

バスカヴィル家の犬

シャーロック・ホームズの事件簿

恐怖の谷

*

日暮雅通＝訳

光文社文庫